目次

プロローグ 7
一章 事件 17
二章 交渉 89
三章 追跡 185
四章 病棟 273
後書きと謝辞～作家にとっての二〇一〇年問題 347
解説 関根 亨 351

交渉人・遠野麻衣子

プロローグ

　ホワイトボードをマジックで叩く乾いた音がした。

「聞いてるのか、遠野《とおの》警部補？」

　呆れたようにスーツ姿の石田修平《いしだしゅうへい》が言った。遠野麻衣子《まいこ》は慌てて会議室の長テーブルに置かれていた簡易印刷の教則本を取り上げた。講習の後のことばかり考えて、説明を聞いていなかった。

　頬が熱い。やれやれ、というように石田が角張った顎を前に突き出した。

「マニュアルを開いて。二章だ」

　マジックでボードに〝警視庁刑事部〟〝特殊犯捜査第一係〟という二つの単語を書いて丸で囲った。背が高いため、やや前屈みになっている。

「三十二頁からだ」

　パイプ椅子に腰を下ろし、長い足を組んだ。言われるままに、麻衣子はマニュアルの文章を声に出して読み始めた。まだ顔は熱いままだ。

『過去の事例においても、犯人が立て籠もる時間が長期に及ぶほど、人質の生命は危険に晒《さら》される確率が高まる。同時に、犯人自身も自殺を図るケースが数多く見られ、捜査官は事件において早期解決を心掛ける必要がある。また、捜査官は犯人の武装並びに自殺手段の解除を徹底し、人質及び犯人の生命を保存する義務を有する』

読みながら、座っている石田の横顔に目が行ってしまうのを自分でも止められなかった。短く刈った髪、頑固という言葉をそのまま形にしたような口元。

愛想がいい、とはお世辞にもいえないだろう。時々、目が子供のように輝くことを除けば、だが。

三十五歳という年齢の割りに、若く見える。筋肉質の体は二十代といっても通りそうだ。

石田修平警視は警視庁でもエリートが配属されることで知られる刑事部捜査一課課長代理兼特殊犯捜査第一係長で、配属後も麻衣子の教育係を務めていた。

「集中して」

横を向いたまま石田が言った。マニュアルの頁をめくりながら、それにしても、と麻衣子は小さなため息をついた。どうしてこんな人を好きになってしまったのだろう。

特殊犯捜査係に配属されたのは一年前のことだ。希望したわけではない。警察組織の中で男女雇用機会均等法に実情が即していないと指摘された警察庁上層部から、苦肉の策としてキャリア組の遠野麻衣子の名が挙がった。

麻衣子は内勤で生活安全局に配属されるはずだったが、形式を整える必要があったために、同局犯罪抑止対策室長の広岡から特殊犯捜査第一係での交渉人研修への参加を命じられた。おまけのような形だったにもかかわらず、皮肉なことに、最も優秀な成績を収めたのは麻衣子だった。

この結果を受け、麻衣子の特殊犯捜査第一係配属が決定した。過去、警視庁には女性交渉人がいなかったが、今後必要になると支持したのが石田だった。

その後、麻衣子は石田の下で本格的な教育を受けることになった。麻衣子だけではなく、今までも新人捜査官の教育は石田が務めていた。

交渉人＝ネゴシエーター制度はアメリカを中心に発達しているが、日本の警察機構の中では十分に機能していない。欧米型の凶悪犯罪が増加している現在、各県警本部で導入が検討されているが、人員不足、予算との兼ね合いもあり、見送られているのが実態だ。

ただし、警視庁、大阪府警など重犯罪が頻発しているいくつかの警察組織では、交渉人制度を取り入れ、部署を設置している。

特にネゴシエーターの重要性を強く認識していた警視庁は、以前からあった特殊犯捜査係を拡大し、ネゴシエーター育成のノウハウを学ばせるため、三年前に石田修平をＦＢＩに派遣するほど力を入れていた。

半年後、帰国した石田がネゴシエーター教育システムを確立して、あらゆる面で現実の凶悪犯罪に対応出来る新しい組織作りを始めた。麻衣子への指導もその一環と言っていい。

FBI仕込みの石田の講習は厳しかった。辞めたいと思うこともあったが、信頼出来る人間の下で働ける喜びの方が麻衣子にとって大きかった。

(なぜだろう)

なぜ、わたしはこの人のことを信じるのか。能力に対する信頼感だろうか。

ネゴシエーターとして、石田の能力は抜きん出ている。

この一年間、麻衣子は実際の捜査現場に出動していたが、どのような事態に際しても冷静さを失うことなく対処していく石田には驚くしかなかった。

犯人との交渉において、石田が間違った判断を下したことはない。人命を最優先する石田が現場の指揮を担当する事件で、犯人も含め死亡者が出たことはなかった。

石田が扱った事件の中で、よく知られているのは五年前に起きたハイジャック事件だ。羽田空港から飛び立つ直前、CAを人質に取った犯人が極度の興奮状態に陥り、乗員乗客全員の命にかかわる危険と判断した刑事部長が射殺命令を下した。この時、スマートフォンを通じての説得だけで犯人を投降させたのが石田だった。

その半年後、新興宗教団体の教祖が信者を拉致監禁した事件においても石田は抜群の交渉術を発揮し、三日間かけて教祖を説得、犠牲者を出すことなく事件を解決に導いている。

だが、石田への信頼は交渉術やスキルの高さと関係なかった。特殊犯捜査第一係配属後、数人の刑事と会議室に集まったあの日、石田が発した声がすべてだった。

――状況によっては、交渉人一名が優秀な刑事百人と同等、あるいはそれ以上の意味を持つ。犠牲者を出さないことが我々の仕事だ。

特別なことを言ったわけではない。どんな現場であれ、警察官なら誰でも同じことを考えるだろう。

言葉ではなく声だ、と今も麻衣子は思っている。静かで、それでいて厳かな声。目をつぶって聞いていると、まるで深い山の中にいるような気がする。心の中まで見透かされているような、そんな声。

信頼出来ると思ったし、その直感は間違っていなかった。上司としても、警察官としても厳しかったが、それは優秀な交渉人を育成するためだ。信頼感が尊敬に変わり、その思いが別の感情に変化していくのに時間はかからなかった。

この人は、と麻衣子は石田を見つめた。わたしのことをどう思っているのだろう。

どうした、とパイプ椅子から腰を浮かした石田が心配そうに言った。

「体調でも悪いのか？」

大丈夫です、と答えて麻衣子はマニュアルの文章を目で追った。頬が熱くなっている。

無理なことはわかっている。年齢も十歳離れているし、石田には妻子がいる。警察は普通の会社以上に倫理に厳しい。

でも、と思う。石田も自分のことを意識していないわけではないはずだ。石田が仕事以外の場で麻衣子と二人きりにならないようにしているのはわかっていた。二人だけで食事をしたこともない。不自然なほどだった。にもかかわらず、時々視線を感じた。

たぶん、彼はわたしの気持ちに気づいている。この一年、ほとんど毎日同じ部署で一緒にいるのだ。いくら隠したところでわかってしまうだろう。それほど器用ではない。

日に日に増していく石田への思いを、抑えることが出来なくなっていた。このままでは仕事にも支障が出るだろう。

深い関係を望んでいるわけではない。ただ、自分の思いを知ってほしかった。それから先どうなるにしても、今のままではいずれ何かが壊れるだろう。交渉人としても、女性としても。

この一週間、毎朝目が覚めると、自分に言い聞かせた。今日こそ、気持ちを打ち明けると。

だが、石田の顔を見るとその決心は揺らぎ、何も言えないまま時だけが過ぎていく。でも、今日こそは、と麻衣子は長テーブルの下で右手を強く握った。

「待った」

石田が手を上げた。スマートフォンが鳴っている。麻衣子はマニュアルから目を離した。

「私だ」

背中を向けて話し始めた石田が外に出ていった。顔がわずかに強《こわ》ばっているのがわかった。

いったい何があったのだろうか。考える間もなく、すぐに扉が開いて石田が顔を覗かせた。

「済まない、今日はここまでにしよう。戻っていい」

「事件ですか？」

腰を浮かせた麻衣子に、違う、と石田が首を振った。

「ちょっと、娘の由香がね」

それだけ言って扉が閉まった。足音が遠ざかっていく。数日前から四歳の一人娘が風邪をひいていると、本人から聞いていた。

（優しいお父さんだこと）

娘に甘すぎるのが唯一の欠点だ、と麻衣子は苦笑した。その感情の何分の一かでも、自分に向けてくれたら。

小さく首を振って、マニュアルをバッグに入れた。告白するのは怖い。心が揺れているのが自分でもわかった。

（明日にしよう）

バッグを肩から下げ、会議室を出た。明日こそ、気持ちを伝えよう。

だが、その機会はなかった。

翌日出勤した麻衣子はそのまま上司に呼ばれ、女性捜査官を集めた研修会への参加を命じられた。意味があるとは思えない警視庁OBによる講演を聴いて本庁に戻った麻衣子を待っていたのは、一枚の辞令だった。

警部に昇進、ただし異動先は所轄署である高輪署の経理課だ。不可解としか言いようのない異動だった。

何が起きているのかわからないまま、即日麻衣子は高輪に移された。事情を確認するために広岡や石田に何度も電話を入れたが、一切連絡は取れなかった。

十日ほど経った頃、麻衣子と石田が不倫しているという噂が流れていることを同期の刑事が教えてくれた。SNSを通じて、本庁の管理職クラスもそれを知った。

麻衣子の同僚である特殊犯捜査係の誰かがその噂を流したらしいという。警察庁キャリアである麻衣子への嫉妬《しっと》からそんなことをしたのだろう、とその刑事は言った。

陰湿な嫌がらせだが、問題は大きくなり、結果として麻衣子を本庁から遠ざけるという形で決着を見たというのが事の真相だった。

上層部に誹謗《ひぼう》中傷だと訴えようとしたが、高輪署の上司にこれ以上騒ぎを大きくしないでほしいと説得された。数人の刑事からは、辞職を勧められた。

不倫をしたわけではないが、そうなってもいいと思っていたのは確かだ。辞職するべきだと思ったが、辞めてしまえば石田との間に接点がなくなってしまうことに気づいた。

ほんのわずかな線でもいいから、石田と繋がっていたい。そう考えて、麻衣子は辞表を出さなかった。

事を荒立てれば、石田にも迷惑がかかる。今後、昇進を重ね、いずれは刑事部長、その先も目指せるエリートだ。こんなスキャンダルで、石田の将来を潰してはならない。

あれから二年が経った。署員の精算伝票を処理するデスクワークをこなすだけの日々が続いている。異動や昇進の望みはまったくない。二十七歳になっていた。

一章　事件

1

足が痛い。

浦上尚也は爪先から踵《かかと》に重心を移した。踵の最後部で全身の体重を支えたところで、また体の重みを足先へと戻していく。

長いコンビニエンスストアのバイト生活で学んだ知恵だ。何度か繰り返すと、少し楽になった。

正面の壁に掛かっている時計に目を向けた。夜九時三十二分。

このところ、客足が鈍くなっている。店のオーナーは、年も押し詰まった十二月だもの、しょうがないよねえと言うが、実際のところは三百メートルほど離れた住宅地の真ん中に別のチェーン店が出店したためだ、と尚也は思っていた。

今日も〝Q&R〟店内に客の姿はまばらだった。水商売風の女が一人、マガジンラックに寄り掛かるようにしてファッション誌を眺めているだけだ。

尚也は目をつぶって、ゆっくりと百まで数えた。目を開けたが、女の姿勢は変わっていない。デジタル時計の表示は一分進んだだけだった。

（あと二時間二十七分）

朝からついていない一日だった。スマホのアラーム設定を忘れて、学校に遅刻した。午後は午後で、サッカーのはずだった授業が体育教師の気まぐれでマラソンに変更された。四十五分まるまる走らされたあげく、バイト先のコンビニまでやっとの思いでたどり着くと、待っていたのはオーナーの泣き顔だった。

夜中のシフトに就くはずだった大学生が急に熱を出して倒れちゃってさあ、とオーナーが言った。

「頼むよ、尚也。今日だけ、今日だけ遅番のレジやってくんないかな」

「無理っすよ。オレ、高校生なんだから」

「わかりゃしないって。頼むよ、この通り」オーナーが片手拝みで頭を下げた。「もちろん、バイト料は上乗せするよ。何とかしてよ、頼むからさあ」

もともと新機種のスマホが欲しくて始めたバイトだ。体がきつくても、金のためならと引き受けた。

あれから四時間半が経っている。酷使した足が、もういい加減にしてくれよ、と不平を漏らすのも無理はない。

休憩したかったが、店番は尚也一人だけだ。午前〇時までは誰も来ない。

のろのろとした動作で女がラックから離れた。手に読みかけのファッション誌と、ミニサイズの栄養ドリンクを二本持っている。

酔っ払っているのかと、尚也は眉をひそめた。女が不機嫌な顔でレジの前に立った。

「千百九十三円になります」

無言で女が一万円札を突き出した。お釣りとレシートを渡すと、手に触れるのを避けるように女が指だけで受け取った。

(すかしてんじゃねえよ)

顔だけはにこやかに、ありがとうございますと声を張りながら、尚也は胸のうちで毒づいた。

店を出ていく女とすれ違うようにして、三人の男が入ってきた。三人とも、フルフェイスのヘルメットをかぶっている。

「お客さん」

メットは脱いでもらえますか、と声をかけようとしたが、嫌な予感がして口を閉じた。尚也は男たちを目だけで追った。

それぞれが大股で歩いている。先頭に立っていた百八十センチほどの長身の男が革ジャン、手首に小さな赤い竜のタトゥーを入れている男は迷彩柄のロングコート、そしてもう一人のやや背の低い男が青のダウンジャケットと服装に違いはあったが、下はジーンズにスニーカーと、揃えたように同じだった。

「いらっしゃいませ」

震える声で呼びかけたが反応はない。それぞれカゴを持って、中にスナック菓子をほうり込んでいる。

尚也は防犯カメラの位置を確認してから、非常ベルの位置を指で確かめた。ヘルメットを脱がないというだけで、その反応は過敏かもしれないが、他にも理由があった。

店内に入ってから、男たちは一言も口を利いていない。不自然過ぎる。

三人の男たちがレジの前に集まった。革ジャンの男が三つのカゴの中身を一つのカゴにまとめて台に載せた。

尚也はPOSリーダーでバーコードを読み始めた。ポテトチップ、ガム、コンビーフの缶詰、チョコレート、菓子パン、サンドイッチ、おにぎり、アイスクリーム、ハム、タオル、割り箸、紙皿、キムチの漬物、ペットボトルの水が三本。

早とちりだった、と尚也は小さく息を吐いた。今から誰かの家で夜通し酒でも飲むとしたら、おかしな買い物ではない。

メットぐらいでびびるなんて、俺も気が小さいよな、と苦笑が浮かんだ。レジを打ち終えて、数字を声に出した。

「三千八百四十七円になります」

うなずいた革ジャンが内ポケットからナイフを取り出した。ナイフ？

「金」

メットの奥でくぐもった声がした。案外、か細い声だった。

「はい？」

思わず聞き返した。ナイフがまっすぐ尚也に向けられている。

「金」

男が繰り返した。やっぱりそうなのか。

こいつらは強盗で、この店を狙って、俺にナイフを突き付けて、言う通りにしなければ俺を刺すつもりだ。

まさか、本当にこんなことが起きるなんて。

そこまで考えるのに、一秒とかからなかった。辺りを見回したが、店内には誰もいない。

「ええと、金、ですか」

「金」

男がもう一度言った。その声がわずかに震えている。

そうか、こいつらも怖いのか。そう思った途端、強ばっていた体が動き始めた。

「わかりましたから、それ、しまって下さいよ」

二台のレジを開けながら尚也は言った。素直に男がナイフを内ポケットに戻した。

数十枚の札をカウンターに置いて、尚也は一歩下がった。迷彩男が前に出て、素早く札を布製の袋に入れた。

「警察には言うな」

ダウンジャケットが言った。言いませんよ、と尚也が首を振った時、店の前に一台のスクーターが停まった。高校生だろうか、女の子が入り口に近づいてくる。

（やべえ）

尚也が思うより先に、女の子に気づいた革ジャンがポケットの中の何かを掴んだ。そのまま手を出すと、テレビでしか見たことのない物が目の前に現れた。拳銃だ。

思わずカウンターを乗り越えようとしたが、ダウンジャケットの方が早かった。尚也の前に立ち塞がる。

「動くな」

抑えた声でダウンジャケットが凄んだ。尚也は歯を食いしばった。

来るな。来ちゃいけない。誰だか知らないけど、そのまま帰れ。

だが、左手にポーチを持ったまま、女の子が店の中に足を踏み入れた。

四人の男たちがその動きを見つめている。それに気づくことなく、女の子が歩き出した。

迷彩男が足音を立てずに女の子の背後に回る。店内に流れているＪ－ＰＯＰに合わせて、鼻歌を歌っていた女の子がしゃがみこんだ。棚の奥を手で探っている。

（バカ、何してんだ。帰れ）

自分の唇の端が切れていることに尚也は気づいた。鉄の味がする。自分の歯で切ったのだ。叫び出したい衝動を必死で堪えた。

生理用品を手に持った女の子がレジに近づき、革ジャンの後ろに並んだ。革ジャンの手に拳銃がある。それを見つめたまま、尚也は動けなかった。

進まないレジに苛立ったのか、女の子が首を伸ばした。いきなり顔色が変わり、後ずさりして、ガムやキャンディが並んでいる棚にぶつかった。

体重を支え切れずに棚が倒れ、一緒に女の子も転倒した。床に菓子類が散らばる。すべてがスローモーションのようだった。

次の瞬間、尚也の耳元で凄まじい音が鳴った。鼻をつく火薬の匂い。革ジャンの手に握られた拳銃の銃口から、白い煙が立ちのぼっている。男の腕が震えていた。

「逃げろ!」

迷彩男が叫んだ。尚也と女の子を交互に見た革ジャンが走りだした。その後を追うように、ダウンジャケットが女の子の体を飛び越えて店の外に向かった。

尚也はカウンターを乗り越えて、女の子に近寄った。目を見開いたまま、叫び続けている。遠くで車のエンジン音がした。

「大丈夫だよ、大丈夫だって」

他に何と言っていいのかわからないまま、尚也は繰り返した。女の子の叫び声に涙が混じり始めている。

(そうだ、警察)

通報しないと。電話。電話はどこだっけ。ああ、でもこの子はどうしたらいい。どうすればいいんだ。

女の子が体中の水分を絞りつくすように泣き続けている。尚也は自分の尻のポケットからスマホを取り出した。

（警察って何番だっけ）

思い出せない。どうしていつも俺はこうなんだろう。警察、警察。そうだ、と尚也は指を動かした。

『はい、警視庁』

落ち着いた男の声がした。尚也はスマホを握り直して、額の汗を拭った。

2

『警視庁より各局、警視庁より各局――』

警視庁通信指令室からの緊急指令が、機械よりも無機質な声で状況を伝えている。

『品川署管内、泉岳寺前のコンビニエンスストア〝Q&R〟元立寺《がんりつじ》店で強盗事件発生。マル被は三名。年齢不詳、男性。アルバイトの店員を凶器で脅し、売上金を奪って現在車で逃走中。マル害は店員の男性一名、怪我の様子は不明。マル被の人着《にんちゃく》は二十代から三十代、一人は身長百八十センチ前後、他は不明、革のジャンパーを着用、頭部をヘルメットで隠していたため顔の確認は不可、髪形《ハツ》も不明。逃走車輛は黒のワゴン、車種の特定不能。繰り返す、品川署管内、元立寺前のコンビニエンスストアで強盗事件発生

――』

緊急指令が流されたのは午後九時四十七分だった。この第一報の三分後、さらに詳しい情報が再送された。

『警視庁より各局。品川署管内のコンビニエンス強盗、マル被は三名。繰り返す、マル被は男性三名。推定年齢は二十歳から四十歳。なお、コンビニエンスストア店員及び客に怪我はなし。現場は品川区下品川三―二―二、コンビニエンスストア〝Q&R〟元立寺店。マル被は車で田町方面へ逃走中』

さらに一分後、より詳しい情報が入った。

『各局、各局。品川署管内のコンビニエンスストア〝Q&R〟強盗事件、マル被は拳銃を所持。繰り返す、マル被は拳銃を所持。また、マル害は店内で発砲を確認。被害は不明。至急関係各局は緊急配備されたし。マル被は銃器で武装、各員配慮を要する』

九時五十一分の段階で、単なるコンビニエンスストア強盗ではなく、拳銃を所持した犯人による重要事件として認知された。

3

事件が発生したのは警視庁第二方面本部の管轄区域である品川区だった。品川警察署に捜査本部が置かれることが決定した。

犯人が銃器を所持したまま逃走しているため、品川警察署と警視庁捜査一課が協議の上、近隣の警察署に応援を要請した。大井警察署、大崎警察署、高輪警察署がすぐに対応し、現場への警察官の動員態勢を取った。

大井警察署管轄の品川青物市場前交番巡査、渡辺洋三も動員された警官の一人だった。巡回中、至急上品川の検問に加われと連絡が入り、上品川二丁目の路地を汗だくになりながら自転車を漕いでいたが、上り坂に差しかかり、降りて歩くしかなかった。

深夜の緊急指令に何事があったのかと最初は緊張したが、よく聞くと大井署管内ではなく隣の品川署管内で起きた事件だった。

犯人は銃器を所持した三人組で、コンビニエンスストアを襲ったという。車で逃走したと聞き、今は品川区を出ているだろうと思っていた。

もちろん警戒の必要はあるが、検問を命じられたのは上品川二丁目だった。地理的にいっても犯人が立ち回る可能性は低い。

上としては念のためにというつもりなのだろうが、十二月に入って寒さが厳しくなり始めている。急ぐことはない、と渡辺は凍える手をこすり合わせた。二十七歳とまだ若いが、年寄りくさい所作が妙に似合っていた。

二百メートルほどの坂を上り切ると、ようやく道が平坦になった。サドルをまたぎ、ペダルに足をかけた時、二十メートルほど先のコインパーキングが目に入った。

駐車エリアに濃紺のステップワゴンが停まっている。近づいてボンネットに触れると、熱が伝わってきた。

逃走車輌は黒のワゴンと無線が入っていたのを思い出した。目の前のステップワゴンは、型こそ古いがワゴン車だ。濃紺と黒は間違いやすい。夜ならなおさらだ。

車のボンネットは明らかに熱かった。停めてから数分しか経っていないのだろう。

自分の体が緊張で強ばるのがわかった。渡辺はもう一度ボンネットに触れ、そのまま車の後ろに回った。

左後部の塗装が剝げている。まだ新しいが、ぶつけたばかりのようだ。後部座席のドアもロックされていない。

（まさか）

事件のあったコンビニから上品川までは幹線道路だけでも二本ある。どこへでも逃げられたはずなのに、なぜここで車を停めたのか。強盗なのに、逃走ルートも考えていなかったのか。

犯人の車という確証はないが、胸の無線機を手で探った。

『はい、品川署』

すぐに返事があった。

「あの、すいません」無闇に口が乾いた。「青物市場前派出所の渡辺巡査です」

『はい』

「手配中の車輌をですね、いや、そうではないかと思われるステップワゴンを発見したのですが、どうすればいいでしょうか？」

『そのまま待って下さい』

沈黙が流れた。数秒間に過ぎなかったが、渡辺にとっては何時間にも思えた。

『渡辺巡査、場所を教えて下さい』

声が聞こえた。

「上品川二丁目です」

『はい、上品川二丁目。番地は？』

いつもの巡回コースを外れているので、正確な番地がわからなかった。

「ええと、コインパーキングがあってですね」

顔を上げて渡辺は辺りを見回した。電柱はないか。番地が書いてある何か。

振り向くと看板があった。小出総合病院と記されている。通りを挟んだ二十メートルほど先に、大きな建物があるのが目に入った。

「小出総合病院の近くです」

『こちらで調べます』

相手が答えた時、病院の二階で明かりが瞬いた。こんな時間に、なぜだ。

渡辺は二階の窓を凝視した。カーテンが動いている。

『もしもし、渡辺巡査？　応答願います』

カーテン。人がいる。影が動いた。無意識のうちに足が病院に近づく。

人。男だ。ヘルメットが光っている。フルフェイス。

「本部！　本部！　小出総合病院に犯人らしき男を発見！　大至急手配願います！」

無線機に向かって叫んだ。そこで待機、という声が聞こえた。

4

品川署の指示を受け、付近を警邏《けいら》中の警察官が上品川二丁目に向かった。小出総合病院を包囲して中の様子を窺ったが、出入り口がすべて閉まっているため、何も確認出来なかった。

十五分後、臨時に警官隊の指揮を執るため品川警察署の安藤警部補が現場に到着した。三十年近く刑事課に籍を置いている叩き上げの安藤は、しなければならないことをよく心得ていた。

安藤はまず現場に集まっていた二十数名の警察官を二手に分け、一隊には監視を続行させ、もう一隊には情報をすべて報告するように手配した。

安藤にとって好都合なことに、小出総合病院と通りを挟んだ真向かいに区立図書館があった。夜間だが、玄関に明かりが点いている。その正面に警察官たちを集めて、安藤は情報の整理を始めた。

渡辺巡査が目撃したという二階のカーテンに影が映ったフルフェイスのヘルメットを

かぶった男を確認した警官はいなかったが、それでも小出総合病院に犯人と思われる人間が潜んでいる情況証拠がいくつも上がってきた。

小出総合病院は救急指定病院で、夜間でも患者を受け付けている。にもかかわらず、すべての出入り口が内側から施錠されていた。

玄関正面にはタクシーが停まっていたが、キーが差し込まれたままの車内に運転者の姿はなかった。品川署に連絡した後、渡辺巡査が病院に直行しているが、その間、車に近づく者を見ていないと報告があった。

病院の正面入り口にあるグリーンの非常灯も消えている。また、夜間とはいえ廊下の明かりが点いていないことも、常識的に考えればあり得ないだろう。

正面玄関はガラス張りになっていたが、見える範囲に人の動きはない。警官たちの中に通院していた者がいたが、玄関扉の向かいにナースステーションがあったと話した。夜間でもナースステーションには看護師が詰めていなければならないから、それもおかしい。

すべての情報を確認した安藤は、コンビニエンスストアを襲った犯人が間違いなくこの病院に立て籠もっていると判断した。ただし、署に報告するためには確認の必要があった。

小出総合病院の出入り口は正面玄関と五メートルほど離れた救急搬入口、そして裏手の非常口の三つしかない。安藤は部下の岡野刑事を病院に向かわせ、インターホンを使って呼び出しをかけるように命じた。

すぐに戻ってきた岡野が、応答ありませんと報告した。その間に品川署の通信班から、病院の代表電話番号と夜間受付番号を伝えられていたため、安藤はスマートフォンで代表番号にかけた。

『こちらは小出総合病院です。ただいまの時間は、受付業務を致しておりません。緊急の場合は、以下の電話番号におかけ直し下さい』

返ってきたのは、合成音による病院の営業案内だった。安藤は舌打ちをしてから、夜間受付の番号にかけ直した。周りで十人ほどの制服警官が様子を見守っている。

「誰も出ない。いよいよ決まりだな」

安藤はスマートフォンをタップし、顔を上げた。その動きに合わせて、警官たちも病院を見上げた。淡いグリーンの壁が街灯の光に照らされている。

「どうします？」

低い声で岡野が尋ねた。答える代わりに、安藤は腕時計に目をやった。針は午後十時三十九分を指している。

「どうしますか？」

岡野が重ねて聞いた。もう一度だけ電話してみよう、と安藤は言った。

若い警察官ほど性急に結論を出そうとする。気持ちはわかるが、焦る必要はない。

安藤は小出総合病院の夜間受付番号を確かめながら、ひとつずつ数字に触れた。接続音が聞こえたのか、警官たちが一歩前に出た。

呼び出し音が電話の底で流れている。スマホを握っている安藤の手に汗が滲《にじ》んだ。

「出ない」

呼び出し音が十回を超えたところで、安藤はつぶやいた。まだです、と岡野が囁いた。階級が下の岡野が言うべき言葉ではないが、安藤はうなずいてそのまま携帯電話に耳を当て続けた。だが、呼び出し音が三十回を超えても、電話には誰も出なかった。

「これ以上は同じだ」通話をオフにした安藤が、周りの警官たちを見やった。「小出総合病院はコンビニエンスストア強盗事件の犯人によって占拠された可能性が高い。これから品川署に連絡を――」

突然、ガラスが割れる音がした。警官たちの顔に緊張の色が走った。

すぐに明かりが三階の左端の病室に灯り、カーテンが開いた。同時に、病院正面の非常灯が点灯した。

「近づかないで！」

窓辺に立っていたのは、白衣を着た若い女だった。看護師だ。手を背中に回したまま、割れたガラス窓越しに叫んでいる。両腕を縛られているようだ。

「近づかないで下さい！　近づくとあたしたちを殺すと、この人たちは言っています」

閑静な住宅街に、女の悲鳴が響き渡った。周囲のいくつかの家で照明がついた。

「窓から離れなさい。そこは危険だ！」

安藤は通りに一歩踏み出し叫んだ。女の体が震えているのが遠目にもわかった。足を踏み外せば、窓から転落するだろう。

「来ないで、お願い！」

女が涙まじりに叫んでいる。どうすることも出来ずに、安藤は立ち止まった。

いきなり女の姿が窓辺から消えた。どうなってる、と安藤は振り向いた。岡野が病院を指さしている。

フルフェイスのヘルメットをかぶった背の高い男が立っていた。その手に、長い棒のような何かがあった。

「来るなっつってんだろうが、バカ野郎！」

ヘルメット越しに、くぐもった怒鳴り声がした。

「そこから離れなさい。その場所は危険だ！」

「ふざけんな、バカ！」

叫んだ男が腕を振ると、衝撃音と共にもう一枚のガラスが砕けて下に落ちていった。

「いいか、よく聞け、お巡りは病院から離れろ。離れろったら離れるんだよ！　近づいたら、こいつら全員ぶっ殺すからな！」

下がれ、と安藤は指示した。病院の監視を続けていた警官たちが、慌てて通りの反対側へ後退する。

「わかりゃいいんだよ。いいな、ふざけた真似はすんなよ。何かしたら、こいつらを殺す。俺たちは本気だぞ！」

ヘルメットの男が窓から離れた。カーテンが閉まって、中の様子が見えなくなる。すぐに安藤はスマホで品川警察署に連絡を入れた。

「午後十時四十五分、犯人を確認。犯人は人質を取って病院に立て籠もっている模様。人数は不明」

至急応援を要請、と言って電話を切った。所轄の手に負える事件ではない。安藤は水に浸けたように濡れている手をズボンで拭った。

5

警視庁刑事部の長谷川捜査一課長は自宅で事件発生の急報を受けた。

当初はありふれたコンビニ強盗と思われたが、その後入ってきた情報によって、犯人が拳銃を所持していること、また立て籠もった病院に医師、看護師、患者その他数十人の人質が囚われていることがわかり、事態が容易なものではないことが判明していた。

長谷川はすぐに自宅を出て、車に乗り込むと無線のスイッチを入れた。スマホもスピーカーに繋いでハンズフリーにする。エンジンをかけるのと同時に、無線が鳴った。

『特殊犯捜査係と繋がりました』通信班員の声がした。『石田一係長と替わります』

無言で長谷川はアクセルを踏んだ。待つほどもなく、低い声が聞こえた。

『石田です』

落ち着いた口調だった。

「長谷川だ。遅くまで残っているんだな」

気がついたらこの時間でした、と石田が答えた。

『帰っても何があるというわけでもありませんし』

「みんな同じだよ」

長谷川は薄く笑った。二年前、娘を病気で亡くした石田と妻が不仲になっている、と噂で聞いていた。警察官なら、誰でも似たような問題を抱えている。

「俺だってそうさ」

『面倒な事態になっているようですね』

石田が言った。ああ、と答えながら長谷川はハンドルを右に切った。

「今日、二係はどうなってる？」

『係長の大谷は静岡に出張中で、戻ってくるのは明後日です』

そうだったな、と長谷川は咳払いをした。

「では、君が品川に行ってくれ。私はすぐ本庁に向かう。君に現場の指揮を頼む」

立て籠もりなど通常の捜査とは違う状況を有する事件が起きた場合、刑事部の特殊犯捜査係が担当になる。特殊犯捜査係は二係体制で、事件が起きればどちらかが出動する。二係長の大谷が不在である以上、一係長の石田が現場指揮官を務めるしかない。現場の状況から考えても、経験の長い石田の方が適任だろう。

『既に出動命令は出しました。一係の全員を品川の現場に向かわせていますが、装備課の担当者が不在のため、機材の準備が整っていません。担当者の到着を待ってからの手配になります。あと二時間はかかるでしょう』

「それじゃ遅い。一時間でなんとかしろ。現場からは、それこそ火がついたような勢いで応援要請が来ているんだ」

無理ですよ、と呆れたような石田の声がした。

『マニュアルにもあるように、事件発生から二時間は現場の所轄署が捜査を指揮すると決まっています』

「わかってる。だが、所轄では対応できそうにない……。ちょっと待て」

鳴り出したPフォンのボタンを押すと、品川署から至急です、という声がした。かけ直す、とだけ言って長谷川は通話を切った。

「一時間だ。とにかく、君が現場にいないと困る」

『私だけ行ったところで、どうにもなりません。通信機材もなければパソコンもないんです。重火器はもちろん武器や防具もなく、無線機材ひとつ用意されていないのでは、部下に命令を伝えることも出来ませんよ』

一言一言嚙んで含めるように石田が言った。長谷川は空いていた左手でスポーツ刈りの頭を掻き毟《むし》った。

「犯人と話さえ出来ない、と現場の連中が言っている。君がいれば、そこは何とかなるだろう」

課長、と石田が低い声で言った。

『隣の高輪署に、元特殊犯捜査員がいます』

「高輪？」

長谷川の手がクラクションに触れた。鋭い音が闇を切り裂いた。

「待て、石田。遠野のことを言っているのか？」

返事はなかった。

「まずいだろう」

苦々しい口調で長谷川はつぶやいた。二年前の記憶が蘇る。あの時、どれだけ苦労したか。

「君はその……まだ彼女と――」

『止めてください。あれは根も葉もない噂に過ぎません。根底にあるのは女性捜査官への偏見です』石田の声のトーンがわずかに高くなった。『それに、そんなことを言っている場合ではないでしょう。現場を考えれば、優秀な交渉人が必要です。しかも、今すぐ動ける者でなければなりません』

「わかってる」

『この種の事件では初動捜査と対応力が要求されます。それは課長もよくわかっているはずです。それが出来るのは特殊犯捜査係だけで、強行犯の連中に現場を掻き回されたら、混乱するだけです』

「なぜ彼女でなければならないんだ？　吉沢でも室田でも、君のところの誰かを行かせればいいじゃないか」

石田の部下の名前を挙げた長谷川に、無理です、と石田が冷たい声で言った。

『吉沢には別動隊のチーフを担当させます。室田にも別の任務があります。半年前、余剰人員は必要ないと言ったのは課長ですよ』

くそ、と長谷川はハンドルを叩いた。六カ月前、捜査官の増員を具申した石田に、予算がないと却下したのは長谷川自身だった。

『こちらからは誰も出せません。そうである以上、遠野を現場に行かせるしかないでしょう』

「しかし……」

またPフォンが鳴り始めた。保留ボタンを押して、長谷川はブレーキを踏んだ。

『遠野なら、私たちのやり方もわかっています。何をするべきか、そしてもっと重要な、何をしてはならないかも心得ています。現場は品川区ですから、彼女が臨場しても文句は出ません。彼女以外に適任者はいないんです。もちろん、私と常時連絡が取れるようにしておきます。適宜指示を出せば、問題はありません』

待て、と長谷川はこめかみに手を当てた。信号が青になる。

「石田、くどいようだが」必要もないのに声をひそめた。「彼女との関係が続いているようなことはないだろうな？」

『いいですか、課長』辛抱強く石田が答えた。『私と彼女との間には何もありません。あれは女性が交渉人に選ばれたことを不快に思った連中の汚い罠です』

「君はあの時もそう主張したな」

『主張も何も、それが事実ですから』

了解した、と諦めたように長谷川は言った。

「とにかく、状況は予断を許さない。至急遠野警部を現場に向かわせる。だが、君が彼女を本庁に復帰させるつもりなら、それは無駄だ。警察の人事はそう簡単に動かんぞ」

『わかってます』

「くれぐれも言っておくが――」

唐突に無線が切れた。スピーカーを拳で叩いてから、Ｐフォンに触れると、すぐに呼び出し音が鳴り始めた。

ため息をついてから、長谷川は通話をオンにした。夜はまだ始まったばかりだった。

6

緊張で体を強ばらせたまま、遠野麻衣子は高輪署が差し回したパトカーの中にいた。

派手な赤色灯の光が眼に痛い。麻衣子の両脇で、二人の男が不機嫌な表情を露《あらわ》にしたまま座っている。大きな体に挟まれて、それでなくても小柄な自分の体がさらに小さく思えた。

「あの、わたし被疑者じゃないんですけど」

二人の刑事は何も答えなかった。冗談は通じないようだ。

「すいません、ちょっといいですか?」

手を伸ばして、運転していた制服警官の肩をつついた。察しよく警官がバックミラーを傾ける。上半身が鏡に映った。

(ひどい)

自分の疲れた顔に愕然とした。ほとんどメイクをしていないため、余計に表情が冴えない。

青白い肌、こけた頬。背中まで届く長い髪を強引にまとめているので、いつもなら少し垂れ気味の目が吊り上がっていた。

四十過ぎに見えるかもしれない、と思った。まだ二十七なのに。

鏡に向かって、麻衣子は無理やり笑いかけた。切れ長の目が情けなくまばたきをする。

経理課での勤務を終え、帰宅したのは八時過ぎだった。高輪署への異動に伴い、成増のマンションから越してもう二年になる。

品川の駅から一キロほど離れたところにある築二十年のマンション。その一室が麻衣子の城だった。

四畳のダイニングキッチン、六畳の洋室。典型的な1DKだ。女性らしい家財道具のひとつもない。殺風景としか表現出来ない部屋だ。心を癒すものは何もない。

自分にはそれが似合っている、と思っていた。悲しい話だが、仕方がない。

出勤して、仕事をこなし、そのまま家に帰る。毎日がその繰り返しだった。友人らしい友人もおらず、何の楽しみもない人生。

経理課の仕事は忙しかった。毎日のように残業が続き、処理しなければならない書類は増えていくばかりだ。

所轄署に配属された麻衣子に、周囲も冷たかった。警察という組織では、一度のミスですべてを失うと教えてくれた先輩がいたが、その通りだった。

毎日六時に起きて、七時には家を出る。夏でも冬でも、デスクに座って署員たちから提出される伝票をまとめて処理する。仕事はそれだけだ。

だが、手を抜くわけにはいかない。ひとつ間違えただけで、上司はそれを口実に辞職を勧めるだろう。

辞めるのは簡単だが、それでは負けを認めることになる。歯を食いしばるような思いで、二年間単調な仕事を続けていた。

そして今日も、やっとの思いで家に帰り着いた。化粧を落として鏡の前でため息をつくと、緊急の連絡が入り、五分後には二人の刑事に拉致されるようにしてパトカーに乗せられた。

何が起きているのか、事情はわからないままだ。説明もなかった。

「勤務時間外なのに」

不平を漏らした麻衣子に、長谷川一課長の命令です、と右側の男が答えた。眼鏡の奥に苛ついた気配を感じて口を閉じた。

キャリア組の遠野麻衣子は、警察庁入庁後、生活安全局犯罪抑止対策室に所属していたが、男女雇用機会均等法のアピールという政治的な理由で、他部署から選抜された数名の捜査官と、交渉人研修を受けた。

半年間の厳しい研修を経て、最後に残ったのが麻衣子で、警視庁刑事部特殊犯捜査第一係に配属された。性格的に向いていたこともあったし、大学で心理学を専攻していたためかもしれない。教官を務めていた石田には卓越した知識と経験があり、その能力を尊敬していた。

予想外だったのは、石田が麻衣子のネゴシエーターとしての資質だけではなく、女性としての感情を引き出したことだった。いつの頃からか、麻衣子は石田に好意を抱くようになっていた。

(まさか、あんな人に)

石田修平はエリートであり、優れた捜査官だ。背も高く、冷たい印象を周囲に与えることもあるが、だから素敵なのだと噂する女性警官がいたことは麻衣子も知っている。

とはいえ、十歳も年上だ。年上が嫌いというわけではないが、限度があるだろう。石田には妻もいるし、配属当時も雑談で出てくる話といえば四歳の娘のことだけだ。そんな男に魅かれるとは、自分でも思っていなかった。

だが、どうにもならなかった。何をしていても、石田を意識する自分に気づいていた。ある時期から、石田も麻衣子を意識するようになっていたはずだ。きっかけが何だったのかはわからないが、石田の好意を感じていた。

思いを伝える機会はあったが、気持ちを打ち明けることはなかった。二人の関係を怪しんだ警視庁幹部によって、高輪署に異動させられたからだ。

噂になっている、と同僚の刑事から忠告されたこともあった。女性交渉人の存在を好ましく思っていない一部の警官が悪意を持って噂を広めたようだが、今となってはどうでもいい。

高輪署への異動が決まった頃、石田の娘が病死したこともあって、それからは会っていなかった。

経理課での仕事を淡々とこなすだけの毎日が続き、新しい出会いもなく、気がつけば二十七歳になっていた。

「もうすぐです」運転していた警官が声をかけた。「あと一キロもありませんよ」

「わたしは何をすればいいんですか?」

麻衣子は左右の二人に目をやった。命令です、と左側の固太りの男が口を開いた。

「本庁の特殊犯捜査係が現着するまでに犯人から連絡があった場合に備え、幕僚スタッフとして待機せよ、とのことです」

小出総合病院がコンビニエンスストア強盗犯によって占拠されていることは、パトカーに乗った時に聞いていた。

「わたしが現場の指揮を担当するんですか?」

驚きの声を上げた麻衣子に、二人の刑事が顔をしかめた。一時的とはいえ、女性捜査官に命令される立場になるのが我慢ならないのだろう。

警察機構の中で、女性の地位は圧倒的に低い。麻衣子も男たちの心理はわかっていた。

「無理です」

そんなこと出来ません、と麻衣子は手を振った。二人の刑事が揃って腕を組んだ。

「しかし、本庁の命令ですから」

右側の眼鏡の男が、言葉を絞り出した。

「一、二時間でいいんです」固太りの男が言葉を重ねた。「所轄にこういう場合のノウハウがないのは、わかっているでしょう?」

警視庁と大阪府警その他いくつかの県警には、諸外国のそれと似た機能を持つ部署が設置されているが、予算と人員不足のため交渉人を置く道府県警本部は少ない。交渉人がいる所轄署など、あるはずもなかった。

「でも」

本庁からの指名です、と再び眼鏡が言った。

「理由は我々も聞いてません」

(あの人だ)

石田以外、考えられない。麻衣子は頬を冷たい手で挟み込んだ。

会っていないし、話してもいない。だが、麻衣子が高輪署の経理課にいることは知っているはずだ。

チャンスを与えようとしているのだろうか。もう一度、ネゴシエーターとしてやり直すチャンス。

(そうだとしたら)

石田の期待に応えたい、と強く思った。たとえ数時間、現場を引き継ぐまでの間だけでも、後から来る石田のために態勢を整えておかなければならない。

待っていたのはこれだ、と麻衣子は手を握りしめた。彼のために出来る限り、精一杯のことをする。

背筋を伸ばして座り直し、息を思い切り吸い込んだ。

「もう着きます」

運転していた警官がハンドルを大きく左に切った。目の前に広い通りが続いている。

その先に、夜間にもかかわらず煌々《こうこう》とライトで照らされている一角があった。数人の制服警官が手を振って車を誘導している。

「こちらです」

麻衣子は息を呑み、前に身を乗り出して辺りを見回した。警官が路上に溢れている。

「百人？　もっとですか？」

「二百人体制まで増員しているそうです」

麻衣子はシートに小さな体を沈めた。サイレンを鳴らしていたパトカーが静かに停まった。

7

小出総合病院は一九七八年に現院長小出伸明の父、信秀が開業した病院だ。

設立当初は、二階建ての建物に診察室と手術室がひとつあるだけの小さな個人病院だったが、信秀は毎年のように病院の規模を拡大していき、一九九九年に念願だった総合病院の認可を東京都より得ることになる。

その後二〇一一年に建物の大々的な改築を行い、現在の小出総合病院が完成した。敷地面積一万六千二百四十九平米、鉄筋コンクリート三階建て、地下一階、診療科目は内科、外科、産婦人科、眼科、耳鼻咽喉科、小児科、皮膚科、脳神経外科、泌尿器科、麻酔科、放射線科と十一を数える。

病床数は百九十一、非常勤まで含めた医師の数は三十五名、看護師総数七十九名、人間ドック、ＩＣＵ病棟、健康管理センターを併設、高度医療器具のＣＴスキャン、ＭＲＩ、血管連続撮影装置、超音波診断装置、放射線画像情報システムを導入するなど、最新鋭の設備を有する個人経営の総合病院として、品川区のみならず東京都でも有数の規模だ。

病院の正門前に、幅十メートルほどの道が続いている。通りを挟んだ向かいに品川区立第七図書館があり、車から降りた麻衣子はそこに通された。品川署が区役所に要請して図書館の一階部分を前線本部にしている。

フロアは五十坪ほどの広さだった。Ｌ字型に折れ曲がった建物の三分の二を占める、閲読室《えつどく》三十坪の空間を確保していた。

元々あったデスクを利用し、続々と運び込まれた通信機器が積み上げられていた。拡大された現場周辺の地図が壁に何枚も貼ってある。予測される逃走経路が赤いマジックで記されていた。

更に、警視庁、品川署から届いた数十台のパソコン端末が置かれ、集まってくる膨大な情報の分析が始まっていた。

三十人ほどの捜査官がそこにいた。品川警察署の刑事課を中心とした前線本部の刑事たちだが、麻衣子が足を踏み入れると全員口を閉じた。品川の事件になぜ高輪が出てくるんだ、と顔に書いてあった。

口に手を当てて空咳をすると、一人だけ座っていた男が立ち上がった。

「品川署の安藤です」

ほっとして麻衣子は息を吐いた。知っている顔が一人いるだけで、気が楽になった。

「ご無沙汰してます」

頭を下げると、止めて下さい、と安藤が太った腰を深々と屈めた。

「あの時は本当に助かりました。遠野さんのおかげです」

半年ほど前、麻衣子が住んでいるマンションの住人が、傷害事件の被疑者になった。その後、真犯人が逮捕され容疑は晴れたが、住人の顔を見知っていた麻衣子は品川署の要請で事情聴取を受けていた。その事件の担当が安藤で、麻衣子の証言が犯人逮捕に繋がったことを覚えていたのだろう。

五十代前半のはずだ、と麻衣子は髪の毛が薄くなっている安藤の頭頂部に目をやった。もう少し若かっただろうか。

強いポマードの匂いが鼻孔をついた。角張った顔には深い皺が刻まれている。酒好きなのか、鼻の辺りが赤い。

人の良さそうな表情のひとつひとつに苦労人という文字が記されているようで、大変ですね、と麻衣子は囁いた。

こんな時間に申し訳ありませんな、と安藤がもう一度頭を下げた。

二十分ほど前に、警視庁捜査一課長の長谷川から品川署に連絡が入っていた。小出総合病院に立て籠もっている犯人との交渉のために、本庁特殊犯捜査係の捜査官が現場に向かっているが、現着までに一時間以上かかる。その間、高輪署の遠野麻衣子警部が現場を統括する、という指示だった。

安藤に限らず所轄警官にとって、本庁一課長の指示は天の声だ。従う以外、選択肢はない。

安藤も麻衣子のことはよく知らないはずだ。本庁で大きな失敗をして高輪に左遷された女警部、という程度の認識だろう。

ただ、半年前の事件で話した時、経理課より刑事課の捜査官として働いた方がよほど力を発揮出来るでしょう、と言われたことがあった。外見こそ刑事の典型例のようだが、意外に固陋《ころう》なところがない男だ。

安藤が敬礼をした。警部補の安藤より、麻衣子の方が階級は上だ。敬礼は現場の指揮を要請するためのものだった。

「こちらこそ、よろしくお願いします」

答礼した麻衣子は周囲を見渡した。誰もがうつむいて目を逸らす。なぜ女がここにいるんだ、という嫌悪に似た感情が表情に浮かんでいた。

開き直るしかないと覚悟を決めた時、ジャケットの内ポケットでスマホが鳴った。液晶画面には数字が並んでいるだけで、発信人の名前は表示されていない。二年前、その名前は削除していた。二度とかかってこない、とわかっていたからだ。

だが、その番号を忘れたことはなかった。自宅の電話番号より確実に憶えていた。

『私だ』

澄んだ声が言った。低く、それでいてはっきりとした声。

「どこにいるんですか？」

思わず麻衣子は大声を上げていた。安藤をはじめ、その場にいた捜査官たちが振り向く。構わずに言葉を続けた。

「早く来て下さい。わたしには無理です」

『そんなことはない』石田の笑い声がした。『君なら十分に務まる。それだけのことは教えたつもりだよ』

「無茶です、警視正。特殊犯係にいたのはもう二年も前のことです」麻衣子は口の周りを手で覆った。「現場の指揮を命じられましたが、繋ぎに過ぎません。今、どちらですか？」

『まだ本庁にいる』落ち着いた声で石田が答えた。『こっちだって大変なんだ。装備の手配、人員の手配、今やっと別動隊の編成を終えたところだ。あと一時間はかかるだろう』

一時間、と麻衣子はつぶやいた。

「別動隊とは何ですか？」

『最終的には病院内に突入する可能性がある。そのための部隊だ』

吉沢警部の指揮のもと、別動隊を編成している、と石田が説明した。説得と交渉によって犯人を投降させるのが特殊犯捜査係の目的だが、不可能な場合には強行突入せざるを得ない。そのための突入班だ。

警視庁庁舎内の大会議室を病院に見立て、吉沢警部の指示で突入シミュレーションの訓練を始めている、と石田が言った。

『ただ、小出病院の内部がよくわからない。病院を設計した業者を捜しているところだ』

「見つかっていないんですか？」

不安を隠せないまま尋ねた麻衣子に、石田がまた笑った。

『もう深夜一時になる。簡単にはいかない。だから君を呼んだ。私が着くまで、君に現場を預ける。頼んだよ』

石田が今どんな表情をしているか、麻衣子には手に取るようにわかった。柔らかい春の日差しのような悪戯《いたずら》っぽい笑顔。

「やってみます」

君なら出来る、と石田が優しく声をかけた。

『既に通信ラインは確保した。犯人から連絡があれば、私もすべての音声を確認出来る。必要があれば指示するが、君の任務は犯人と話して、情報を入手することだ。わかるな？』

「了解しました」

『それじゃ、後で会おう』

石田が電話を切った。二年ぶりに話したというのに、何の余韻もない。

麻衣子はスマホの画面を見つめたが、何も映っていない。小さく肩をすくめて左右に目を向けた。

品川区立第七図書館は六年前に改装されて、斬新なデザインが話題になっていた。道路側の壁面はすべてガラス張りだ。そのため、図書館内からも小出総合病院の全景を見ることが出来た。

道路には十メートルおきに大型のサーチライトが配置され、病院を照らし出している。まるで昼間のような明るさだった。

周辺の家から、次々に防寒着姿の見物人が出てきていた。規制線の前にいる警備の警察官が、近づかないでくださいと叫んでいるが、人々の群れは増える一方だった。

道路の奥に、腕章をつけた十人ほどの男女が白い息を吐きながら立っていた。テレビ局か新聞社の記者のようだ。

今の電話は本庁からですか、と安藤が尋ねた。目が不安そうに泳いでいる。

いえ、と麻衣子は視線を逸らした。石田からの電話であって、本庁からという意識はなかった。

聞き耳を立てていた捜査官たちが、それぞれの仕事に戻り始めた。安藤が肩越しに親指を立てた。

「警察には女性蔑視の傾向がありますな。悪い癖です。気にしないで下さい」

慣れています、と麻衣子は答えた。

「状況を教えてもらえますか？」

「病院の包囲は完了しております」

安藤が簡略な地図が張り付けてあるホワイトボードの前に戻った。

「病院は角地に建てられており、南側と西側は道路に面しています。ちなみに、この図書館は西側で、あちらの道路が南側にあたるわけですが」

麻衣子は小さくうなずいた。周辺の道路はすべて封鎖の上、警官隊を配備しております、と安藤が外を指した。

「北側の駐車場は本庁の機動捜査隊員が固めています。東側には二十四時間営業のディスカウントショップと民家が数軒ありますが、ディスカウントショップには事情を話して臨時休業にしてもらいました。民家の方は、警備も兼ねてうちの警官が入っております」

蟻の這い出る隙もないということですね、と麻衣子は小声で言った。

「こちらは建物の簡略な図です」安藤がホワイトボードを回転させて裏返した。「病院の構造ですが、一階は受付とナースステーション、そして各科の診療室です。二階は入院病棟と談話室、三階は手術室とＩＣＵ病棟、入院病棟。地下は備品室、霊安室などです。もちろんこれはおおざっぱな説明で、各階には医師、看護師などの休憩室、二階には入院患者のための調理室、三階には院長室や会議室などさまざまな施設があるようです。細かく言えば百近い部屋があると思われますが、正確にはわかっておりません」

「後で本庁の担当者に話してください」麻衣子は話を遮った。「わたしはそれまでの中継ぎに過ぎません。それで、犯人はどこにいるんですか？」

「高性能の集音器を病院の壁に取り付け、犯人の居場所を探っております。ただ壁が非常に厚いので内部の様子を完全に把握出来ているとは言えません。情報を総合すると、二階のデイルームで人質と共に立て籠もっているようです」

現在、警視庁装備課に依頼して赤外線探査装置の到着を待っているところです、と安藤が付け加えた。

「犯人からの接触は？」

「前線本部を設置してから、病院内に電話での連絡を続けておりますが」誰も出ません、と安藤が唇を嚙んだ。「また、外部から拡声器による呼びかけも随時行っておりますが、犯人側からの反応はありません」

「拡声器？」

「はい」

拡声器が何か、と安藤が尋ねた。卑猥な言葉を囁かれたように、麻衣子が耳を手で覆った。

「すぐに止めて下さい。電話もです。病院への連絡は十分に一度、呼び出し音は五回まで。まずこれを徹底させて下さい」

「あんた、何を言ってるんだ」

立っていた若い刑事が怒鳴った。ネコ科の動物のようにしなやかな体つきをしている。見覚えがある、と麻衣子は思った。港区と品川区の警察官を対象にした研修会で何度か会っていた。品川署の戸井田刑事だ。

「じゃあ、どうしろっていうんだ?」

「やめなさい、戸井田君」

安藤が手で制したが、押しのけるようにして戸井田が前に出た。頭二つ大きい男の目を見て、麻衣子は口を開いた。

「拡声器による呼びかけは、犯人にとってストレスになるだけで、効果はありません。警察が使用する拡声器は高性能なので、壁を隔てていても六十ホン以上の音になります。立て籠もっている犯人は音や光の刺激に敏感ですから、不安と苛立ちを募らせることになります」

「それじゃ、どうやって犯人と接触すればいいんだ?」

乱暴に戸井田が叫んだ。電話です、と麻衣子は即答した。

「犯人との交渉は、絶対に電話を使用して下さい」

「だから電話をかけてるじゃないか」

拳を握りしめた戸井田に、病院の電話です、と麻衣子は言った。

「戸井田刑事、この事件のことは誰もが知っています。警察だけではなく、マスコミも、人質の家族も、無関係なやじ馬も、誰もが病院に電話をかけ続けているんです。それでは犯人も苛つくでしょう。あなたたちが最初にするべきだったのは、病院への電話を遮断することです」

すぐに手配をして下さい、と麻衣子は命じた。戸井田は動かなかった。

「それでは犯人が孤立することになる。奴らが何をするか、わかったもんじゃない！」

「そのために連絡用の携帯電話を特殊犯捜査係が手配しています」

「それまで何もせずにここで待ってろと言うんですか？」

そうです、と麻衣子はうなずいた。

「犯人との交渉は忍耐がすべてです。待つしかありません」

「しかし――」

「安藤警部補、病院へ入るなど、犯人との直接交渉を考える捜査員が出てくるはずです。あなたの権限で、対面交渉を禁じて下さい。混乱を防ぐために、指揮系統を徹底すること。当然ですが、現場警察官の判断による行動はすべて禁じます。命令するのは前線本部だけです」

まばたきを繰り返していた安藤が水飲み人形のように首を縦に振った。

「しかし遠野警部、その必要が出てくる可能性があるかもしれないじゃないですか。対面交渉をする必要が！」

戸井田が飢えた犬のように吠えた。

「例外はありません」

麻衣子は冷たい声で答えた。石田が来るまで、この現場を守らなければならない。

「対面交渉は犯人にとって有利な状況が増えるだけです。ＦＢＩでは犯人が投降してくるまで相手の顔を見てはならない、というルールがあるぐらいです」

「ここは日本だ！　アメリカとは違う」

戸井田が怒鳴ったが、麻衣子はひるまなかった。どうせこんなことになる、と予想はついていた。

ここはわたしの現場ではない。石田の現場だ。その思いが麻衣子を支えていた。

「人間に変わりはありません。日本人もアメリカ人も、そして男も女もね」

あからさまな皮肉に、戸井田の顔が真っ赤になった。これは命令です、と麻衣子はホワイトボードを平手で叩いた。

「徹底して下さい。犯人との交渉はすべて電話で行うこと。そのために携帯電話を準備しています。いつでも犯人と連絡を取れるようにする、それが一番重要なんです。いずれにしても、彼らは必ず連絡を取ってきます」

座ってもいいですかと尋ねた麻衣子に、うなずいた安藤が椅子を引いた。

その時、表で凄まじい音と地響きがした。見物人が喚声のような声を上げている。すべての捜査官が窓際に走り寄った。

通りを警察官が右往左往している。砕けたガラスの破片がアスファルトの上で光っていた。

病院の前に停められていた救急車の屋根がへこみ、そのすぐ横に小型の冷蔵庫の残骸があった。見上げると、二階の窓ガラスに大きな穴が開いていた。

どういうつもりだ、と安藤が唸った。

「冷蔵庫を投げ落としてどうなる？」

「安藤警部補、犯人から入電です」

通信機材の前に座っていた若い男が抑えた声で言った。スピーカーに繋ぐように、と麻衣子は指示した。

『うるせえんだよ、てめえら！』

天井のスピーカーから、いきなり怒鳴り声が降ってきた。

『いいかげんにしろ、ぶっ殺すぞ！』

麻衣子は安藤と顔を見合わせた。どう対応するべきか。咄嗟に判断できなかった。

『さっきからガンガンガンガン電話ばっかり鳴らしやがって！』声が続いた。『頭がおかしくなっちまうじゃねえか！』

麻衣子は電話に手を伸ばしたが、一瞬早く戸井田刑事が子機を摑んだ。何をしている、と安藤が小声で言った。

「戸井田刑事、電話を渡しなさい」低い声で麻衣子は命じた。「あなたに犯人と交渉する資格はありません」

「経理課の警部さんに言われたくない」

胸の前で子機を摑んだ戸井田が歯を剝き出しにした。

「わたしは警部で、巡査部長のあなたより二階級上です。命令に従いなさい」

警察において階級は絶対だ。戸井田が周囲に目をやる。言われた通りにしろ、と安藤が囁いた。

『おい、聞いてんのかよ！』

犯人の怒鳴り声に、戸井田が送話口に向かって叫んだ。

「聞いてるぞ！」

麻衣子は目をつぶり、天井を仰いだ。今さら割って入るわけにはいかない。

『お前、誰だ？』

不思議そうに声が尋ねた。

「品川署の刑事課巡査部長、戸井田だ。そっちも名乗ったらどうだ」

『所轄か。所轄の刑事なんかに用はねえよ』

醒めた口調で男が言った。

「待て、切るな。自分が何をしているのかわかっているのか？　病院は我々が完全に包囲している。そこから逃げることは絶対にできない」

『お巡りがいっぱいいるのは、こっちからも見えるぜ。大騒ぎだな』

「誰のせいだと思ってる？　お前たちが立て籠もっているからだぞ。人質を解放してすぐに出てこい。そこにいても、どうにもならないのはわかっているだろう？」

返事はなかった。強ばった表情で戸井田が呼びかけた。

「そこにいるのは医者や看護師だけじゃない。病人が大勢いるはずだ。もし彼らに万一のことが起きたら、どうやって責任を取る？　直接危害を加えなくても、彼らの身に何かあったら、それはお前たちの責任になるんだ。わかるだろ、わかったらさっさとそこから出てこい！」

『うるせえよ』

からかうような口調で、バカ、と付け足した。

「ふざけるな。そんなことを言ってる場合じゃないぞ」

戸井田がテーブルを強く蹴った。

「もし患者が死にでもしたら、お前たちは殺人犯だ。いいか、今なら罪は軽い。おとなしく出てくるんだ。悪いようにはしない。どっちが得かよく考えてみろ」

沈黙が続いた。目を伏せた安藤が指でテーブルに円を描いている。

麻衣子は窓の外に目をやった。子機を強く握り直した戸井田がもう一度口を開いた。

「聞いているのか。いいか、何度でも言うぞ。そこから出てくるんだ。病院は完全に包囲されている。お前たちに逃げ場はない。いつまでこんなことを続けるつもりだ？　無駄な抵抗は止めて、そこから出てきて、そこから素直に出てきて――」

『今度電話してみろ』いきなり声が割り込んだ。『こいつらを殺す』

通話が切れた。子機を耳に当てたまま、もしもし、と戸井田が繰り返している。スピーカーからは断続的な信号音だけが流れていた。

「切れました」

悔しそうに戸井田が子機を架台に叩きつけた。麻衣子は安藤に目配せして、図書館の隅に歩み寄った。

すみません、と言いかけた安藤に、麻衣子は顔を向けた。

「彼を二度と電話に出させないで下さい。いいですね」

「わかっています。ただ、今のは突発的なことで――」

「理由を尋ねてはいません。要請しているだけです」

髪の毛が逆立っていないか、麻衣子はそっと手で確かめた。どうにもならないほど腹が立っていた。

「無駄な抵抗は止めておとなしく出てこいなんて……あさま山荘はもう何十年も昔の事件です」

信じられない、とつぶやいた麻衣子の前で、安藤が額の汗を拭った。

「彼は優秀な刑事なのですが、焦りがあったんでしょう」

部下を庇《かば》った安藤に、麻衣子はハンカチを渡した。

「戸井田刑事のことは、わたしも知っています。優秀だとわかってますが、立て籠もり事件は通常の事件捜査とは違うんです。犯人逮捕の際、自分の階級を言えば脅しとして有効かもしれませんが、今回のケースでは逆効果になります。権力を振りかざしても、犯人は反発するだけです」

安藤の手からハンカチを取り返して、麻衣子は話を続けた。

「犯人に対してお前呼ばわりするのも禁じます。高圧的に出ても、犯人は納得しません」

「いや、それは……」

言い訳をしようとした安藤が一歩退いた。同じ距離だけ、麻衣子は近づいた。

「説得に当たって、犯人の人格を認めるのが絶対の鉄則です。誰にでもプライドはあるんです」

「何しろ、突然の電話だったもので」

薄くなっている安藤の頭が、雨にでも打たれたかのように濡れている。

「あれでは宣戦布告も同じです。戸井田刑事は何をしたかったんですか？」

最悪です、と麻衣子は腕を組んだ。声が高くなっていくのを抑え切れない。

「彼がしたことは、交渉人マニュアルにある禁止事項の見本のような行為です。相手の状況が何もわかっていない今の段階では、少しでも長く犯人と話し、情報を聞き出さなければならないのに、こちらの手の内を明かしただけです。しかも怒らせてしまった。話になりません」

「それは、その」安藤が弁解のために口を開いた。「彼も説得をしようと――」

「頭ごなしに怒鳴りつけるのは、説得でも何でもありません。説得とは、お互いの理解の上で成り立つものです。それなのに……」

麻衣子は口をつぐんだ。背中に捜査官たちの視線が感じられる。

安藤に怒りをぶつけても、得られるものは何もない。現場の反感を買うだけだ。

それでは戸井田と変わらない。落ち着いて、と麻衣子は自分自身に言い聞かせた。

怒りの理由はわかっていた。女だからというだけの理由で戸井田が命令を無視したこと、その結果として、石田に状況を悪化させたまま事件を引き継がせてしまう可能性が高くなったからだ。だが、それは取り返すことが出来る。

意思の力だけで、麻衣子はぎこちない笑顔を作った。

「不幸中の幸いですが、犯人は戸井田刑事に腹を立てたあまり、本来の要求を伝えられませんでした。必ずもう一度連絡してくるはずです。それを待ちましょう」

わかりました、と安藤がうなずいた。

「しかし……戸井田は間違ったことを言ったのでしょうか？　自分もあんなふうに答えたと思うのですが」

「彼は喋りすぎです」テーブルに戻りながら麻衣子は言った。「安藤警部補、優れた交渉人に欠かせない資質は何だと思いますか？」

さあ、と安藤が首を捻った。

「わかりませんな。普通に考えれば、説得する能力ということになるんでしょうか」

いつの間にか、教師に質問をする生徒のような口調になっていた。

「ネゴシエーターにとって一番重要なのは、喋らないことです」

麻衣子の答えに、安藤の足が止まった。

「そんな馬鹿な……話さなければ、説得も何もないでしょう」

「相手の話を聞く。話す必要さえない、と教わりました」

石田が講義のたびにそれを繰り返していたのを、麻衣子は思い出していた。

「犯人には必ず訴えたいことがあります。金か、人命か、恨みか、政治的、あるいは宗教的信念か。具体的な逃走手段、あるいはそれ以外の何か。まずは犯人の要求を確認する。それが最も重要なポイントになります。そのためには、犯人の話を徹底的に聞かなければならない。交渉上手というのは聞き上手のことなんです」

なるほど、と安藤が大きくうなずいた。この人も意外と交渉が巧い、と麻衣子は微笑んだ。

8

強盗事件が起きた下品川のコンビニエンスストア〝Q&R〟から、事件の全貌が映った映像データが届いたのは、犯人から電話があった数分後のことだった。

前線本部の担当者が、すぐに映像の解析を始めたが、犯人たちがフルフェイスのヘルメットをかぶっていたために、三人という人数が確認出来たこと、服装や体型がわかったこと以外、新しい情報はなかった。

沈黙を続けていた前線本部に、グレーのコートを着た中年の捜査官が入ってきた。品川署の安間ですと麻衣子に敬礼し、報告を始めた。

「院長と師長がそれぞれの自宅から到着しました。また本庁から連絡があり、石田課長代理がこちらに向かったということです。二十分以内に到着するでしょう」

安藤に促され、麻衣子は立ち上がった。安間の後に続くと、L字型のフロアの奥に、司書室とプレートの掛かったドアがあった。

ノックした安藤がドアを開くと、枯木のように痩せた六十歳前後の男と四十代後半の色白のやや肥満した女が同時に立ち上がった。

頭を下げた安藤が、座ってくださいと言った。椅子に腰を下ろした女が眼鏡を持ち上げて、目尻の辺りをハンカチで拭いた。

「小出院長ですね？」

安藤の問いに、男が小さくうなずいた。目が鋭い。痩せた体にオーダーメイドのスーツがよく似合っていた。

「わたしが小出伸明です。こちらは中山師長」

「中山でございます」

女が太った腰を屈めて挨拶した。すべては自分の責任です、と言わんばかりに目が真っ赤だった。

「あの、患者さんは無事なんでしょうか?」

もちろんです、と麻衣子は笑みを浮かべた。交渉人は演技をしなければならない。

「患者さんだけではなく、先生方や看護師さんたちもご無事ですよ」

「何とかならないでしょうか、助けて下さい。お願いします」

師長の両眼から、大量の涙が溢れた。手の甲で拭いながら、何度も何度も頭を下げている。

「患者はもちろん、スタッフに万一のことがあっては困ります」小出院長がきれいな銀髪を手で整えた。「万全の措置を取っていただきたい」

「そのためにはお二人の協力が必要です」

麻衣子は椅子を引いて腰を下ろした。安藤が隣の席に座った。

「現状を説明します。犯人は病院の正面玄関、救急搬入口、そして非常口の出入り口三カ所にすべて施錠しています」

病院にはその三カ所しか出入り口はありません、と院長がうなずいた。

「扉の素材はわかりますか」

安藤の質問に、院長が額に指を押し当てた。

「救急搬入口はスチール製の頑丈な扉なので、壊すのは難しいでしょう。非常口は防火用壁も兼ねていますので、これも無理だと思います。ただ、正面玄関はガラスですから割るのは簡単でしょう」

「ガラスなので、近づけないんです」安藤が苦い表情を浮かべた。「こちらの動きが丸見えですからね」

「他に出入り口はありませんか?」

麻衣子の問いに、ないはずですが、と院長が自信なさげに隣に目を向けた。ありません、と師長が首を振った。

「例えばですが、死体を搬出する通路はどうです?」

麻衣子の口から出た死体という言葉に、中山師長が目を剝いた。

「ご遺体は病院のエレベーターで運びます。霊安室と繫がっている通路はありますが、外へ出ることは出来ません」

「わたしたちが入手したのは病院のパンフレットと、ホームページから抜き出したデータだけです。詳しい建物の情報を教えてください」麻衣子は数枚のプリントアウト紙を広げた。「建物の設計事務所にも連絡を入れていますが、時間が遅いので、まだ捕まっていません」

「いや、これで十分でしょう。説明は出来ると思いますね」

同意を求めた小出院長に、はい、と師長がうなずいた。

「パンフレットの写真を見ましたが、一階は正面玄関以外、中を見ることの出来る窓はないんですね？」

「そうです。通院患者の中には、周りから見られることを嫌がる方もいますので」

「二階はどうでしょう？」

小出総合病院の二階と三階の病室には、外光を取り入れるために大きなガラス窓が嵌《は》め込まれている。それは外部からも確認できた。

「病室及びデイルーム、それから各階の廊下にはすべて窓があります。特に病室はすべて南に向いていますので、採光に優れております」院長が不動産屋のような口調で言った。「ただ、この辺りは車の通りが多いので、排気ガスを遮断するために窓はすべて嵌め殺しになっていますが」

「内部に突入するためには、ガラスを割らなければならないということですか？」

安藤の問いに、それは最後の手段です、と麻衣子は右手に持っていたペンを置いて手首を揉んだ。

「はしご車で突入するという方法もありますけど、犯人がどんな行動に出るかわかりません。可能な限り避けるべきだと思います」

まったくですな、と安藤が首を縦に振った。師長に伺いたいのですが、と麻衣子はペンを取り上げた。

「病院内の人質の数ですが、何人いると考えられますか？」

「記憶だけでまとめたのですが……」

中山師長がリストを差し出した。警察の質問を予想していたのだろう。

「先生方が三名、これは間違いありません。外科の飯野先生、内科の山村先生、それと副院長の――」

息子です、と小出伸明が辛そうに口を開いた。

「陽一といいます。後期研修を終えて、二年ほど前に戻ってきたばかりですが」

中山師長が説明を続けた。

「看護師が七名、これも確かです。わたしが夕方に引き継ぎをしましたので」リストの姓名を丸い指でなぞった。「師長代理の田中洋子、その他六名です。問題は患者さんで、わたしが担当している方はわかるのですけど、それ以外はどうしてもうろ覚えで……」

泣き出した師長の肩に、小出院長が優しく手をかけた。

「それは師長の責任と言えませんよ」

院長のおっしゃる通りです、と麻衣子はリストを開いた。

「この中に病状の重い患者さんはいますか」

「ＩＣＵ病棟に二名、佐伯さんと西田さんが入院しています。佐伯さんは交通事故で頭を強く打ったために意識不明の状態が一週間ほど続いており、状態はよくありません。西田さんは今日の夕方入院された患者さんです」

院長先生の方がお詳しいですよね、と師長が顔を向けた。

「確か、自宅で倒れているところを弟さんが見つけて、自分の車で運び込んできたはずです」小出院長が額に手を当てた。「担当の医師は意識不明の原因がはっきりしないと話してましたが、ご家族の強い希望もあってICU病棟に入れることに……明日、精密検査をする予定でした」

「二人はそれぞれICUの一号室、二号室に入っているわけですね？」麻衣子はリストをめくった。「その他はどうでしょう。老人、子供はいますか？」

「三階の病棟に、肝硬変の患者さんと、肺ガンの患者さんがいます。容態は安定してますし、一刻を争うという病状ではありませんが、目は離せないと内科の神野先生がおっしゃっていました。それから六十歳以上の患者さんが八人……」

　本間さんはどうだったかしら、と師長が男のように腕を組んで考え込んだ。あの人はそんな年じゃないだろう、と院長が言った。

「それでは七人です。後は小児科病棟に骨折した幼稚園児一人と、小児性腸炎の小学生が一人おります」

「人質になっている患者さんは、何人になりますか？」

「三十八人か、九人だと思います」

　中山師長が言った。

　タクシーの運転手もいますな、と安藤が付け加えた。

「つまり……医者、看護師を含めると五十人前後が人質になっていると考えていいでしょうか？」

麻衣子はリストを閉じた。院長が不安そうに見つめている。

もうひとつよろしいでしょうか、と師長が脅えたように辺りを見回した。

「何でしょう?」

「あの、中畑さんが」ためらいながら師長が言った。「腎不全の患者さんですけど、明日の朝から人工透析の予定が入っています」

「中畑……中畑明日美、四十四歳」もう一度リストを開き、麻衣子は名前を指で押さえた。「もし人工透析をしないとどうなりますか?」

院長が重々しく首を振った。

「本来なら今日のうちに透析処置を済ませる予定でした。本人の都合で止むなく明日に延ばしていまして」

「どうなると?」

質問した麻衣子に目をやった院長が、疲れきった様子で肩を落とした。

「……最悪の事態も起こり得るかと」

重苦しい沈黙が辺りを包み込んだ。しばらくして麻衣子は顔を上げ、口を開いた。

「わたしたちは人質解放に全力を尽くします。ご協力をお願いします」

もちろんです、と院長はうなずいた。師長の目からまた大粒の涙がこぼれた。

9

ノックの音がして、戸井田が司書室に入ってきた。目配せに促されて廊下に出た麻衣子に、鑑識が呼んでいますと戸井田が言った。

「声紋分析を始めるそうです」

わかりました、と麻衣子は歩き始めた。後を頼む、と指示した安藤も後に続いた。

あの、と戸井田が声をかけた。

「先ほどは失礼しました。自分も興奮していて……」

気にしないでください、と麻衣子は囁いた。

「わたしも言いすぎました。忘れましょう」

戸井田が曖昧に笑った。軽く頭を下げて麻衣子は安藤と並び、廊下を早足で進んだ。

「早く本庁が来てくれないと」麻衣子はため息をついた。「わたしの手に負えるような事件ではないんです」

「そんなことはないでしょう」安藤が麻衣子の背中を軽く叩いた。「あなたは自分の仕事を全うしていますよ」

　時間がありません、と麻衣子は言った。

「早急に解決しないと、腎不全の患者が危険です」

「本庁に連絡しましょう」

廊下から入った安藤が壁際にいた三人の男を指さした。一人だけ座っていた男がレコーダーを操作している。病的なまでに太っていた。細い目は一本の線のようだ。

うちの鑑識課の牧班長です、と安藤が紹介した。

「二十年以上、この仕事をしているベテランです。酒井と吉長はまだ若いですが、最新の技術に精通しています。特に吉長は心理分析官として、本庁からお呼びがかかっているほどです」

牧が太い指で再生スイッチを押すと、スピーカーから戸井田と犯人の会話が流れ始めた。

「犯人の性別は男性、年齢は不詳だが、四十五歳前後ではないかと推察される」

牧班長が経を読む僧侶のように朗々と語り出した。

「言葉にほとんどなまりはなく、東京出身であることは間違いない。ただしいわゆる埼玉弁の言葉を遣うことから、三多摩地域あるいは埼玉県と隣接した区域、例えば練馬区もしくはその周辺で育ったか現在居住していると考えられる」

ほとんど息継ぎなしに語り終えた牧が、銀縁の眼鏡越しに二人の部下を見た。

「性格はクレッチマー分析の粘着気質です」吉長が研究発表をするゼミ生のように解説を始めた。「感情的で、喜怒哀楽が激しい特徴があります。思い通りに物事が進まないと、すぐに怒り出すタイプでしょう」

吉長が写真をテーブルの中央に置いた。犯人たちがコンビニエンスストアを襲った時のカメラ画像をプリントアウトしたものだ。フルフェイスのヘルメットをかぶった三人組が鮮やかに写し出されている。

「体型からの推測ですが、声の主はこの背の高い男だと思われます。電話をかけてきたこの男がリーダーということになるでしょう。感情家ですので、うまくコントロールしないとトラブルになりかねません」

本庁には既に写真を送付済みです、と酒井が補足した。

「組対の犯罪者リストを中心に、写真の身体特徴に合う者をデータベースと照合中です。もうひとつ、先ほどの連絡では、写真を各方面本部に転送、暴力団担当の捜査官が洗い出しを始めているそうです」

麻衣子は三人の顔を順に見た。

「本庁はこの三人を暴力団員と考えているんですか？」

そう判断するのが妥当だろう、と牧班長が答えた。

「襲われたコンビニ店員の証言、これまでの彼らの行動……粗暴で計画性がない。半グレの可能性もあるが、銃を所持しているから、暴力団員と考えていい」

本件ですが、と酒井が話し出した。

「犯人グループは何らかの理由で金が必要になり、車を盗んだ上で手近のコンビニを襲ったと想定されます。土地勘がないことはその後の逃走経路からも確かで、計画的な犯行ではありません。逃げる途中でエンジントラブルが生じたため、車をコインパーキングに乗り捨てたと考えられます」

「なぜそんなことを？」

麻衣子の問いに、路上に放置しておけばすぐに見つかってしまうからです、と酒井が答えた。

「徒歩での逃走を試みたはずですが、非常線が張られると予期したか、あるいは既に配備されたと考えて断念、やむなく近くにあった小出総合病院に逃げ込み、医師、患者などを人質に取って籠城している……そんなところだと思いますが」

「その他に、この声から分析出来ることは？」

安藤の質問に、吉長が顎の下に指をかけた。

「犯人は虚勢を張っているようですが、その根底にある感情は怯えです。何度も挑発的な発言を繰り返していますが、オシログラフの波形が乱れているのは、逮捕を恐れているためでしょう」

吉長がレコーダーのモニターを指さした。グリーンの画面上に、犯人の声が線で波を作っている。

「犯人の性格を考えれば、強く刺激するとパニックを起こして何をするかわかりません。慎重な対応が必要かと思われます」

牧と酒井が交互にうなずいた。吉長の声が少し高くなった。

「また、語彙《ごい》が不足しているのも大きな特徴です。会話の途中、何回か黙り込んでは怒鳴り出すというパターンが見受けられますが、何を言いたいのか自分でもわからなくなって苛立ちを覚え、怒鳴ってストレスを発散しているわけです。このことから学歴が低いこと、暴力団員だとすれば、組内の立場はそれほど高くないと推察されます。あるいは、正式な組員として認められていないのかもしれません」

そりゃ困る、と安藤が渋面を作った。

「組員でなければ、面倒なことになります。最近の暴力団は、下部組織の準構成員まで把握していませんからな」

「声から判断出来ることは以上だ」

牧がレコーダーを止めた。流れていた犯人の怒鳴り声が途絶えて、室内が静かになった。

「何か質問は？」

ひとつあります、と麻衣子が口を開いた。

「聞いている限り、周囲から音がしません。犯人はどこから電話をかけているのでしょう？」

「犯人が使用している電話の番号はこちらに」酒井が数字の並んでいるメモを渡した。「これは病院三階フロアの代表番号です。犯人が三階のどこかにいることは確実ですが、それ以上は何とも……」

「人質とは離れた場所にいるということですね」

「病院内部の様子をモニターしていますが、おそらく人質は二階のデイルームに監禁されているようです。犯人が三階から電話をかけたのは――」

「人質たちに聞かれたくなかったのでしょうな」

三階の電話の位置を特定できますか、と安藤が尋ねた。いえ、と酒井が首を振った。

「三階のすべての電話の発信元はこの番号になりますので、場所は断定できません。ただ、電話のある場所は限られています。三階のサーバールームとICU病棟前の待合室です」

「他に犯人が二人いますが、彼らはどこに？」

「一人はデイルームで人質を監視しているはずです。もう一人は一階で警察の動きを見張っている可能性が高いでしょう」

酒井の説明には淀みがなかった。一階にヘルメット姿の男が潜んでいるのは確認済みです、と安藤がうなずいた。

「これで犯人と人質の位置関係が明確になったわけですな」

声をかけた安藤に、そうですね、と麻衣子は答えた。

「どうしたんです、遠野警部。彼らの分析に何か問題でも？」

不安そうに安藤が言った。いいえ、と麻衣子は頭を振った。

「ただ何となく、嫌な感じがして……考え過ぎでしょう」

麻衣子はテーブルに置かれた写真を見つめた。背の高い男が防犯カメラに顔を向けていた。

10

膠着状態が続いていた。状況に進展がないまま、時間だけが過ぎていく。

麻衣子は病院北側の機動捜査隊員の位置を、建物に近すぎるという理由で下げさせたが、変化はそれだけだった。

「どうするつもりです？」

安藤の声に、コーヒーの入った紙コップを持ったまま麻衣子は顔を上げた。安藤の後頭部で、乱れた髪の毛が寝癖のように立っていた。

「現場からは、強行突入の可能性を探るべきだ、という声も上がっていますが」

「それを抑えるのが、安藤さんの仕事だと思います」

残り少なくなったコーヒーを麻衣子は飲み干した。すぐ後ろで、通信班員が病院を包囲している警察官に指示を出している。

「犯人に動きがない限り、現状を維持するしかありません。しばらくすれば本庁から責任者が来ます」

「しかし、何かあったらと思うと、どうも落ち着かないといいますか……例の患者のこともありますし」

うろうろと歩き回る安藤から離れて、麻衣子は図書館の窓際に立った。照明に照らされて、病院のガラス窓が光を反射している。いくつかの部屋から明かりが漏れていた。犯人は連絡を取ってくる、と麻衣子は確信していた。駆け引きか、交渉か、相談か、要求か。

逃走手段にせよ、食料の補給にしても、あるいはその他の何かであれ、犯人は話し合いを要求してくるだろう。すべてはそれからだ。

皮肉な笑みが浮かんだ。犯人からの連絡は一度だけで、交渉人としての力を示すことは出来なかった。

でも、それでいい。重要なのは、無用な混乱がないまま、石田にこの現場を引き渡すことだ。

事件そのものについて、麻衣子はそれほど不安を感じていなかった。この手の事件は、ほとんどの場合時間が解決する。

警察が正しい手段で対応すれば、冷静さを取り戻した時点で犯人は必ず投降する。そして石田が対応を誤ることは考えられなかった。

犯人が粗暴犯なのは間違いない。彼らの行動が、それを物語っている。絵に描いたようにわかりやすい、単純な犯人像だ。

ただひとつ、問題があるとすれば例の腎不全の患者だが、それは石田が考えることだろう。

警部、と背中で声が上がった。振り向いた麻衣子の目に、顔を真っ赤にした戸井田が受話器を指さしている姿が映った。

「犯人から入電です。捜査の責任者を出せと怒鳴っていますが、どうしますか？」

「安藤さん、本庁の担当者が到着するまでの時間は？」

囁いた麻衣子を、脅えた小動物のような目で安藤が見た。

「つい先ほど十分以内に着くと連絡がありましたが……」

十分、と麻衣子は唇を噛んだ。三分なら何とかなる、ぎりぎり五分までなら引き延ばすことも可能だろう。だが十分は難しい。

電話をスピーカーに繋ぐように指示した。最後の最後で、こんな役目が回ってくるとは思っていなかった。

『この野郎、ふざけんなよ』

すぐに怒鳴り声が降ってきた。深呼吸をひとつしてから、麻衣子は電話に出た。

「どうしました？」

自分でも意外なほどに落ち着いた声だった。犯人が一瞬黙り込んだ。

『俺は責任者を出せって言ってるんだよ！』鉄砲水のように、言葉が溢れ出した。

『てめえらなめてんのか？　いったいどういうつもりだ。お前なんか関係ねえよ。さっさと代われ、女に用はねえんだ』

「今、責任者がこちらに向かっています。間もなく到着するはずです」

時計を見た。秒針がこれ以上ないほどゆっくり進んでいる。

『そんなこたあ聞いてねえんだよ！　おい、姉ちゃん、あんたしかいないのか？　あんた、いったい誰なんだ？』

「高輪署の遠野といいます。もう少し待ってもらえれば、責任ある返答も出来ますが、わたしには権限がありません」

泣きそうな声で言ったが、麻衣子は心の中で舌を出していた。

『なんだ、押し付けられたのか』拍子抜けしたように男が言った。『ついてねえな』

「わかってもらえますか？」

『その責任者ってのはいつ来るんだ？』

安藤が手のひらを開いた。五分ほどでしょうか、と麻衣子は洟《はな》をすすった。

『あんたも大変だな』同情するように声が言った。『いいか、そいつが来たら言っとけ。その辺にうろうろしてるお巡りを下げろ。わけのわからねえ見物人もだ。俺たちは見世物じゃねえぞ』

「約束します。必ず伝えます」

『それからライトも消せ。眩《まぶ》しくてしょうがねえ』

「待って下さい。書き留めます」麻衣子はペンを取り出した。「すいません、書くものがなくて」

『どうせ録音してるんだろう？　書く必要なんてないだろうが』

「いえ、命令ですから」

取り出したペンをそのままテーブルに置いた。紙を差し出した安藤に、いらない、と手を振る。書き留めると言ったが、あくまでもポーズだ。

自分が正式な交渉人なら、ここまで低姿勢を取ることはなかっただろう。ネゴシエーターに必要なのは、毅然とした態度だ。

だが、今は違う。石田が来た時に、任務の交替をスムーズに行わなければならない。麻衣子が選択したのは、権限のない警察官というポジションだった。

同情を引き、あわよくば犯人が感情移入してくれるような存在。そうであれば犯人も無理を言うことはない。場合によっては、重要な情報を漏らすことも有り得る。

〝交渉人は演出家であり、役者でなければならない〟

石田の言葉が脳裏を過《よぎ》った。

「通りにいる警官と見物人を下げてほしい、と。それからライトを消してほしい、以上ですね？」

『そうだ。書いたか？』

「書きました。あの、ひとついいですか？」

返事を待たずに、麻衣子は言葉を続けた。イエス・ノーの判断をさせてはならない。あくまでも犯人のペースで会話を続けているように思わせながら、実際には交渉人の意図する方向へ誘導していく。難度の高いテクニックだ。

「上からの指示で、スマホを病院に届けます。通信用に使ってもらえますか？」

『いらねえよ』

冷たく声が答えた。

「それは」麻衣子は声を震わせた。「あの……困ります」

『どうした。偉い人に怒られるのか』

「そうです。あの、無理でしょうか。あった方が便利だと思いますし、警察以外の人から問い合わせの電話がかかってくると、うるさくないですか？」

『それは……そうだな』男が憂鬱そうにつぶやいた。『電話線を切るしかないと思っていたが、それも困るしな』

「わたしも困ります」

しばらく黙っていた男が、仕方ねえな、とふて腐れたように吐き捨てた。

『わかった、姉ちゃん、あんたの顔を立てよう。フルに充電した携帯を寄越せ。逆探知されたって、困るわけじゃねえしな』

「ありがとうございます」明るい声で麻衣子は言った。「これで怒られなくて済みます」

『あんた、いくつだ？』

図書館のエントランスで、一台のパトカーが停まった。後部座席から男が降りてくる。見覚えのある横顔。忘れたことのない肩のライン。石田だ。緊張が全身を包み込んだ。

「二十二です」

答えた時、石田が図書館の石段で蹴つまずくのが見えた。

『大学を出たばかりってことか？』

「そうです」

『大変だな、姉ちゃん。まあ、頑張れや』

ドアが開いた。石田ともう一人、背の高い男が麻衣子を見ている。

通話が切れた。背の高いスリーピースの男が耳からイヤホンを外して渋面を作った。

「遠野警部、犯人に対し、ありがとうございますと言うのは違うだろう。どういうつもりだ？」

警視庁警備部警備課の金本参事官だった。きちんと横分けにされた髪の毛の下で、細い切れ長の目が光っている。剣道で鍛えた体には、一分の隙もなかった。

「基本通りだな」

隣に立っていた石田警視が言った。変わっていない、と麻衣子は思った。引き締まった顎、柔らかい声。会わなかった二年間が嘘のようだった。

「まずは犯人と共通の意識を持つ。そのためには自分のプライバシーも開示する。それはいいが、二十二歳はどうかな」

笑った石田の顔を見ることができないまま、麻衣子は目を伏せた。

「ごぶさたしています」

「ああ、久しぶり」

再会の挨拶はそれだけだった。金本参事官が一歩前に出た。

「品川署の安藤警部補は？」

名前を呼ばれた安藤が敬礼した。

「自分です」

「本庁の参事官、金本です。彼は刑事部の石田警視。今後捜査の指揮はすべて石田が担当します。よろしいですね？」

それだけ言って、金本が下がった。うなずいた石田が周囲を見回した。カジノを仕切るディーラーのような表情が浮かんでいた。

「本庁の石田です。現在、特殊犯捜査一係から捜査官がこちらに向かっています。まもなく到着する予定ですが、今後は我々の指示に従って下さい」

浅黒い肌、彫刻刀で彫ったような高い鼻。筋肉質の体に明るい茶色のスーツが似合っている。

イヤホンを外した石田が、麻衣子に顔を向けた。

「よくやったな」

声がわずかに低くなった。麻衣子は泣き出しそうになるのを堪えて笑顔を作った。

変わっていない、と改めて思った。自分はどうなのか。変わったのだろうか。

「もっと早く来てほしかったです」麻衣子は責めるように言った。「そうすれば、わたしが犯人と話す必要はありませんでした」

「悪かった。装備課の連中がいなくてね。機材の搬出が出来なかった」石田が外したイヤホンを指に巻いた。「君と犯人のやり取りは聞いていた。問題はない」

そうでしょうかと尋ねると、石田が大きくうなずいた。

「スマートフォンの供与を認めさせたんだ。それだけで十分だよ」

「電話は交渉人にとって唯一の武器ですから」

安堵の息を吐いて、麻衣子は笑みを浮かべた。交渉人は犯人への感情移入を避けるために、すべての交渉を電話で行うのが鉄則だった。

「使用するスマホは金本参事官が持っている。連続通話は七十二時間可能、言うまでもないが、盗聴器が内蔵されている」

「これで病院内部の様子もわかりますね」

仕事を始めよう、と石田が軽く手を叩いた。

「安藤警部補、警官を一人貸して下さい。病院に携帯電話を届けます。遠野警部は引き続き幕僚として捜査に加わってもらう。よろしく頼む」

「わたしがですか？」驚きのあまり、思うように声を出せないまま、麻衣子は自分を指さした。「上層部の許可は――」

「構わない。現場の指揮は私が執る。当然、一課長の許可も得ている。不満か？」

いいえ、と首を振った。横で金本が不快そうに顔を歪めている。内心では反対なのだろう。

実はね、と石田が麻衣子に顔を近づけた。

「別動隊を編成したんで、前線本部が手薄になってる。手を貸してくれ」

微笑んだ石田が空いていた椅子に腰を下ろし、そのまま爪を噛み始めた。機嫌のいい時の癖だった。

二章　交渉

1

石田の到着によって、現場の雰囲気が一変していた。

捜査官たちの顔から不安が取り除かれ、それぞれの動きが機敏になっている。報告をする声にも力が漲《みなぎ》っていた。これがプロフェッショナルの力だ、と麻衣子は思った。

石田は警視庁きってのエリートと目される存在だが、現場においては指揮下におかれる所轄署との融和を図ることでも知られていた。

幕僚と呼ばれる指揮官補佐に所轄の捜査官を参加させるそのやり方は、本庁主導型の捜査スタイルを唱える参事官の金本など主流派とは見解を異にしていたが、それによって現場警察官の士気を高めるという点で、警視庁上層部から高く評価されている。

過去、石田が現場で指揮を執った事件で、交渉が不調に終わったケースは一度もない。その意味で、石田の存在は百人の捜査官に匹敵するものがあった。

現場に到着すると、麻衣子と安藤警部補を幕僚に起用する、と関係部署に通達した。即断即決も石田の特徴だった。

「最初からいた者の方が、現場について詳しいからね」

石田が柔らかく微笑んだ。麻衣子は石田のやり方に慣れていたが、安藤の表情は緊張で強張っていた。

金本が苦い表情を浮かべている。麻衣子はもちろん、所轄の安藤も幕僚に加えることが不快なのだろう。

大丈夫ですよ、と石田が声をかけた。

「安藤さんは事件の記録をお願いします。時間の経過を忘れずに。さて、誰に電話を届けさせますか？」

目配せを受けた金本がスーツの内ポケットからスマートフォンを取り出した。一般に販売されている機種に改造を加え、高性能の盗聴器が内蔵されている。

「彼でよろしいでしょうか？　最初に病院立て籠もりを発見した警察官です」

安藤が近くにいた渡辺巡査を指さした。突然の指名に、渡辺が戸惑った表情を浮かべた。

「ドロップフォンと呼ばれています、アメリカでは実際に犯人が立て籠もっている場所に投げ込みます」

金本がスマホを渡した。命令を待っている渡辺に、気を楽に、と石田が肩を叩いた。

「届けるだけだ。それで仕事は終わる」

エントランスを出た渡辺が振り返った。サーチライトが直接当たり、白い顔が闇に浮かんでいる。ライトが点滅を繰り返した。

渡辺が制服のボタンを外し、前を開いたのは、武器を所持していないことを示すためだった。


「大丈夫ですかな」

安藤が麻衣子に囁きかけた。石田が到着し、捜査を指揮する必要がなくなったため、緊張から解放されたのだろう。顔色は落ち着いていた。

犯人にも連絡手段が必要です、と麻衣子は答えた。

「渡辺巡査に危害を加えるようなことはないでしょう」

上着の前を開いたまま、渡辺が道路を渡り、病院の正面に近づいた。玄関のガラス扉前に立ったが、自動扉は開かない。犯人たちが主電源を切ったようだ。

渡辺がスマホをガラスの窓に強く押し付けた。裏に両面のガムテープが貼ってある。スマホの位置はそのままだった。

小さくうなずいた渡辺が、後ろ向きで道路に戻った。センターラインまで来たところで身を翻し、図書館のエントランスに駆け込んだ。

問題ありません、と渡辺が報告した。制帽を脱ぐと、頭から湯気が立ちのぼった。

ご苦労様、と安藤警部補がその肩を軽く叩いた。

「中に誰かいたか？」

わかりません、と渡辺が答えた。

「なにしろ、暗くて……」

仕方ない、と石田が微笑んだ。

「さて、犯人はスマホを取りに来るかな？」

石田、金本、麻衣子、安藤の他、数人の前線本部捜査官が窓際に寄った。真向かいに病院の正面玄関が見える。スマホはガラスの扉に貼りついたままだ。

いきなり扉が開き、パジャマ姿の男が出てきた。何度も背後を振り返っている。

「犯人ですか？」

つぶやいた安藤に、違う、と金本が高圧的に断言した。

「パジャマを着てるはずがない。しかも、この寒いのに素足だ」

パジャマの男は裸足だった。意を決したように小さくうなずき、ガムテープを剝がし始めた。

スマホを手にした男が、そのまま中に向けて床の上を滑らすと、スマホが扉の奥に吸い込まれていった。

男がドアを閉じ、両手を高く上げた。

「助けてくれ！」叫び声が路上に反響した。「患者の立川です！　助けて下さい！」

石田が顎を向けると、通信班の担当者がマイクで指示した。待機していた数人の警察官が男に駆け寄り、持っていた毛布で体を包み込む。抱えるようにして、図書館に運び込んだ。

「救急車を」

小声で言った石田がドアに歩み寄った。制服警官が敬礼した。

「人質一名、救出しました」

その後ろに、毛布の固まりが立っていた。裸足の足が二本突き出している。

「こちらへ」

石田が腕を取ると、毛布が床に落ちた。男の顔色は紙のように白かった。

激しく咳き込んだ男の肩を抱いた石田が前線本部に戻った。

「座って下さい。大丈夫ですか？　誰か、スリッパを」石田が立ったままリストをめくった。「立川さん、とおっしゃいましたね？」

「そうです」

疲れきった表情で男が答えた。

「師長を呼んでくれ」命じた石田がリストを指で押さえた。「立川直人さん、四十一歳。膀胱炎で入院十日目。念のために、生年月日とご自宅の電話番号をお願いします」

「なぜです？」

「あなたが犯人かもしれないので」

石田が真顔で言った。

「一九八二年、七月二十日です。電話番号は」諦めたように男が番号を言った。「本籍地も必要ですか？」

部屋に入ってきた師長が、男の顔を見るなり、立川さん、と目を丸くした。

ご無事で何よりです、と石田が微笑みかけた。

「足は大丈夫ですか?」

「おかげさまで」用意されたスリッパに立川が足を突っ込んだ。「寒くて参りましたが、そんなことを言ってる場合じゃありませんよね」

差し出された紙コップに口をつけた立川がため息を漏らした。

さっそくですが、と腰を下ろした石田が質問を始めた。

「中の様子を教えてもらえますか?」

何からお話しすればいいのか、と立川が紙コップをテーブルに置いた。

「奴らが病院を襲ったのは、消灯してから二時間後でした。いきなり病室のドアが開いて、銃で脅されたんです。私は寝ていたので、何が起きているのかわからないまま、気がついたら両手首を縛られていました」

続けて、と石田が先を促した。

「連中は一階でナースステーションの看護師さんたちを捕らえたのだと思います。その後、二階に上がって病室を回り、患者たちを拘束したんです」

表情こそ疲れきっていたが、警察に詳しい情報を伝えようという意志がはっきりと感じられた。立川が再び紙コップに口をつけると、震える歯が当たって音がした。

「それから?」

「私たちはそのまま病室に放置されていましたが、しばらくすると、奴らが病室を回って、入院患者をデイルームに集めたんです」

「なるほど」

「私が入院していたのは四人部屋で、デイルームに入ったのは最後だったはずです。その後は誰も来ませんでしたから……お前たちは人質だ、反抗すれば殺す、と背の高い男が言いました。口調は乱暴で怖かったです」

奴らは何をしでかしたんです、と立川が尋ねた。後で説明します、と石田が言った。

「それからどうしました？」

「患者の中には重症者もいるので、解放してほしいと医師の飯野先生が訴えましたが、殴られただけでした。殴ったのは、青い……あれは何というんでしたっけ？」

「ダウンジャケット？」

それです、とうなずいた立川の指先が細かく震えていた。

「そいつがいきなり先生を殴りつけて、長いコートを着ていた男が止めなかったら、殺されていたかもしれません。すごい勢いでした」

「この男たちですか？」

石田が写真を渡した。コンビニエンスストアで写されたものだ。

こいつです、と立川がダウンジャケットの男を指さした。

「ナガイは凶暴としか言いようがなかったですね」

「ナガイ？」

その場にいた捜査官全員が一斉に反応した。ナガイです、と立川が顔を上げた。

「字はわかりませんが……」

「犯人はお互いに名前で呼び合っていたんですか？」

石田の問いに、そうですすと立川がうなずいた。

「こっちの背の高い革ジャンはコシノ、長いコートの男はコミヤと呼ばれていました」

「ナガイは暴力的でしたか？」

座り直した石田に、ひどいもんでした、と立川が苦々しい表情を浮かべた。

「私がデイルームに入った時、既に何人か看護師さんが鼻血を流していましたが、ナガイに殴られたと聞きました。患者には手は出していなかったようですが、何か気に入らないことがあると、すぐに手や足が飛んでくると……」

「チンピラですな」

呆れたように安藤が言った。

「コミヤという男はナガイよりまともだったと話していましたが、よくわかりません。私がデイルームに入ると、コミヤは一階に降りたので……」

「一階に行ったのは確かですか？」

「コシノに命令されていましたし、私がスマホを渡したのはコミヤです」

なるほど、と指を鳴らした安藤に、静かに、と石田が唇に指を当てた。

「コシノはどこにいるんでしょう？」

わかりません、と立川が力無く首を振った。

「ナガイには人質の監視を、コミヤには一階で警察の動きを見張れと命じると、コシノはデイルームを出ていきました。その後は戻ってません」

「コシノがリーダーということでしょうか」

「そうだと思います。他の二人も、コシノの命令に従ってましたし、年齢もコシノが一番上のようでした」

「コシノがどこへ行ったか、わかりますか？」

麻衣子の質問に、考え込んでいた立川が深く息を吐いた。

「三階のどこかだと思います。何度か内線電話がデイルームにかかってきましたが、着信ランプは三階フロアだったのが見えました。ＩＣＵ病棟前の待合室か、サーバールームではないでしょうか」

「なぜその二カ所だと？」

職員専用のコードレス電話があるんです、と立ち会っていた中山師長が説明した。

「病室には内線用の電話を置いていません。入院患者の皆さんは、ほとんどが携帯電話をお持ちですから、必要がないんです。何台か公衆電話をフロアに設置していますが、内線電話には繋がりません。内線をかけるには、職員用のコードレス電話を使うしかないんです」

「病院内の電話はどうなっている？」

石田が辺りを見回すと、戸井田が前に出た。

「NTTに依頼して、病院の外線電話は外部からの着信を拒否する設定にしました。犯人を刺激しないための措置です」

いいだろう、と石田が立川に向き直った。

「犯人の顔はわかりますか?」

「最初は三人ともヘルメットをかぶっていましたし、デイルームに入ってからはヘルメットを外していましたが、プロレスラーのマスクみたいな……」

「目出し帽?」

「そうです。あれを着けていたんで、顔はちょっとわからないです」

「救急車が来ました」

入ってきた中年の警官が報告した。

早くあいつらを捕まえて下さい、と唇の端に泡を溜めた立川が叫んだ。

「このままじゃ、何をするかわかりませんよ。先生たちや看護師さんは、縛られてフロアに転がされています。患者たちは椅子に座っていますが、年寄りや子供、妊婦もいるんです。放っておけば――」

わかっています、と石田が深くうなずいた。

「ですが、あなたはまず病院で検査を受けて下さい。警察官を一人つけますので、思い出したことがあれば話してもらえますか?」

立ち上がった立川の体がわずかにふらついた。

「病院の人たちを助けて下さい。刑事さん、お願いします」

「約束しますよ」

請け合った石田が、救急車まで同行するようにと命じた。うなずいた戸井田が立川の肩を支えて出ていった。その後ろ姿を見送った石田がテーブルに戻った。

「いろいろとわかってきましたが」石田が両手をこすり合わせた。「大きな問題はなさそうです。予想通りと言ってもいい」

「しかし、立川さんはずいぶんと脅えていましたよ」安藤が不安そうに言った。「しかも、犯人は暴力的だと――」

余計なことは言うな、と金本が低い声で言った。石田が軽く手を上げ、安藤に目を向けた。

「病院を占拠したコンビニ強盗が紳士的で、人質にも親切だったら、おかしな話でしょう?」

それはそうですが、と安藤が頭を掻いた。

「本件の犯人は暴力団関係者の可能性が高い。暴力的な言動を取るのは当然ですよ。つまり、本件は典型的な立て籠もり事件で、対処は難しくありません」

そうですか、と安心したように安藤が息を吐いた。石田の捜査能力の高さは、麻衣子のみならず警察内部でもよく知られている。

「問題なのは病院という場所です」石田が指を鼻の下に当て、こすり始めた。「人工透析を必要とする患者もいます。あまり時間はありません」

うつむいた石田の口から呪文のようなつぶやきが延々と漏れている。

「これからどうするつもりなんだ?」

苛ついた金本の声に、石田が顔を上げ、目の前の電話に手を伸ばした。

2

電話をスピーカーに繋いだまま、石田がボタンを押した。合成音が図書館内に響く。何度か呼び出し音が鳴ると、相手が出た。

『誰だ』

押し殺した低い声がした。よかった、と安堵したように石田が言った。

「繋がった」

その声を聞いて、訝《いぶか》しむように男が唸った。

『お前、誰だ?』

「警視庁の石田だ。事情があって、本件は私が担当することになった」

『よくわからねえが』男が鼻を鳴らした。『あんたが責任者ということか』

「そうだ」

誰に対しても安心感を与える声だ、と麻衣子はうなずいた。やや低いが、独特の抑揚があり、静かな印象を与える。

『さっきの姉ちゃん……何ていったっけな。あいつは物わかりが良かったな』

「遠野だな。電話と引き換えに人質を解放してくれたことは礼を言う」

『俺たちも考えて行動してるんだ。その前の奴には苛ついたがな』

「戸井田刑事のことか？　もともと私が担当するはずだったが、ここに到着するのが遅れてね。臨時に二人が代理を務めていたんだ」

『戸井田は生意気だった。あんた偉いんだろ？　説教しておけよ、あいつのせいで患者が一人死ぬところだった。俺たちを怒らせるな』

「君はそんなことはしないさ。そうだろう、コシノ」

男が黙った。荒い鼻息だけが聞こえる。

『そうか、さっきの患者だな？』

「もちろんだ。他に誰か教えると？　ところで、コシノはどう書くんだ？　体の腰に野原の野か」

『聞いたことねえな』男が笑った。『引っ越しの越だ』

「なるほど。ついでに他の二人の名字も教えてくれないか。コミヤは小さい宮だろう？」

『いちいちうるせえな。そんなことどうだっていいだろうが』

「確かにそうだが、報告書を書く必要があってね。何しろ上がうるさいんだ。助けると思って教えてくれないか」

『刑事のくせに、サラリーマンみたいなことを言う奴だな』

「サラリーマンだよ」石田が楽しそうに笑った。「公務員は立派なサラリーマンだ」

『何を言いやがる。税金で飼われているくせに』

腹立たしそうに男が吐き捨てた。まったくだ、と石田が言った。

「それでも、サラリーマンであることは間違いない。上には怒られ、下からは突き上げられる。これでも結構大変なんだよ」

石田の口から深いため息が漏れた。

『わかったよ。愚痴は聞きたくない。何が知りたい？』

「ナガイはどういう字だ」

『永久の永に、井戸の井だ。コミヤは普通の小宮』うるさそうに男が答えた。『それで、あんたは警視庁の刑事なのか？』

「そうだ」

『知ってるぜ、テレビで見たことがある。さっきの奴は所轄の刑事だと言っていたが、あんたみたいな本庁のお偉いさんが来ると、捜査の指揮権はそっちに移るんだろ？』

「よく知ってるな。テレビはよく見るのか？」

『まあな』

「刑事ドラマも？」

『めったに見ねえな。そんなに暇じゃねえよ』

「確かにそうだろう。何を見る。野球とかスポーツ中継か？」

『あんたは見ないのか』

声がわずかに大きくなった。

「警察官は事件がないと意外に暇でね。夏になると、夜は仲間とBSで野球ばかり見てる。上司が好きなんだ」

公務員はいいな、と男が吐き捨てた。

『俺もそういう暮らしがしたかったよ』

「勤めていたことはないのか？」

世間話のように石田が尋ねた。会話の流れはスムーズだ。

初めて話す者同士とは思えない。まるで古くからの友人のようだと麻衣子は感じた。

『ないわけねえだろう……昔はみんなでテレビの前に集まって、ビールを飲みながら応援したもんだ。暇な時は球場にも行ったよ』

懐かしむように男がため息をついた。

『あんた、どこのファンだ？』

「ドラゴンズだ」

『変わってるな。生まれは名古屋か？』

「親父が愛知の出なんだ。越野、君はどうだ？　好きなチームはあるのか？」

『巨人だよ』当然だろう、と言わんばかりの口調だった。『ガキの頃、少年野球をやってたが、監督がジャイアンツファンでね。気づけば俺もそうなってたよ』

「巨人の野球はつまらなくないか？　勝つために他のチームから四番バッターやエースを金で買うのは違うだろう。いつからあんなことになった？」

『さあな。江川の頃じゃねえか？』男の声に力がこもった。『確かに札束で頬を引っぱたくようなやり口はどうかと思わんでもない。もっと生え抜きの選手を大事にしなきゃいけねえよな』

「同感だ。その通りだよ」

『川相っていただろう？　送りバントの川相だ。地味だが、いい選手だったじゃねえか。野球はチームプレーだから、ああいう奴がいないと試合が大味になる』

「その川相のトレード先がドラゴンズだ」

二人が声を揃えて笑った。会話を聞いていた安藤が、不安そうな目を麻衣子に向けた。石田が楽しそうに話を続けている。

「川相か……巨人にいたのは二十年ぐらい前だろう？」

『ああ、俺が中学生の頃だ。ああいう選手がいなくなったな。みんなてめえが目立てばいいと勘違いしてやがる。そうは思わねえか？』

「まったくだ。野球だけじゃない。警察も会社も同じだよ」

『おっしゃる通りだよ。この国は狂ってるんだ』

そうだ、と石田がうなずいた。

「政治家も教師も、主婦も、医者も子供も、みんなおかしくなってる。越野、みんな楽しく狂っているんだ」

男が喉を震わせるようにして笑った。

『あんた、名前は何だっけ？』

「石田だ」

『あんたはなかなか話がわかる。やっぱり偉い奴は違うな』

なあ、と男が甘えたような声になった。

『このまま俺たちを見逃してくれねえか。コンビニでも、この病院でも、何もなかったんだ。俺たちは黙って消える。それで済ましてくれよ』

それも悪くないと石田が言うと、金本が不快そうに鼻を鳴らした。だが、と石田が足を組んだ。

「そのために、まずそこにいる人たちを解放してくれないか。全員が無事に戻ってくれれば、何もなかったことにしてもいい」

『お前ら刑事ってのは、同じことしか言わねえな。ここにあんたの親戚でもいるのか？』

「いや」

『だったら、こいつらがどうなってもいいじゃねえか。あんたには関係のないこったろう。葬式に出るわけでもねえだろうが』

石田が電話機を見つめた。

「こっちにも責任がある。私の立場はわかるだろう？」

『出来ない相談だな。俺たちがこいつらを返したら、あんたは俺たちを捕まえるに決まってる』

「全員が無事なら、逮捕はしない。約束する。全員を解放してくれたらの話だが」

男が黙り込んだ。

「信じてくれ、越野。私の目的は君たちを捕まえることじゃない。彼らが無事なら、それでいいんだ」

石田が声をわずかに張った。

「誰かが怪我でもすれば、私たちがどれだけテレビや新聞などのマスコミに叩かれるか。それはわかるだろう？　ネットも騒ぐ。君たちが逃げれば、それも問題になるが、まだその方が責任を問われずに済むんだ」

『不思議な国だな、日本は』ぽつりと男がつぶやいた。『いいだろう、考えてもいい。その代わり、そっちもお巡りを下げろ。あいつらが立ってるのを見てるだけでむかつくんだ』

「警官を下げたら、彼らを引き渡してくれるのか？」

『全員とは言わねえが、とりあえず何人か返してやる。担当替えの祝いだよ』

胸の前で石田が手を強く握った。

「君ならわかってくれると思ってたよ、越野。この際だ、ケチなことを言わずに全員返してくれないか？」

『調子に乗るんじゃねえ』男が声を荒らげた。『返してやるって言ってるんだから、感謝ぐらいしろよ』

テーブルを二回指で叩いた石田が送話口に顔を近づけた。

「ありがとう、越野、感謝している」

『素直だな。あんた、気に入ったぜ』

男がまた笑った。

「何人こっちに返してくれるんだ？」

『四、五人ってところかな』

「わかった。それでは警備についている警官を図書館に戻す。十分以内に手配する。確認したら、五人を病院の外に出してくれ。警官隊を迎えにやるが、構わないな？」

『仕方ねえだろう。ところで、ついでと言っちゃあなんだが、何か食い物が欲しい。簡単なものでいい』

「何がいい？　好きなものはあるのか？」

『食い物の好き嫌いは言うな、とおふくろに教わったんでな。別にないよ』

「この時間だ、すぐに手に入るものといえばコンビニの弁当か、あとは駅前にハンバーガーショップがあったな、どっちがいい？」

『ハンバーガーだ』男が舌を鳴らした。『病院にある食い物は薄味で不味くてな。濃い味にしてくれ』

「ケチャップとソースを余分に入れよう。あの店はフライドチキンもあったが、それはいるか？」

しばらく考えていた男が、いらねえ、と答えた。

『食いすぎると体に悪いからな。いいか、十個ばかり持ってくるんだ。用意が出来たら、お巡りを下げろ。そうしたら五人を外に出す。お巡りが迎えにくると言ったな？　そいつらにハンバーガーを持たせろ。ハンバーガー二個で一人返すんだ。いい交換レートだと思わねえか？』

弾けるような笑い声が響いた。自分の冗談がよほど気に入ったようだ。

「わかった。他に何か必要なものは？　飲み物はどうだ？」

『ありがたいが、そいつは腐るほどあるよ。じゃあな、切るぜ』

冷たいことを言うなよ、と石田が手を上げた。安藤の指示で、二人の警察官が表に出ていった。

「せっかく盛り上がってきたのに。ハンバーガーが届くまで話そうじゃないか」

『そんなに暇じゃねえんだ』

「わかった。では、後でまた連絡する。ただし、君はいつかけてきても構わない。番号は液晶に表示されている」

淋しくなったら電話するよ、と男が言った。

『じゃあ、またな』

あっさりと通話が切れた。石田が受話器を置いた。

「盗聴器、作動開始しました」通信班員が振り向いた。「通話中は停止しますが、以後は電源が切れるまで常時モニタリングが可能です」

「スピーカーに繋いでくれ。君はヘッドホンを外すな。何かあれば報告するように」

了解、と通信班員が指で丸を作った。

3

驚きました、と安藤がぐったりと椅子に体を預けた。

「さっきとはえらい違いです。あんなに無愛想だった犯人が、別人のようにべらべら喋るとは思いませんでしたな」

「越野も落ち着きを取り戻したんでしょう」

照れたように顎を掻いた石田に、どういうつもりだ、と鋭い声で金本参事官が言った。

「逃亡を容認するような発言を繰り返すなど、許されるはずないだろう」

そんなつもりはありませんよ、と石田が答えた。

「必ず奴らを逮捕します。これは作戦なんです」

「作戦？」

「参事官、こちらへ」

立ち上がった石田がフロアの隅を指さした。金本が充血した目で睨みつけている。

「冗談では済まんぞ。警察の威信にかかわる問題だ」

「こちらへ」

繰り返した石田が歩き出した。顔面を真っ赤にした金本がその後に続く。

あの人は面倒ですな、と安藤が肩をすくめた。

「嘘も方便でしょう、子供でもわかる話じゃありませんか」

「参事官は現場経験が少ないので……」

麻衣子は憂鬱そうに眉をひそめた。性格的に合わないこともあり、前にも石田と金本は軋轢《あつれき》を起こしている。

現場の意見を重視する石田と、本庁の主導で捜査を進めることを優先する金本では、考え方がまったく違った。

これまでは石田が手柄を金本に譲ることで、微妙なバランスは成立していたが、今後もその関係が続いていくと考えるほど楽観的な捜査官はいない。

「参事官は面子を重要視します。職性上やむを得ません」

「そうかもしれませんが……」

「でも、現場の捜査官は事情をわかっています」

　麻衣子は前線本部を見回した。全捜査官が司書室で口論を始めた二人の指揮官を目で追っている。誰の顔にも、金本への反感が浮かんでいた。

「確かに、これで現場の統率がやりやすくなったかもしれません。しかしそれにしても石田警視は大したもんです。噂以上ですな」

　感心したのか、しきりに首を振っている安藤に、そうでなければ専門職の必要がなくなります、と麻衣子は小声で言った。

「違いない」苦笑した安藤が短い足を組んだ。「しかし、どうして越野はあんなに素直になったんでしょう?」

「ネゴシエーターのルール通りに会話したからです。絶対に否定的な発言をしない。犯人の要求にノーと言わない。命令をしない」

　とはいえ、なかなかうまくいきませんが、と麻衣子は背中を丸めている石田に視線を送った。

「否定的な発言とは、どういう意味です?」

　麻衣子は膝の上に置いていた指を組み合わせた。

「講習で最初に教わるのは、犯人の発言を絶対に否定しないという鉄則です。もともとネゴシエーションには、精神分析のセラピーの手法が入っています。まず、相手の話を徹底的に聞く。そこからすべてが始まるんです」

　そういうものですか、と安藤がうなずいた。麻衣子は先を続けた。

「声の調子、大きさ、抑揚、言い回し、喋り方、発音、すべてが犯人の心理を読み解く材料となります。それらを元に犯人が何を考えているかを探り、状況によっては要望に応じ、譲歩を引き出します」

　それはわかりますが、と安藤が唇を曲げた。

「なぜ否定的な発言をしてはならんのですか？」

「否定的な発言は、相手を不愉快にさせます。仕事でもプライベートでも、自分の言葉を否定されたら嫌でしょう？」

「誰だってそうでしょう」

　同じことです、と麻衣子は微笑を浮かべた。

「発言の否定は人格の否定に繫がります。それではコミュニケーションが取れません。最悪の場合、説得に応じないどころか犯人がすべてを拒否することもあり得ます。相手の発言を否定せず、聞き役に徹することが重要なんです」

「戸井田は、奴に不快な思いをさせた……そういうことですか？」

　はい、と麻衣子はうなずいた。

「講習の最終段階では、実際の事件を想定して犯人役の教官と交渉をします。ただし、教官はネゴシエーターの人格を否定する発言を繰り返します。生まれや育ち、学歴、食べ物や性的な嗜好、あらゆることを言います。女性蔑視も当たり前ですし、外見について酷い悪口を言われたこともあります」

「それはどうでしょう」真顔で安藤が言った。「見識を疑いますな」

「意図的に感情を逆撫でするような発言を繰り返して挑発する。わかっていても、引っ掛かってしまいます。『ノー』と言った瞬間、試験は終了です。現場で『ノー』は絶対の禁句ですから」

厳しいですなあ、と小さな声で安藤が言った。

「命令しないのも、交渉を有利に運ぶためですか?」

交渉の現場において、命令的な言動はあり得ません、と麻衣子が首を振った。

「人質がいる限り、犯人がイニシアチブを握っていることになります。優位性を確認しつつ、犯人を誘導していかなければなりません」

そうなんですか、と安藤が首を傾げた。

「従って、命令はもちろん、高圧的な発言も出来ません。脅しも禁じられています。わたしたちの武器はこれだけです」

麻衣子は電話機に触れた。

4

戻ってきた石田が、終わったよと言った。振り向くと、不満を顔中に浮かべた金本が壁に寄りかかるように立っていた。説得されたものの、納得していないのだろう。

「参事官は何と？」

小声で尋ねた麻衣子に、理解してくれた、とだけ石田が答えた。

「遠野……今回はフェイクで行こうと思う」

「フェイクとは何です？」

大声で質問した安藤に、通信班員が顔を向けた。何でもないと手を振った石田が麻衣子に目を向けた。

「犯人の性格を考えると、時間をかけた説得が望ましい。だが、腎不全患者もいるし、なにしろ病院だ。不測の事態が起きるとまずい」

不安そうな安藤の視線に気づいた石田が、笑みを浮かべた。

「説明が必要ですね。フェイクというのはＦＢＩでも使われる用語で、単純に言えば騙《だま》すという意味です」

「騙す？」

「つまり、犯人たちを逃がす前提で動きを誘導するんです」

それはどうでしょうか、と麻衣子は言った。

「ネゴシエーターは犯人との交渉にあたって虚偽の情報を与えてはならない、とマニュアルにありましたが」

「原則論としてはそうだ」石田の唇が引き締まった。「しかし、今回は時間的な制限がある。人工透析を受けなければ、患者が死亡するかもしれない。その要素は無視出来ない」

現場で犠牲者を出さない、というのが交渉人としての石田のプライドだ。麻衣子もそれはわかっていた。

今後、犯人はさまざまな要求をするだろう、と石田が眉間を指で揉んだ。

「逃亡用の車、安全の保証、人質と金の要求。だが、私はすべての要求を呑もうと思う。最も重要なのは、越野たちを病院から引き離すことだ。人質の安全を確保した後に、逮捕する」

なるほど、と安藤が膝を打った。

「油断させておいて、一網打尽というわけですな」

「そんなところです。この方針については金本参事官も了解しています。タイムリミットを考えると、他に方法はありません」

それはともかく、と石田が笑みを浮かべた。

「遠野君と安藤さんの話が聞こえてね……。非常に興味深い話だ。続けてはどうだ？」

いいえ、と麻衣子は照れ笑いを浮かべた。石田の前で得々とネゴシエーションについて語るほどの能力はない。

聞きかじりの知識に過ぎないのは、自分でもよくわかっている。すべて、石田に教わったことだ。

では私が、と椅子に座った石田が口を開いた。

「犯人の要求を一方的に呑めばいいというものではない。ネゴシエーターの難しさはそこで、交換法則が必須になる。相手の条件をひとつ受け入れたら、次はこちらの要求を通す。その過程で犯人の心の壁を崩すのが目的だが、なかなかうまくいかないものでね」

「でも、さっきの会話は理想通りだったのでは？」

完全とはいえないが、と石田が小さくうなずいた。

「一定の基準に達していたのは確かだ」

そんなことはないでしょう、と安藤が唸った。

「完全どころか、完璧だと思いましたが。ネゴシエーターというのは、難しい仕事ですな」

そんなことはありません、と石田が微笑んだ。

「警察官としてある程度の経験があれば、無意識のうちにネゴシエーションの方法論は身についているものです」

「そうなんですか？」

信じられませんね、と首を振った安藤に、昔から警察署には取り調べの名人がいます、と石田が言った。

「彼らは経験を活かして交渉していたんです。ある意味では、私たち交渉人より心理学に長けていたと言ってもいいでしょう。私たちはそれに理論付けをしているだけで、難しい話ではないんです」

ため息をついた安藤の肩に、石田が手を置いた。

「今、私はあなたの肩に触れました。心理学用語では、『対人距離』といいます。物理的な距離を縮めると、心理的な距離が近づきます。それだけで、あなたは私の話を理解する心の準備を調《ととの》えることが出来るようになります。交渉術とは、簡単なコミュニケーションの積み重ねとも言えます」

「石田警視が犯人に対して名前で呼びかけていたのは覚えていますか？」

麻衣子の問いに、言われてみれば、と安藤がうなずいた。

「あれも対人距離を縮めるための方法です。名前を呼ぶことで、犯人と警察官ではなく人間同士の交渉だと強く意識させる。場合によっては、それだけで犯人が投降してくることもあります」

誰でもそうでしょう、と石田が爪を嚙んだ。

「あんたとかお前ではなく、名前で呼ばれた方が心理的な距離は縮まります。安藤さんにも覚えがあるでしょう」

「容疑者の取り調べでもそうですな」思い出したように安藤が言った。「よく先輩に言われたもんです。呼び捨てで構わないから、名前で呼べと。確かに、名前で呼び合うだけで、取り調べがうまく進むものです。なるほど、そういうことだったんですね」

まだあります、と麻衣子は人差し指を立てた。

「警視は『人質』という言葉を使っていません。なぜだと思いますか？」

見当もつきません、と安藤が首を振った。人質の重要性を教えることになるからです、と麻衣子は言った。

「実際には、人質がいる限り、警察は犯人に手を出せません。でも、それがわかれば犯人が有利になるだけです。だから警視は『人質』という言葉を使わなかったんです」

さすがだな、と石田がうなずいた。

「一度も会ったことのない人間と、まるで昔からの知り合いのように話せるのはなぜなんだと、不思議がられることもあります。ですが、魔法を使っているわけではありません。昔からある知恵を効率よく使っているだけの話です」

警視、と麻衣子が石田の指に目をやった。名残り惜しそうに石田が口から爪を離した。

「さっきの犯人との会話で、警視は犯人の年齢、生まれ育ちや現在の環境まで推測しているはずです」

「年齢は見当がつきました」安藤がジャケットの上から左の肩を掻いた。「野球の話をしている時、巨人の川相の名が出ていましたからな」

「越野は川相が巨人軍に在籍していた時、中学生だったわけですから、年齢は四十代半ばでしょう。もうひとつ、私がドラゴンズのファンだと言うと、越野は意外そうでした。東京の人間なのになぜ、という意味です。つまり、彼自身が東京出身だと、暗に語っていたんです」

「現在の環境というのは？」

「警察官も公務員だからと言うと、俺もそういう暮らしがしたかったと越野は話していました。安定した職業への憧れがあるのでしょう。現在、彼は暴力組織の一員なのかもしれませんが、その前はサラリーマンだった時期があったと考えられます。おそらくですが、その会社は倒産しています」

公務員を羨むわけです、と安藤がまた膝を叩いた。過去や経歴がわかっても意味はないと思うかもしれませんが、と石田が言った。

「今、私たちがやるべきことは、犯人の履歴書作りです。いつ、どこで生まれ、どのように育ち、現在に至っているのか。それがわかれば、今後どんな事態が起きるか、推測が可能になります。性格と、どのような思考パターンなのかを把握していれば、何が起きても対処出来るでしょう」

「犯人を理解すること……ですね？」

そう言った麻衣子に、石田が大きくうなずいた。

「それが犯人説得への唯一のルートだ」

5

ドアが開いた。ハンバーガーの袋を下げた二人の警官が入ってきた。

てくるだけだ。

盗聴器から音声はほとんど伝わってこない。時折、きしむような物音や靴音が聞こえ
「越野は一人でしょうか？」

麻衣子の問いに、間違いない、と石田がうなずいた。

「立川さんが言っていたように、越野は一人で別の部屋にいる」

「はい」

「それにしても、奴らは運がいい」

どういう意味ですかと問い返した麻衣子に、病院だよ、と石田が答えた。

「越野たちはコンビニを襲った後、逃げ出した。無我夢中で走っているうちに、この辺りに出たんだろう。盗んだ車の故障というアクシデントが起き、やむを得ず、徒歩で逃げることにした。すると、目の前に病院があった」

「どうして運がいいと？　車の故障は彼らにとって不運だったのでは？」

時間を考えればわかる、と石田が言った。

「夜十時過ぎに出入りが自由に出来るのは病院しかない」

「それは……」

「いいかい、会社や店はこの時間までやっていない。コンビニなら開いているが、人質に出来る人数は二、三人だろう。だが、病院なら数十人はいる。立て籠もりには最も適していると思わないか？」

「これが昼間なら、もっといい場所があるんだが」

どこですかと尋ねた麻衣子に、自分で考えてみたまえ、と石田が微笑んだ。横から口を出したのは安藤だった。

「確かにそうです」

「学校や役所、あるいはここのような図書館ですな」

「遠野、君より安藤さんの方が交渉人としての能力があるようだ」

「子供やお年寄りなどを人質に取られたら、我々もうかつに手は出せません」

すいません、と麻衣子は顔を伏せた。とはいえ、病院も手を出しにくい、と石田が言った。

「人質は病人、そして高齢者が多いだろう。看護師もいるはずだ。ここに病院があったのは、越野たちにとってラッキーだった」

まったくですな、と安藤が鼻に皺を寄せた。もうひとつ、と石田が指を立てた。

「放射線科がある病院は、構造上建物の壁が厚い。そのため、警察も中の様子を探りにくい。その点でも運がいいと言える」

立て籠もり事件において、警察は高解像度のCCDカメラを使用して建物内を撮影する。だが、病院内が広いため、CCDは使えなかった。

ですが、と麻衣子は顔を上げた。

「もっと厳しい条件の事件もあったはずです」

そうだな、と石田がうなずいた。

「この事件も必ず解決出来るだろう」

周辺の監視に当たっていた警察官が図書館の中に入り、会話を交わしていた三人の前を通った。越野の要求を受け、石田が撤退を指示したためだ。

監視を解いたわけではない。犯人たちの目をごまかすための措置に過ぎなかった。

参事官の金本が新しく設定した警備の配置を指示している。命令された場所に向かうため、数十人の警察官が図書館の裏口から出ていった。

石田が本庁と連絡を取り、最悪の場合に備えて病院内への突入準備の確認を進めていた。吉沢警部を中心とした特殊捜査班の別動隊チームが病院内部の状況を再現し、病院正面玄関の扉を開けてから内部に進入、その後全フロアを制圧するためのシミュレーションを本庁の大会議室で繰り返している。

二時間で訓練が完了する、と連絡を受けた石田がまた爪を噛み始めた。あの癖さえなければ、と麻衣子は窓の外に目をやった。

「各班全員が新しい配置につきました」ダークスーツを着た若い刑事が報告した。「一回り大きな包囲網になりますが、網を大きく張れるだけ好都合でしょう」

「了解した。では、今から犯人に連絡を取る」

石田が電話機に手を伸ばし、リダイヤルボタンを押した。すぐに相手が出た。

「石田だ。警官を下げたぞ」

『さすがお偉いさんは仕事が早い』電話口で手を叩く音がスピーカーから流れた。『ご苦労さん』

「約束は守る。越野、次は君の番だ」

『わかってる。俺たちの世界は信義にうるさい』得意げに声が笑った。『もう一階に集めた。特別サービスで、七人返してやるよ』

「君はいい奴だな。もちろん、こちらも食事の準備は出来ている、いつでも構わない」

『嬉しいね。さっきはお巡りと言ったが、食い物は女の警官に持たせろ。図書館の正面に立たせるんだ。姿が見えたら、受け取るために患者を出す。食い物を渡し終わったら、さっさと戻れ。余計な真似はするな。それまで他のお巡りを動かすなよ。わかったか』

「いいだろう」犯人が女性警官を運搬役に指定してくるのは、麻衣子も予想していた。

「他に何かあるか？」

『お茶の用意はしてある。何もいらねえよ』

石田の指示で前線本部の刑事たちが動き始めた。

「少し時間がかかるぞ。いきなり変更されても女性警官はここにいない。今、呼び出している。すぐ来るから少し待ってくれ」

嘘だった。緊張した表情を浮かべた中年の女性警官が石田の脇に立っていた。

『構わんよ。出前ってのは時間がかかるもんだ』

余裕たっぷりに男が言った。ライターの音と、煙を吐く音が聞こえた。

『あんた、煙草は吸わねえのか』

「禁煙中でね。もう二年になる。君は何を吸ってる？」

『メビウスだ』

「一日どれぐらい吸うんだ？」

『二箱ぐらいかな』

「体に悪いぞ」

石田が紙コップのコーヒーに手をかけた。

『こればっかりはどうにもならん』

乾いた笑い声がした。

「私はあと三年で四十だ。そろそろ体にガタがきてる。そっちはどうだ？」

『おかげさまでな。ピンピンしてるよ』

石田が親指を上に向けた。うなずいた女性警官が強く唇を噛んだ。

緊張が伝わり、麻衣子の額にも汗が浮かんだ。顔を強ばらせた女性警官が素早い足取りで部屋の外に出ていった。

「今、女性警官が到着した。すぐに向かわせる」

『わかった。待ってるぜ』

女性警官が図書館の前を歩いていた。指示通り、ハンバーガーの袋を持って病院の正面へ向かっている。

『見えたぜ。寒そうだな、悪いことをした』

「これも仕事のうちだ」

『こんな時間に働かせて、申し訳ないと思ってるよ』

そのセリフは私に言ってほしいね、と石田がぼやいた。

「さっきも言ったが、このところ体調が良くない。医者にも規則正しい生活をするように言われている。夜遅くまで仕事をしているのが一番体に悪いそうだ。早寝早起き、規則正しい生活を心掛けろと――」

『そんなことはわかってる。だが、世の中そんなに甘くねえよ。お互いさまじゃねえか』

病院の正面扉が開いた。車椅子に乗った若い男が出てくる。押しているのは腰の曲がった老人だった。その後ろに数人の影が見えた。

「越野、君は酒を飲むのか？」

『飲まないと思うか？』

「飲むだろう。ずいぶん強そうだ」

『まあな』

「何が好きなんだ？」

『何でも。ビールでも焼酎でも日本酒でも、ウイスキーも飲むな。あんたはどうだ？』

「医者に止められてる。肝臓の数値が悪いんだ」

『あんたはまるで病人だ。医者の言うことなんか聞いても治らねえよ。うるせえことを言う奴は無視して、飲んでればいいんだ』

男が断言した。

「今は飲んでいるのか？」

『それが辛いところだ。こんなことになるとは思っていなかったんでね。酒の用意はしていない。病院も悪くはないが、酒がないのが困る。俺は入院なんて出来ねえよ』

酒を差し入れよう、と石田が提案した。

「ビール、日本酒、ウイスキー、ワイン、シャンパン、何でもいい。すぐに届けるぞ」

はっきりと喉が鳴る音が聞こえた。しばらく沈黙が続いたが、やめておこう、と小さな声がした。

『酒なんか飲んでいたら、お前らが何をするかわかったもんじゃない』

「何もしないさ。好きな物を我慢するのはストレスになる。適量ならむしろ体にいいはずだ」

『ありがたいが遠慮しておくよ。どうだ、そろそろ全員出たんじゃねえか？』

男の言葉通り、七人の患者が病院の正面玄関に立っていた。寒さのためか、全身を震わせていた。

「確認した。今から女性警官が通りを渡る。ハンバーガーを渡すだけだ。乱暴な真似はするな」

『わかった』

「指示する。少し待て」

石田の合図をきっかけに、通信班員が無線で指示を送った。うなずいた女性警官が大股で通りに足を踏み出し、すぐに渡りきった。

女性警官がハンバーガーの袋を車椅子の青年に渡すと、それを背後の老人に回した。バケツリレーのように順に送られた袋を、最後の男が開いたままの扉に投げ込んだ。

きびすを返した女性警官が通りを渡り、それを追うように七人の患者たちが歩きだした。幽霊のような足取りだった。

全員、寝間着だ。靴を履いている者もいれば、素足の者もいる。最後尾の二人の老人が支え合うようにして歩を進めていた。

「担架の用意を」

石田が命じた。同時に、通話が切れた。

立ち上がった石田が図書館の前で待機していた十人の警察官に指示を出した。全員が解放された人質たちに駆け寄った。

6

規則正しい靴音がスピーカーから流れている。ドアの開閉音。ざわめきがかすかに響いた。

『ああ、越野さん』

甲高い男の声がした。

移動したようだな、と金本がつぶやいた。

通信班員がスマホに内蔵した盗聴器で音を拾っている。音声はスピーカーに繋がれ、前線本部の全捜査官が聞くことが出来た。

盗聴器は高性能で、二十メートル四方の音を拾ってその電波を飛ばす。前線本部の捜査官たちが聞いているのは、ノイズを排除してクリアになった音声だ。

『越野さん、三階にいたんですか』野太い男の声がした。『食い物を持ってきましたよ』

「最初の甲高い声が永井だ」額に指を当てていた石田が言った。「もう一人、太い声は小宮だろう。ハンバーガーを受け取ったのは一階にいた小宮のはずだ」

『どれどれ』変声期前の子供のような声で永井が言った。『いい匂いだ。どれにしようかな、と』

『待て、永井。食うのか』小宮が怯えた声を上げた。『サツが何か仕掛けていたらどうする?』

『何かって?』

『睡眠薬とか、そういうやつだ』

考えてなかったな、と石田が苦笑を麻衣子に向けた。

『まさか。そこまではしないでしょ』

しないさ、と石田がつぶやいた。

『越野さん、どう思いますか？』

きしむようなドアの音がした。空気を切る音と強い衝撃音がスピーカーから響いた。ハウリング。音声はそのままだ。

「スマホを捨てたようです」ヘッドホンを耳に当てたまま、通信班員が叫んだ。「機能に損傷なし、作動続行中。盗聴器は生きています」

「連絡が取れなくなった」金本が苦々しい表情を浮かべた。「石田、どうするつもりだ？」

石田が腕を組んだ。

「主導権を握っているのは自分だ、ということでしょう」

「どういう意味だ？」

「現状では、こちらから連絡を入れることが可能ですが、それを嫌がったようです。電話を捨てれば、今後は奴が望んだ時だけ我々と話せます」

「落ち着いている場合か！」

金本が怒鳴ったが、公衆電話が生きている、と石田がつぶやいた。

「必要ならそこにかければいい」

「石田、何を言っている？」

待つしかありません、と石田が振り向いた。

「新しい電話を渡せば、盗聴器を仕掛けていると教えるのと同じです。しかし、問題はないでしょう。奴は我々と連絡を取らなければならない。そうである以上、交渉は可能です」

「君が責任を取るんだろうな」

金本が眼鏡の縁に手を触れた。

もちろん、と石田がうなずいた。

「不幸中の幸いですが、越野はデイルームのどこかにスマホを投げ捨てました。だから、人質の声はおそらく聞こえます」

「なぜ越野はデイルームにスマホを投げ捨てたんですか？」

麻衣子の問いに、デイルームまで来る間に捨てる踏ん切りがつかなかったんだろう、と石田が答えた。

「スマホがあれば警察と話さざるを得ない。我々との間に交流が生まれ、お互いに要求をしたり妥協することもあるだろう」

「それが交渉です」

「だが、今は交渉をしたくない。それが越野の本音だ。捨てた方がいいのか、持っているべきなのか、わからないままデイルームまで来た……そんなところだろう」

途中にごみ箱がなかったのかもしれませんな、と安藤が言った。

「自分は先々週人間ドックを受診しましたが、意外と病院にごみ箱が少なくて困りました」

そうかもしれない、と石田がうなずいた。

『出て行っちまったか。何考えてるんだか、あの人は』

ぼやくような永井の声が聞こえた。わずかに音が籠もっている。越野はスマホをごみ箱に捨てたようだ。音が反響している。

『任せるってことだろ。どうするよ?』

小宮の問いに、永井は答えなかった。そこの女、と小宮が大声で怒鳴った。

『こっちに来い。それからお前と、そこの坊主』

『待ってくれ』

上ずった男の声が聞こえた。永井でも小宮でもない。医者か入院患者だろう。

『何をするつもりだ? 子供じゃないか』

『こいつを食わせてやるんだよ』小宮の声がした。『俺たちはな、こう見えても優しいんだ。腹を空かせた子供を放っておくわけにはいかねえよ』

『そうかもしれないが……』

『何だよ、サツが仕掛けでもしてるってのか?』

永井が叫んだ。いや、と男が口ごもった。

『ただ、何かあったらいけないと思って……』

『だったらてめえが食え。どうした、こっちに来いよ』

小競り合いが続いている。振り向いた石田が中山師長を呼んだ。

「声に聞き覚えはありませんか？」

「秋山さんだと思います」うつむいたまま師長が答えた。「一昨日、胃潰瘍の疑いで検査入院された患者さんです」

「秋山……秋山政彦、三十八歳」石田が入院患者のリストをめくった。「無茶なことをしなければいいんだが……」

『いいだろう、私が食べますよ。だから、彼女を離せ。その人は妊娠してるじゃないか』

石田の不安をよそに秋山が叫んだ。

『カッコつけやがって』腹立たしげに永井が喚いた。『いいんだよ、身重の女には栄養が必要なんだ。てめえ、いったい何様なんだよ。医者じゃねえんだろ、偉そうにすんな！』

声が高いので、怒鳴っても凄みはなかった。

『そんなつもりはない。ただ私は――』

『余計なお世話だ。口出しするな、ひっこんでろ！』

鈍い音に続き、秋山の呻き声がスピーカーから流れた。石田が顔をしかめた。

『てめえ、ふざけんなよ！　黙って座ってろ、バカが。それともてめえが食いたいのか？　腹減ってんのか？　食いたいなら食えよこの野郎。食わせてやるよ、ほら』

悲鳴が漏れた。顔を覆った師長がその場に座り込んだ。

『何が入ってんのかわかんねえのに、いきなり食えるかよ。ほらてめえが食えよ、てめえがよ！』

『やめろ、永井』小宮が言った。『食い物で遊ぶな』

だってこいつがよ、という声を無視して、小宮が命令した。

『そこの三人、これを食え』

ほら坊主、さっさと来いよ。手出せ。ほら、そっちの奥さんも。あんた奥さんだろ？　結婚してるんだろ？　子供出来て、幸せか？　旦那とセックスしたのか？　ほら来いってば、気持ちよかったのか？　ええ？

永井が喚き続けている。どこからか泣き声が聞こえたが、うるせえよ、という太い声と共に声がぴたりと止んだ。

『ほら、持て。坊主、ハンバーガー好きだろう？』

『ぼく、ぼくは』子供の声がした。『おなか、すいてない』

『子供がそんなこと言っちゃ駄目だ』甲高い声が大きくなった。『飯食わねえと大きくなれないぞ。病院の飯はまずいだろうが。じゃあ、お兄さんが食わせてやる。こっちへ来い』

『あたしが食べますから』涙まじりの女の声がした。『子供は許してあげて下さい』

『奥さん、勇気あるね』感心したように永井が言った。『サツが持ってきたんだぜ？　何が入ってるのかわかったもんじゃねえ。いいのか、お腹の子供に何かあっても知らねえぞ』

『警察はそんなことしません』

もういい、と小宮が怒鳴った。

『ごちゃごちゃ言ってねえで、さっさと食え。俺も腹が減ってるんだ』

子供が泣き出した。緊張に耐えられなくなったのだろう。食え、と太い声が喚いた。

『止めろ、止めてくれ。私が食べるから、子供を離して下さい』

秋山が叫んでいる。その声が終わらないうちに、悲鳴が響いた。

『てめえはよ』

子供の泣き喚く声。それに交じって何かがぶつかる音。悲鳴。

『さっきからうるせえんだよ。こいつはてめえのガキか、ああ？　てめえと何の関係があるんだよ！』

『止めろ……痛い』秋山が苦しげに訴えた。『止めて下さい』

『てめえみたいな奴はよ』

細く長い悲鳴が続き、声が次第に遠ざかっていく。

『邪魔なんだよ！』

ドアが開く音がした。激しい衝撃音と共に、秋山の呻く声が聞こえた。

この野郎、という大声。ぶつかり合う音。ガラスが割れる音に女たちの悲鳴がかぶさった。

『止めてく……』

秋山の声が聞こえなくなった。泣き声だけが静かに広がっていく。

ドアの開く音。荒々しい足音が聞こえた。

『永井、どうした?』

『気に入らねえ』手をはたく音。『面《つら》がむかつく。ふざけんな、俺を誰だと思ってやがるんだ』

荒い呼吸音と共に、永井が怒鳴った。

『わかっただろ』小宮が声をかけている。『このお兄さんはな、いい人なんだぞ。でも、ちょっと怒りっぽいんだ。さっきのオジさんみたいに殴られたくないだろ? わかったらさっさと食え』

『ぼく、これきらい。へんなにおいする』

『じゅん君、食べなさい』若い女の声がした。『大丈夫、美味しいから』

じゅん君、と石田がリストをめくった。覗き込んだ中山師長が指で名前を押さえた。

「原田純一君、八歳、小児性腸炎の子です」

「女性の方は?」

待って下さい、と師長が耳に手を当てた。

『ほら、看護師のお姉さんも言ってるぞ。食べてごらん』

「看護師と言っていますが」

問いかけた石田の手を払うようにして、師長が耳を澄ませた。

『あたし、食べます』

これでいいですか、とくぐもった声がした。咀嚼《そしやく》音。

『よし、奥さんはそれでいい。そっちに戻れ。さあ坊主、それからそこの兄さん、お前も食うんだ』

『じゅん君、大丈夫だから食べなさい』

また看護師の声がした。ちょっと、と囁く声が割り込んだ。看護師仲間なのだろう。本当に大丈夫なの？　大丈夫よ、警察だって毒まで入れたりしないわよ。女が囁き返した。

「誰ですか」

尋ねた石田に、師長が小さく首を傾げた。

「看護師の高島さんだと思います。もう一人は手塚看護師だと思いますが、ちょっとはっきりしません」

『ぼく、たべる』

子供が意を決したように言った。えらいぞ、と小宮が手を叩く。

『ほら、お前も食え』

食べてますよ、と不機嫌そうな男の声がした。まだ若いようだ。

『全部ですか?』

『適当でいい。食ったら元の場所に戻って、静かにしてろ』永井が言った。『しばらく様子を見させてもらう。お前らに何かあったら、その時は全部終わりだ』

忍び笑いが聞こえた。

「睡眠薬を入れなくて良かった」金本が汗で濡れた手のひらをズボンで拭った。「人質が眠りこんだら、奴らが何をするかわかったもんじゃないぞ」

「満腹になった子供が眠らなければいいんですが」

石田がつぶやいた。

「越野はどこへ? 警視、どうやって連絡を取るつもりですか?」

麻衣子の問いに石田が眉を上げた。

「君まで素人のようなことを言うとはな」

何だと、と金本が目を剝いた。いいか、と石田が左右に目を向けた。

「事件が起きれば、いつだって警察は断崖絶壁に立っているのと同じだ。だが、そう思っているのはこっちだけじゃない。犯人の方が焦っているんだ。必ず向こうから連絡を取ってくる」

一気に言った石田が口を閉じた。仏頂面の金本が横を向いた。

「わたしは不安です。犯人は予想以上に暴力的で、秋山という患者さんを殴っていました」

そう言った麻衣子に、安藤がうなずいた。

「ガラスが割れるほどですから、怪我もしているでしょうな」

心配です、と安藤が言った。スピーカーから、すすり泣く女の声が流れている。

麻衣子は時計を見た。午前〇時四十五分。長い夜が続いていた。

7

静かだったスピーカーから小宮の太い声が流れてきたのは、それから十分後だった。

『どうだ、坊主、眠くないか』

『ぼく、ねむくない』

子供が答えた。また沈黙。

『よし、いいだろう。食おうぜ』

包装紙を開く音。冷めちまってる、と永井がつぶやいた。

『越野さんの分はどうする？』

小宮がくぐもった声で言った。

『すぐ戻ってきますよ』

永井が答えた時、通信班員が振り向いた。

「犯人より入電」

うなずいた石田が手を上げた。スピーカーの音声がオフになり、電話の音声が繋がる。

盗聴器の方はモニタリングのために、数人の通信班員がヘッドホンを耳に当てた。

私だ、と石田が電話に出た。

「どうだ？　差し入れの味は」

『まだ食ってねえ』不機嫌に男が答えた。『こっちはそれどころじゃねえんだ』

「忙しいようだな。ところで、患者たちを返してもらった礼を言ってなかったな」

『こっちこそ。一宿一飯の恩義ってやつだ。飯を食わせてもらったんだから、それぐらいしないとな』

病院三階の公衆電話、と通信班員がメモを渡した。目だけで石田がうなずく。

「越野、君も食べたらどうだ？　腹が一杯になれば少しは落ち着くだろう」

『俺は落ち着いているさ』

男がかすれた声で言った。

「電話の周りに人の気配がないな。君はどこにいる？　どこから電話しているんだ？」

『ＩＣＵだよ。ここは静かでいい』

煙草を吸っているのか、長く息を吐く音がした。

「音声がクリアだが、スマホからかけてるのか？」

『公衆電話だよ。俺はな、もともと携帯ってやつが大嫌いなんだ。電車の中で大声で話している馬鹿を見ると腹が立ってならねえ』

「同感だ。マナーを知らない奴が多くて困る」

石田が応じた。

『かけてくる奴は話したくない連中ばっかりだ。あんたみたいにな』

「そんなこと言うなよ、越野。私は君と話していると楽しいよ」

『とにかく、携帯はいらねえ。さっき捨てたから、かけてきても無駄だ。これからは俺が必要だと思った時にだけかける。わかったか』

「いいだろう……越野、なぜＩＣＵにいる？」

『あんたとの話を医師や看護師に聞かれたくないんでね』

「なぜだ？　秘密にするような話はしてないだろう」

『期待してほしくねえんだ。助かるかもしれねえと思わせるのは残酷だろ？』

男が下品な笑い声をたてた。

「つまらないことを言わないでくれ。私は君がすぐにそこから出てくる方に賭けてるんだ」

『へえ、そいつはいいや』また笑い声。『賭け率はどうなってる？』

「六対四で君が有利だ。だが、私は賭けに負けたことがないんでね」

『いいのか、お巡りが賭けなんかして』

「これは確実な投資だ。越野、君もひと口乗らないか。いい金になるぞ」

唾を吐く音がした。

『馬鹿言ってるんじゃねえ。そんなことを話すために電話したんじゃねえぞ。さっきそっちの遠野とかいう姉ちゃんに言ったが、伝わってねえのか？　ライトを消せ』

麻衣子は身をすくめた。

「ライト？」

『病院を照らしている照明だよ』不機嫌な声だった。『眩しくてしょうがねえ。いいか、俺はこう見えても神経質でな。いらいらすると、自分でも何をするかわからねえ。いいのか、それで』

「わかった、照明を落とそう」

『あんたは聞き分けがいい。そういうところは好きなんだがな』

「私も君のことは嫌いじゃない」石田が時計を見た。「越野、これは相談だが、照明を落とす代わり、そこにいる人たちを返してくれないか。確認したが、病院には医者や看護師、患者を合わせると五十人近くいるはずだ。君たちが引き渡した人数は全部で八人、まだ四十人以上残っているだろう。それだけの数を君たち三人で管理するのは無理があるんじゃないか？」

石田が手元でメモを取り始めた。

「三人で見張ることが出来るのは、十人がいいところだ。そうは思わないか？」

『そうだな』

　男が無愛想に答えた。

「無意味な人数を抱えていても、面倒が増えるだけだ。馬鹿馬鹿しい話だろう？」

（そうだな）と書いた石田がすぐに二重線を引いて（思わない）と直した。

『そうは思わねえな。面倒も増えるかもしれねえが、そっちとの交渉には役に立つ。そうだろ？』

「そうかもしれない」

『だったらガタガタ言うなよ。いいか、連中を返さないとは言わねえ。だが、それは俺たちがここから逃げた後の話だ』

「わかった。それではこちらもストレートに言うが、私にとっては何よりも彼らが無事に戻ってくることが重要なんだ。君ならわかってくれると思うが、さっきも言った通り、私にも上司がいてね。怒られたくないんだよ」

　男が手を叩いた。

『気持ちはわかるぜ。どこでも同じだな。どうして上の連中ってのは、下に責任を取らせたがるのかね』

「まったくだよ」石田が乾いた笑いを上げた。「どんな職場でも変わらないんだな、その辺の事情は。越野、君は何の仕事をしていたんだ？」

『宅配便だよ』

「ドライバーか」

そうだ、と男がつまらなそうな声で答えた。

『運転手だった。まったくよ、時間に遅れりゃペナルティ、荷に傷がつけばペナルティ、車をぶつけたりした日には目も当てられねえ。とんでもない金を取られるんだぜ？　俺のせいじゃなくてもだぞ？』

「辞めたのか？」

『二年も保たなかった』

「今は何をしている？」

『聞かなくてもわかるだろ？　こんな俺たちでも拾ってくれる人がいたんだよ』

「いい仕事のようだな」

『まあな。そっちはどうなんだ？　警察を辞めたくなったことはねえのか？』

「あるさ。毎日だよ。どんな職場でもそうだが、嫌な奴ばかり偉くなる。世の中、そういうものらしい」

金本が咳払いをした。

『ふざけてるよな』腹立たしそうに男が言った。『その通りだ。あんたは話がわかる』

「上の連中は、そこにいる人たちに何かあったら、私にすべての責任を押しつけるつもりだ。逆に全員が無事に戻ってくれれば、君たちが逃げても私を首にはしないだろう」

『そういうもんか』

マスコミの扱いが違うからね、と石田が口元を歪めた。

「責任問題にはなるだろうが、左遷で済むだろう。わかってくれよ、越野。私はもう少し仕事を続けたい」

あんたが泣き言を言ってどうする、と男が笑った。

『だが立場はわかるぜ。同情するよ』

「ここまで腹を割って話したんだ。越野、私の顔を立ててくれ。頼む」

沈黙が続いた。三分経ってから、男が口を開いた。

『俺にも立場ってもんがある。それはわかるだろ？』

「もちろんだ」

『俺たちを逃がしてくれるなら、奴らを返してやってもいい』

「私が保証する。必ず、君たちを安全に逃がす。その代わり、彼らを解放してくれ」

『わかった。あんたを信用しよう。まずライトを消してくれ。すべてはそれからだ』

「すぐに消す。そうしたら、全員返してくれるのか？」

『全員とは言わないがね。だが、あんたの言う通り、無駄な人数がいても仕方がねえ。返してやるよ』

わかった、と答えた石田の肩を金本が叩いた。自分のヘッドホンを指さしている。緊張で顔が強ばっていた。

『また連絡する』

男が通話を切った。

8

「何があったんです？」

通話が切れたのを確認した金本の合図で、通信班員が音声のボリュームを上げた。スピーカーから声が流れ出した。

『誰がわかるんだよ！』

甲高い声が響いている。何かを引っ繰り返す金属音。

「どうしたんです？」

「犯人たちの会話をモニターしていた」

ヘッドホンを外した金本が早口で言った。顔色が変わっている。

「病院には金があるはずだ、と永井が言い出したんだ。もう一人の小宮という男も、コンビニで奪った金では足りない、貰えるところから貰っていこうと騒いでいる」

『金庫ぐらいあるだろうが、ああ？』

机を叩く激しい音がした。答える者はいない。

「永井が喚いているのは、そのためですね？」

「そうだ。病院の金に狙いをつけたんだろう」

こっちに来い、と永井が怒鳴っている。スピーカーから男の子の引きつったような泣き声が聞こえた。

『じゅん君！』

看護師が叫んだ。ますます男の子の声が大きくなる。

『坊や、何で入院してるんだ？』

小宮が太い声で言った。

『いたいよ、はなして』男の子がしゃくりあげた。『わかんない。おなかがいたいの』

『腸です』看護師が説明した。『小児性の腸炎なんです』

『そりゃ大変だ。でもね坊や、骨が折れるともっと痛いんだよ。わかるかい、おじさんに腕を貸してごらん。この腕の骨が折れると——』

火がついたように男の子が泣き出した。

『止めてください！』

二人の看護師が同時に悲鳴を上げた。

『止めてほしけりゃ、金庫がどこにあるか言え！』永井が笑い出した。『誰かいるだろ、わかる奴がよ！』

男の子の泣き声だけが断続的に響いている。

『私が』男の声がした。『私が責任者です』

『あんた誰だ？』

『内科の山村と言います。夜間は私が会計の責任者です』

『さっさと教えなよ、先生。あんたしかわかんねえのか？』

山村の声は聞こえなかった。

『おい、質問に答えろよ！』

『そっちの先生』小宮が声をかけた。『あんた、名前は？』

『飯野です』脅え切った男の声がした。『外科医です』

『山村先生は立派だよ。泣いている子供を放っておけなくて名乗りを上げたんだ。それに引き換え、あんたは何だ？　黙ってりゃ、俺たちが諦めると思ったのか？　子供の腕が折れてもいいのか？　ああ？』

『すいません』飯野の声が裏返った。『すいません、怖くて、どうしても……』

『しっかりしてくれよ、先生。大人だろ？　あんたが泣いてどうする。もう子供だって泣き止んでるんだ。山村先生、あんたは勇気がある。男だよ。俺たちはな、男気がある奴が好きなんだ。飯野先生、金庫がある場所へ行こうじゃねえか。俺たちはな、金が欲しいんだ！』

『止めてくれ……止めて下さい、痛いです』

何にもしてねえだろうが、と永井が苦笑した。

『あんた、それでも医者か。手術の時はどうするんだ。血が出てる血が出てる、怖いよ、院長先生怖いですってか』

からかうように小宮が言った。

『わかりました、お願いです、殴らないで下さい。お願いします』

『こっちに来い。さっさとしろよ』

永井の怒鳴り声と飯野の泣き声が重なった。ドアの開閉音。声が遠ざかっていく。

静かにしろ、という小宮の怒声がスピーカーから聞こえた。ざわめきが広がっていく。

「院長の確認が取れました」前線本部に入ってきた戸井田が報告した。「病院の金庫は二階の会計室にあるそうです。二百万円前後が入っているはずだと言っています」

「飯野医師が心配です。脅えているのが、声だけでわかりました」

唇を強く噛んだ麻衣子に、石田が首を振った。

「奴らは金が欲しいだけだ。医者の命まで取りはしない。むしろ、狙いがはっきりしたことで、対処しやすくなった」

「確かに、最初はコンビニ強盗だったわけですからな。現金なら病院の方があるでしょう」

うなずいた安藤に石田が微笑みかけた。

「交渉人は犯人の情報を入手して、心の動きを読みます。犯人が望む答えを出しながら、その都度判断を下し、こちらのコントロール下に置くんです。粗暴犯なら、扱いは難しくありません」

犯人とのやり取りを確認していた金本が大声を上げた。

「石田、奴らは暴力組織の一員だ」

振り返った石田が視線を向けた。胸を張った金本がパソコンを指さした。

「男気がある奴が好きなんだ、と言っている。間違いない」

石田の肩を叩いた金本が、組対は何をしている、と後ろを振り返って怒鳴った。

「最優先で調べさせろ。名前もわかっているんだ、すぐに身元は割れる」

金本の背中を見つめた石田が小さく肩をすくめた。

「ありふれているとは言わないが、珍しくない名前だ。そう簡単には行かない」

失礼、と安藤が石田の手元を覗き込んだ。

「越野と話しながら、メモを取っていましたね？　相手の反応を確認していたわけですか？」

向き直った石田が椅子を指した。麻衣子も安藤と並んで腰を下ろした。

「FBIでは本件のような籠城事件を三つのタイプに分けます。タイプAは単純な粗暴犯、つまり金品や怨恨を要因とする犯罪です。タイプCは職業的な犯罪者が冷静な計算に基づいて行うもの、タイプBはこの二つの混合型で、職業的な犯罪者が成り行きで犯行に及ぶパターンで、今回のケースは明らかにタイプBですね」

大学で講義をする教授のような口調だった。麻衣子は小さく首を傾げた。以前、研修で教わったはずだが、記憶は曖昧だった。

「最も解決困難なのは、一般人が犯罪者の立場になってしまうタイプAなんです。ひとつでも対処を誤ると、何をするか予測出来ません。タイプCの場合、犯人の目的が明確なので、対処は難しくありません。それに、タイプCは警察も犯人もプロですから、妥協点が見つかれば解決します」

「タイプBはどうなんですかね？」

簡単に終わります、と石田が顔をわずかにほころばせた。

「タイプBの犯人は、計画性がありません。感情で動いているだけです。犯罪者あるいはその予備軍ですから、裁判や量刑についても詳しい。冷静さを取り戻せば、余計な罪を犯して罪状が増えるより、自首した方が得だと計算します」

今なら罪は軽いと説得します、と石田が手を指揮者のように振った。

「納得すれば、放っておいても投降するでしょう。ＦＢＩの統計では、タイプBの犯人が理性を取り戻すまで、約六時間となっています。彼らも数時間経てば、冷静になるはずです」

そいつはありがたいですな、と安藤が笑顔になった。周りにいた数人の捜査官の顔にも、安堵の色が浮かんだ。

「越野の性格はわかったつもりです」石田が書きかけのメモを開いた。「私の言葉に対する反応は、ほぼ予測の範囲内でした。今後、思考がシンクロすれば越野の心理を完全にコントロール出来るでしょう」

「ここは二重線で消してありますが、なぜです？」

安藤がメモを指さした。

「無意味な人数を抱えていても、面倒が増えるだけだ、という私の言葉に越野がどう反応するか……読みにくいところでした。論理的に考えれば、監視出来る人質の数は限られています。私が正しいとわかっていたはずですが、この計算式には感情という要素が欠落しています」

「計算式？」

石田らしい表現だ、と麻衣子はうなずいた。交渉人には文学的な才能よりも数学的な能力が重要だ。それが石田の口癖だった。

「どんなに正しい理屈より、反発心の方が勝ることはありますよ。感情が理性を抑えてしまう……人間は誰でもそうです。安藤さんも覚えがあるでしょう？」

そんなことばっかりです、と安藤が苦笑を浮かべた。私も同じです、と石田が白い歯を見せた。

「私の指摘が正しいとわかっていても、いや、だからこそ越野は否定するしかなかった。私への不信感もあったでしょう。すべての要素を計算して、『そうは思わない』という答えが返ってくると書き直したんです」

「ということは――」

安藤の眉毛だけが動いた。

「まだ時間が必要です。ただ、長く待つことにはならないでしょう」

警察官は忍耐ですな、と安藤が言った。石田が大きくうなずいた。

9

両腕を後ろ手に縛られたまま、飯野は廊下を一歩ずつ進んだ。

振り返ると、目出し帽姿の永井が続いていた。腕を縛る紐をしっかりと握った永井が、飯野の尻を軽く蹴った。

「ああ、止めて下さい。暴力は止めて」

女のような言葉遣いで飯野は叫んだ。なぜだ。なぜ俺が。山村でよかったじゃないか。あいつは俺より二期後輩だ。

こんな奴と二人きりなんて。助けてくれ。飯野は恐怖に顔を歪めた。たるんだ顎の肉が揺れる。

「さっさと行けよ、先生」

容赦なく、永井の罵声が飛んだ。その声に従って飯野は足を早めた。

何でもいい、とにかく命令に従うことだ。こいつらには知性も理性もない。俺とは違う種類の人間だ。

腹が立てば暴力をふるうしか能がない男。まともに相手をしても仕方がない。

そう自分に言い聞かせながら、飯野は二階フロアの一番端にたどりついた。太った体を支える膝が震えていた。

「先生、どっちだ？」

退屈そうに永井が尋ねた。脅えた目で飯野は左右を見渡した。恐怖が方向感覚を失わせている。

どっちだ。会計室はどっちだ。普段なら、目をつぶっていてもわかるのに。

すべて永井のせいだ。小宮はともかく、この男は明らかに性格異常者だ。自分の力を行使したくてたまらないのが、ひと目でわかる。

なぜ小宮ではなくてこの男が来たのか。小宮なら、ここまで脅える必要はなかったのに。

こいつは何をするかわからない。気に入らないことがあれば平気で俺を殴るだろう。

誰か助けてくれ。何があってもおかしくない。俺がいったい何をした？

飯野はすがるように辺りを見回した。誰もいない。助けてくれる者はいなかった。永井が楽しそうに眺めている。

「先生、右も左もわからねえのか？　大学ってのは、そういう簡単なことは教えてくれねえのかな」

永井が腕を伸ばして飯野の髪の毛を摑んだ。ひい、という高い声が漏れた。

「先生、そんなに怖がるなよ。俺が欲しいのは金だ。わかるか？　金だよ。金がある会計室ってのはどこなんだ？」

「こ、こっちです、こっち」

卑屈な笑みを浮かべて、飯野は歩きだした。こいつらが欲しがっているのは金だ。金なんかいくらでもくれてやる。どうせ俺の金じゃない。あの因業《いんごう》で業突張《ごうつくば》りの院長の金だ。欲しいなら全部持っていけばいい。

その代わり俺を助けてくれ。解放してくれ。せめて、さっきのデイルームに戻してくれ。みんなと一緒にしてくれ。

俺はこいつと二人でいたくない。誰か助けてくれ。

飯野は突き当たりの部屋にたどりついた。もし俺が犬だったら、と思った。ちぎれんばかりに尻尾を振っているだろう。

ここです、と飯野は追従《ついしょう》笑いを浮かべた。永井がドアノブに手をかけた。

「鍵がかかってるじゃねえか」

「あの、午後九時を過ぎると鍵を下ろすことになっていて……」

「どうすんだよ！」永井が怒鳴った。「入れねえだろうが！」

「すいません、本当にすいません」飯野はフロアに這いつくばり、頭を床にこすりつけた。「規則なんです。すいません、許して下さい」

あんたに言ってもしょうがねえか、と呆れたように言った永井が背負っていた袋から特殊警棒を取り出し、ドアの上部にある小さなガラス窓を叩き割った。腕を入れた永井がロックを外した。

「面倒かけさせやがる」警棒をぶら下げたまま、永井がドアを開けた。「入れよ、先生」

這ったまま、飯野は会計室に進んだ。見かねたのか、永井が手を貸して立たせた。

三畳ほどの小さな部屋だ。入ったすぐ左手に、書類棚が三つ並んでいる。壁を埋めるように、さまざまな大きさのスチール製ラックが置かれていた。外に面した窓が二面あったが、両方ともラックのために塞がれている。

「ここです。ここに金庫があります」

卑屈な笑みを浮かべ、飯野は顎を右手の奥に向けた。手前の机にパソコンの端末、もうひとつの机に金庫が載っている。さほど大きくはない。前面にダイヤル式の錠がついていた。

「どうやって開けるんだ?」

「番号があるんです」

何でも聞いて下さい。何でも答えます。何でもおっしゃって下さい。

「右に六、左に三、もう一度右に二、その後——」

「もっとゆっくり言ってくんねえかな、先生。俺はあんたと違って頭が悪いんだ」

右に六、左に三、と乱暴な手つきで永井がダイヤルを回した。

「それから?」

「右に二です。そこまでいったら左にダイヤルを回して下さい。音がしたら開きます」

目出し帽を取った永井が背を向けた。慎重にダイヤルを回している。

どうする。このまま後ろに下がれば、逃げることが出来るかもしれない。

飯野は背後に目をやった。ドアまでは二メートルもない。三歩で廊下にたどり着く。駄目だ、と飯野は唇を噛んだ。俺には出来ない。震える足が動かない。廊下に出たとしても、そこからどこへ逃げればいい？　見つかったらどうなる。永井が気づかないはずがない。すぐに見つかる。

静かな金属音が響き、開いた、と甲高い声で永井が言った。振り向いた目が笑っている。

若い顔だった。三十前ぐらいだろうか。そげた頰、細い目、金色の髪。

愛想笑いを浮かべながら、逃げなくてよかった、と飯野は心の底から思った。とにかく、機嫌を取るしかない。そうすれば、殴ったりしないだろう。

すげえな、と永井がバラの札を無造作に摑み出した。

「やっぱり病院ってのは金があるもんだ。見たことねえよ、こんな金」

何度か手を入れて、金をデスクの上に積み上げる。すぐに金庫が空になり、机の上に札束がきれいに重ねられた。

「おいおい、二百万はあるぜ。こんなところで臨時ボーナスかよ」

札束の端を揃えながら、永井が短く口笛を吹いた。

「全部、持っていって下さい」

飯野は精一杯の笑顔を作った。これで済むなら、金などどうでもいい。

永井も笑いだした。いつの間にか、二人は大声で笑い合っていた。

「あんたはいい奴だ、先生」永井が飯野の肩を叩いた。「済まねえな」

「いいんですよ、どうせ病院の金なんですから」

調子を合わせて笑っていた飯野の後ろで低い声がした。

「入るぞ」

振り返った飯野はまばたきを繰り返した。永井の顔から、表情が消えている。飯野と男の視線がぶつかった。

「あんた……誰だ？」

男が微笑を浮かべたまま、飯野の前に立った。

10

解放された七人の人質は、待機していた医師の診察を受けた。健康状態に問題はなかったが、精神的なショックが大きいと判断された五人が品川区内の大学病院に搬送された。

残った二人から病院内の状況を聞くため、麻衣子、石田、そして安藤と金本は図書館の裏手に設営された仮救護所に入った。そこにいたのは七十歳の福田という老人と、工事現場で転倒し、両足を骨折した大竹という車椅子に乗った二十五歳の青年だった。

「お疲れでしょうから、短く済ませましょう」

憔悴《しょうすい》した表情を浮かべた二人を見て、石田が同情するように言った。

「人質が囚われていたのは、二階のデイルームですね？」

「そうです。デイルームです」

はっきりとした口調で福田が答えた。七十歳とは思えない、矍鑠《かくしゃく》とした様子だった。

「そこに三人の先生、看護師さんが七人、そして我々患者が三十六人おりました。もう一人、タクシーの運転手さんもいましたな」

「よく覚えてますね」

石田が手をこすり合わせた。四方を分厚い布で囲っているだけの仮救護所だ。麻衣子はコートの襟を立てた。

「出してやる、とあの連中が言ったもんでね。何でもいいから、警察に話せることがあった方がいいだろうと思ったんですよ」

「爺さん、余裕あるね」大竹が鼻をこすり上げた。「俺はそれどころじゃなかったよ」

「年の功ってことかな……刑事さん、煙草を一本いただけませんかね」

安藤が渡したセブンスターに福田が火をつけ、うまそうに煙を吐いた。俺にも、と手を伸ばした大竹に、確認します、と石田が言った。

「犯人は三名ですね？　リーダー格の越野、そして小宮、永井」

「何で名前を知ってるんです？」

目を丸くして驚いた大竹に、盗聴だ、と福田がまた煙を吐いた。

「なかなか仕事が早い。連中も大変だな」

「年齢の見当はつきますか？」

福田と大竹が目を見合わせた。

「何しろ頭から変な帽子をかぶっていたんでね。背格好はわかるが、正確な年齢となると……」

福田が目をつぶった。くわえた煙草はそのままだ。

永井って奴は若そうでした、と大竹が言った。

「俺と同じくらいか、ちょっと上ぐらいかな？」

「二十代後半ですね。小宮はどうです？」

見当がつきません、と大竹が手を振った。

「四十にはなってないと思いますけど」

「永井はずいぶんとお喋りでしたな」目を開いた福田がまた煙を吐いた。「小宮は寡黙で、声も落ち着いてました。若者らしかったが、年齢まではわかりません」

「越野はどうでしょう？」

あいつはほとんどデイルームにいなかったからね、と大竹が乱れた髪の毛を直した。

「正直、覚えていません。名前も看護師から聞いただけなんです」

そうだよね、と大竹が隣を見た。福田が眠そうに欠伸《あくび》をした。

「警察との交渉は、その男が担当していたようですな。わたしらには聞かせたくないと永井が言ってましたが、どんな話をしてたんです？」

「あなたたちを解放してほしい、という要求ですよ」石田が福田の手を軽く握った。「あなたは？　越野について、覚えていることはありませんか？」

他の二人より年上でしたな、と福田が皺だらけの頬を撫でた。

「命令していたのも越野です。酷く乱暴で、どうにも手がつけられない感じでした。看護師を怒鳴りつけたり、物を壊したり……ただ、荒っぽいことには慣れてないと思いましたな」

「他の人質は無事ですか？」

石田の問いに、福田が辛そうな表情を浮かべた。

「……看護師さんたちが心配です」

「怪我の具合は？」

止められんかった、と福田が目を伏せた。膝の上に涙がこぼれた。

「どうすることも……」

「爺さんのせいじゃない」大竹が手で車輪を回転させて福田に近寄った。「仕方なかったんだ。誰のせいでもないって」

「彼の言う通りです。あなたに責任はない」

麻衣子はハンカチを差し出した。もう少しだけ、と石田が指を立てた。

「犯人の様子を教えて下さい。苛立っているようでしたか？」

永井はひどかったね、と大竹が言った。

「何かっていうとすぐに当たり散らしてさ。患者はともかく、看護師さんたちに暴力をふるってたよ。デイルームのテーブルを引っ繰り返したのも見ました」

「小宮は落ち着いていましたが」福田がハンカチを返した。「永井は荒れてましたな。越野はそれ以上で、私らを集めた時も怒鳴っていましたが、何を言っているのかまるでわからなかった。子供は好きなのか、殴ったりすることはなかったですが」

仮救護所のカーテンが開いて、本庁の若い刑事が顔を覗かせた。

「犯人より入電です」

石田が立ち上がり、麻衣子はそれに続いた。

「ご協力に感謝します。車を用意していますので、指定された病院に移って下さい」

先に仮救護所を出た金本が、急げと言った。石田に目をやり、麻衣子は歩を進めた。

11

『相談がまとまった』いきなり男が言った。『交渉ってやつをしたい。どうだ？』

「構わない。患者たちを返してくれる気になったのか？」

『そっち次第だ。返してもいい。面倒になってきた。ただし、条件がある』

言ってくれ、と石田が左の耳を指で掻いた。

『俺たちは逃げる。何もするな。たいしたことはしちゃいねえ。見逃すと約束しろ』

石田が咳払いをした。

コンビニを襲ったのは間違いだった、と素直に男が認めた。

『魔が差したんだ。反省している。金も返すよ』

「人質を取って、病院に立て籠もっている。看護師に怪我を負わせたのはまずかったな」

石田が手に持っていたペンを齧《かじ》った。

『あれはあいつらの責任だ。余計な口を挟むのが悪い。今この病院を仕切っているのは俺なんだ』ルールには従ってもらわねえと困る、と男が低い笑い声を上げた。『どうしても逮捕するっていうんなら、怪我人が増えることになるぞ。いいのか?』

「待ってくれ」

落ち着いた声で石田が言った。麻衣子は身を固くして次の言葉を待った。

「前にも言ったが、私は君たちを見逃しても構わないと思っている」

前線本部の捜査官たちが一斉に石田を見た。フェイクをかけているのは、麻衣子たち全員がわかっていた。

「私の降格や左遷程度で全員が無事に戻ってくるなら、安いものだ」

『あんたはわかってくれると思っていたよ』

安心したように男がため息をついた。だが、問題がある、と石田が言った。

「今ここにいる警察官は私の権限で抑えることが出来る。君たちを見逃すことも可能だ。しかし警視庁は全力を挙げて君たちの逮捕に乗り出すぞ。いずれは捕まる。その場合、君たちの量刑は重くなるだろう。損得勘定が出来るなら、今自首した方が得なのはわかるはずだ」

『捕まらなけりゃいいんだろ?』

「それはどうかな。警察を甘く見ない方がいい」

『いいか、刑事さん。よく聞いてくれ、俺たちは捕まりたくないんだ』

子供に言い聞かせるように、ゆっくりと男が言ったが、難しいだろうと石田が首を振る。

「だいたい、どうやって逃げるつもりだ? コンビニで奪った十数万円は返すと言ったな? どこへ逃げる?」

『そこだよ、刑事さん。あんたの言う通り、俺たちはこれから住所不定の逃亡者になる。だが、切り札を持っているのはこっちだ。あんたは従うしかない』

何が言いたい、と石田がメモ用紙に(金)と書き込んだ。

『あんたに要求がある。人質と交換に金を寄越せ』

「なるほど」

『まとまった金が欲しい。言っておくが、俺たちはそんなに安かねえぞ』

石田がまたペンを走らせた。数字の一を書いてから、すぐに消して(億)と直した。

同時に男の声が響いた。

『一人一億。いいか、こいつに交渉の余地はねえ。一人一億、合わせて三億用意しろ。それが無理なら、人質は返さねえ。わかったか』

「三億円だな？　希望額は了解した」

石田の声は淡々としていた。三億を三万円ぐらいに思っているようだ。軽い物言いに金本が眉をひそめた。

「ただし、今すぐに三億の金を用意するのは難しい。ここは図書館で、銀行じゃないんだ」

男が黙り込んだ。

「意味はわかるな？　今、午前二時だ。どこの銀行も閉まっている。現金で三億揃えるには時間が必要だ」

『何とかしろよ』弱々しい声がした。『警察にも金があるだろう』

「警察は財務省じゃない。庁舎内に三億円あったら、苦労しないよ」

『病院に出させろ』ヒステリックに男が喚いた。『医者や患者の家族だっているはずだ！』

「もちろん、病院は銀行に預金している。だが、この時間だと引き出すことはできない。君に病院のキャッシュカードを渡してもいいが、三億円を下ろせるＡＴＭがあると思うか？」

『畜生、何とかしろよ』

呻くような声がした。時間が悪い、と石田が舌打ちをした。

「いいか、要求を拒否するつもりはない。だが、現実に不可能なことを約束するのは無責任だろう」

男が沈黙した。そこで交渉だ、と石田が言った。

「いくら払えば、彼らを返す？」

『ちょっと待ってろ』

吐き捨てるように言った男が電話を切った。デイルームの内線が鳴っています、と通信班員が叫んだ。

「小宮が出たようです。何か話していますが、聞き取れません」

相談しているんです、と麻衣子は言った。

「いくらでまとめるつもりでしょう？」

要求は三億、と石田が指を三本立てた。無理だ、と金本が首を振った。

「そんな大金がどこにある？　君だってわかっているはずだ」

「いくらなら用意出来ますか？」

石田の問いに金本が首をひねった。

「五千万……それぐらいなら、準備出来るだろう」

電話が鳴った。石田が素早く受話器を取り上げた。

『一億でどうだ』

男が単刀直入に言った。いいだろうと答えた石田の肩を金本が押さえたが、振り払って話を続けた。

「今、確認したが、本庁にある現金はトータル一億二千万円だ。全額渡そう。一人頭四千万円、十分だと思わないか？」

舌打ちの音が麻衣子にもはっきり聞こえた。

『一億二千万ね……三億は無理か？』

「朝まで待つなら、三億でも用意するさ。だが、真夜中とは違い、日が昇れば、君たちを逮捕するのは簡単だ」

わかったよ、と男が叫んだ。

『お前さんには負けたぜ。一億二千万で手を打とう』

「越野、それでいい。三億円にこだわったら、時間を無駄にするだけだ」

『うるせえよ』声に張りがなくなっていた。『また連絡する』

「金を受け取ったら、どうやって逃げるつもりだ？」

石田の質問に答えず、男が電話を切った。

12

立ち上がった石田を金本が両手を広げて止めた。

「いったいどうするつもりだ。五千万円が限度だと言ったじゃないか」

「わかっています」

石田がポットのコーヒーを紙コップに注いだ。

「どうして一億二千万円なんて無茶な金額を言ったんだ？」

「参事官、私は一万円だって奴らに渡すつもりはありませんよ」石田がコーヒーにミルクを入れて掻き混ぜた。「犯罪者の要求を受け入れる交渉人はいません。わかりきった話です」

「一億二千万を渡すと言ったのは君じゃないか！」

こめかみに血管を浮き立たせた金本が怒鳴ったが、石田の態度は変わらなかった。

「遠野。ドア・イン・ザ・フェイスの定義は？」

コーヒーに口をつけた石田が、熱い、と顔をしかめた。口頭試問の口調だ。言われるまま、麻衣子は説明を始めた。

「ドア・イン・ザ・フェイスは交渉術の基本テクニックです。参事官は返報性の原理についてご存じですか？」

何だそれは、と金本が口を尖らせた。

「何らかの恩恵を他者から受けた場合、人間はその相手に好意を返さなければならない、と考えます。それが返報性の原理です」

「それがどうした？」

「石田警視は三億円という犯人の要求を断りました。物理的、時間的に不可能ですからやむを得ませんが、断られた犯人は返報性の原理に反するため、不快な感情を抱きます。それを打ち消すために、一億二千万円という金額を提示したんです」

「なぜ一億二千万円なんだ？　用意出来るのは五千万円だぞ？」

単位の問題です、と麻衣子は言った。

「億と千万では印象が違います。犯人の望む答えをするのは交渉の基本です」

「そんなこと言ったって、無理なものは無理なんだ！」

激高した金本に、石田が小さく首を振った。

「五千万円と三億円ではごまかしようがありませんが、一億二千万なら問題ないでしょう。逃走時、越野たちには金額を確認する時間がありません。最初から、私は用意出来る金の二倍の額を提示するつもりでした」

「しかし……」

「人質が解放されたら、奴らを逮捕します。当然ですが、金も取り戻します」石田が紙コップをテーブルに置いた。「参事官、本庁に五千万円を用意させて下さい。どうせ見せ金です。カラーコピーでもいいぐらいですよ」

顔をしかめた金本が、本庁に連絡を、と通信班員に命じた。警視庁の誰であれディベートで石田修平に勝てる者はいない。麻衣子は誇らしかった。

「いよいよ大詰めですね」

石田の紙コップに、安藤がコーヒーを注ぎ足した。

そう願いたいですね、と石田が紙コップを持ち上げた。

「人質の様子はどうです？　犯人に動きは？」

混乱はないようです、と安藤がイヤホンを耳から外した。

「犯人は食事を終えていますが、無理に食べさせたハンバーガー以外は人質に与えなかったようですね」

「人質の健康管理義務まではない、と考えたんでしょう」

「連中の要求が金なのは自分にもわかっていましたが、なぜ金額が予想できたんです？」

安藤が宙に指で「一」と書いた。

「あれは一億円という意味でしょう？」

違います、と石田が首を振った。

「一千万です。チンピラならその程度でしょう。ですが、よく考えると、一千万では逃走資金として少な過ぎます。それでひとつ桁を上げました」

あの人を上司にはしたくないですな、と安藤が麻衣子に囁きかけた。

「何でも見抜かれそうですよ」

越野たちはどうやって逃げるつもりでしょう、と麻衣子は石田に視線を向けた。

「車を要求してくるだろう」石田の答えには淀みがなかった。「一億二千万は約十二キロ、徒歩で逃げるわけにはいかない。車ではなく、オートバイかもしれない」

「しかし、どこへ逃げると？」ここは日本ですよ、と安藤が首を傾げた。「車に発信機を取り付けられることぐらい、奴らにも想像はつくでしょう」

連中は粗暴犯に過ぎません、と石田が言った。

「推定される犯人の行動はこうです。車に人質を乗せて逃げる。その間は我々も手出し出来ません。警察の追跡を振り切ったところで、車と人質を捨てて他の交通手段で逃げる。人質を殺す度胸はないでしょう」

逃がしませんが、と石田が微笑を浮かべた。

「逃げる当てはあるんですかね？　それとも誰かに助けを求めるとか……」

「連中の言動を考えると、暴力組織と何らかの繋がりがあるはずです。その伝手を頼って、高飛びするつもりでしょう。海外に逃げられると面倒ですが、その前に逮捕しますよ。将棋で言えば、犯人は詰んでいるんです」

石田が向き直った。

「遠野、現時点で注意しなければならないことは何だ？」

麻衣子は額に手を当てた。終わりは見えている。何に注意しろと言うのか。

犯人逮捕は重要だ、と石田が言った。

「だが、最優先なのは人質の命だ。犯人を追い詰めてはならない。窮鼠《きゅうそ》猫を嚙むということもある。人質に危害を加えるかもしれない」

「気を緩めてはならない……そうですね？」

「事件は最終段階に入っている。しかし、我々交渉人の仕事はこれからだ。すべての人質の無事を確認するまで、事件は終わらない」

はい、と麻衣子はうなずいた。

「最後まで気を抜くな」

麻衣子を見つめた石田が厳しい声で言った。

13

男たちの言い争う声がいきなりスピーカーから響いた。前線本部の捜査官たちが一斉に顔を上げた。

『いったいどういうことだ？』デイルームに戻ったのか、永井の甲高い声が聞こえた。

『一人一億ってのは、越野さんが言い出したことじゃねえか』

『夜中だから、現金が用意出来ないらしい』

低い声で言った小宮に、永井が罵声を浴びせた。

『冗談じゃねえぜ、奴ら、俺たちのことを甘く見てるんじゃねえのか？　小宮さん、俺は金がいるんだよ！』

『俺だって同じだよ！』抑えた声で小宮が怒鳴り返した。『借金があるんだ。一億でも足りない』

『だったら――』

『だが、仕方ないだろう。確かに、この時間じゃ銀行は開いてねえ。三億の現金なんて、右から左に用意出来るもんじゃねえだろうよ』

『じゃあどうしろと？』

『いつまでもここにいられるわけでもねえしな。今は警察も俺たちの言いなりだが、しびれを切らして突っ込んでくるかもしれねえ。だとしたら一億で手を打つのも悪くない、越野さんはそう言っていた』

『あんたはどう思ってるんだよ』壁を叩く鈍い音がした。『越野さんの言いなりでいいのか？　いくら兄貴分だからって、そんなこと勝手に決めていいはずないだろう？』

『あの人のことを悪く言うな』小宮の声が更に低くなった。『俺は兄貴に恩がある。お前だってそうだろう』

　くそ、という絶叫がスピーカーから図書館全体に広がった。しばらく沈黙が続く。

『仕方ねえ』ぽつりと小宮が言った。『捕まるのは嫌だ。三千万でも四千万でも金が欲しい。そうすりゃ、借金も少しは返せる』

『わかった。俺もそれでいい』泣きそうな声で永井が言った。『でも、どうやってここから逃げるんだ？　越野さんはそこまで考えてるのか？』

『考えがあると言っていた。詳しいことは聞いていないが、従ってりゃ間違いはねえ。文句があるなら越野さんに言ってくれ。俺は知らん』

『待ってくれ』永井が気弱な声を上げた。『文句なんかねえよ。ただ、これからどうするのか、それが知りたいだけなんだ。越野さんはどこにいる？』

『ＩＣＵ前の待合室だ』

『わかった。ここ、頼むわ』

足音が遠ざかっていった。人質たちがひそひそと囁き交わす声がしばらく続いた。

小さくうなずいた石田が金本に近づいた。

「連中は焦っています。勝手に仲間割れするかもしれませんが、それを期待しても始まりません。起こり得る事態を想定して、対処します」

本庁の了解を取った、と金本が冷たい声で言った。

「経理部が手配している。一時間以内に金が届く予定だ」

「増員は？」

「現在は二百人体制だが、近隣の警察署に応援を要請済みだ。病院周囲三キロ圏内の非常線の準備は終わっている。交通機動隊の白バイ部隊が来ているから、機動力に問題はない」

「ヘリコプターの手配、完了しました」通信班員がヘッドホンを耳に当てたまま叫んだ。

「現在竹芝のヘリポートで待機中です」

組対からも連絡が入っている、と金本が言った。

「都内の広域暴力団及びその下部組織に、犯人三人の名前に相当する人物はまだ見つかっていない。神竜会系の戸川組に、越野憲三、小宮武政がいるが、小宮は現在服役中、越野憲三も所在が確認されている」

「正式な組員でない可能性もあります」

もちろんだ、と金本がうなずいた。

「だがそうだとすると調査は広範囲に及ぶ。時間がかかるだろう。永井姓は数も多い。準構成員まで含めると現在六人を確認、そのうち二人の行方が摑めていない」

「それ以外に何か情報は？」

「組対がコンビニエンスストアの防犯カメラを確認したが、犯人の体格、声などに心当たりはないそうだ。石田、念のために病院周辺に狙撃隊を配備した方がいいんじゃないか？」

準備だけはしておくべきでしょう、と石田が言った。金本がうなずいた時、前線本部に戸井田が入ってきた。

「特殊車輛が到着しました」

警視庁が開発した特殊車輛は、外部から無線によってドアロック、窓の開閉、エンジン及びブレーキ機能に至るまで操作可能だ。逃走用の車輛を要求された場合、特殊車輛を渡すことが決定していた。

犯人が逃げても、外部からの操作で強制的に車輛を停止させる。犯人は車の外に出ることもできないまま、逮捕される。麻衣子は装備知識を思い出した。

「現在、第二方面本部すべての所轄署が協力態勢に入りました。刑事課、組織犯罪対策課、交通課、生活安全課所属の全警察官の動員が可能になっています」

通信班員が指令書を金本に渡した。うなずいた石田が周囲を見回し、ゆっくりと口を開いた。

「最優先事項は、無事に人質を保護することだ。犯人逮捕はそれからでも構わない。どのような手段で逃亡を図るか、それはこれからの交渉によるが、犯人を刺激してはならない。照明はこのまま、制服警官は表に出るな。以上だ」

前線本部にいた数人の捜査官たちが、それぞれの部下に命令を下すため、スマホを手にした。

14

犯人から連絡があったのは、深夜二時二十分だった。

『金の用意は？』

「三十分以内に、一億円の現金がこちらへ届く。一億二千万と言ったが――」

『もういい、細かい話は抜きにしよう』威勢のいい声がした。『この時間に金を準備するのが難しいのは、俺だってわかるさ。一億でいい。そこまで金に汚いわけじゃねえんだ』

振り向いた石田が親指を立てた。うなずいた金本がスマホを耳に当てた。

「医者や患者の様子は？　体調不良を訴えてる者がいれば――」

『札は新札じゃねえだろうな。コピーなんか取るんじゃねえぞ。余計な小細工もなしだ。わかったな？』

「何もするつもりはない。一万円札が一万枚だぞ？　コピーを取る時間があると思うか？」

男が笑い声を上げたが、番号の控えは取っていた。並べた札をビデオカメラで撮影しただけだが、装備課の画像解析機で紙幣の番号を読み取ることが出来る。

すべての札には特殊塗料を塗布していた。一定時間が経過すると札の表面に模様が浮き出し、使用出来ない。金を入れる袋にも、ＧＰＳを仕掛けていた。

「何度も言うが、金で済むならそれでいい。越野、私は君を信じている。そこにいる人数を考えれば、一億円は安い。勝手に逃げろ。夜明けまで警察は動かない」

石田の声には説得力があった。フェイクとわかっている麻衣子も、本気ではないかと思ったほどだ。

『いいだろう。こっちも信じよう。他の奴じゃこうはいかないぜ』

「礼を言った方がいいのか？　わかったら、そこにいる人たちを解放してくれ」

『金を受け取り次第、患者たちを返す。ただし、全員じゃないぞ。何人かは残す』

待て、と石田がスマホを睨みつけた。

「どういう意味だ」

『焦るなよ。いいか、段取りを言う。金をいただいたら人質の大半を解放する。患者はほとんど、看護師も何人かつけてやろう。一人では歩けない奴もいるからな。こいつはサービスだ』

自分の軽口に気を良くしたのか、男が大声で笑った。

「待ってくれ。医師はどうなる？」

『先生たちはここの責任者じゃねえか。立場ってものがあるだろう。最後まで一緒にいてもらうさ。俺たちにとっても命綱みてえなもんだ。簡単に手放すわけにはいかねえよ』

仕方ねえだろ、とよく響く声がした。

「続けてくれ」

『いいか、次はそっちの番だ。中型のバイクを三台用意しろ。メーカーや年式は何でもいいが、目立たない色にしてくれよ。ガソリンはタンク一杯にしておけ』

「中型オートバイか。免許はあるのか？」

『なけりゃこんなことは言わねえ。心配性だな、あんたは』

「ヘルメットも必要だろう」

『いらねえよ』

コンビニエンスストアを襲った時、犯人がフルフェイスのヘルメットをかぶっていたのを、麻衣子は思い出した。

「金はどうすればいい？」

『三つに分けて頑丈な鞄に入れろ。バイクの荷台にくくりつけておくんだ』

「バイクだと鞄が落ちる可能性がある」

『じゃあ、どうすりゃいいんだ！』

苛ついた声で男が怒鳴った。

「わかった、適当な袋を用意する。それでいいな？」

『ああ』

金本の指示で、オートバイを確保するため、戸井田が前線本部を飛び出した。

「後は？」

『バイクはエンジンをかけたままにしておけ。いいか、つまらねえ真似をするんじゃねえぞ。発信機でも何でも、付けてりゃすぐにわかるんだ。俺たちを甘く見るなよ』

「そんなことはしない。準備する時間はなかった」石田が顔色ひとつ変えずに言った。

「越野、何度も言うが私は君を信じている。指示に従っている限り、君は患者や医師たちに危害を加えない、そうだな？」

『わかってりゃそれでいいんだ。人質の大半を解放し、その後バイクが三台並んでいるところへ俺たちが出ていく。ただし、一人だけだ』

「一人だけ？」石田の顔に戸惑いの表情が浮かんだ。「どういうことだ？　君だけが出てくるのか？」

答えずに、男が先を続けた。

『そいつは人質を連れている。バイクのケツに乗ってもらう。安全が確認出来るまで、どこまでも二人は一緒ってわけだ。尾行はするな。白バイの一台でも通ったら、病院に残った仲間が人質を殺す。脅かしじゃねえぞ』

麻衣子は男の言葉を頭の中で何度も繰り返した。確かに脅かしでは済まないだろう。犯人たちが一人ずつ分散すれば、警察の追跡班も三班に分かれなければならない。追跡が失敗するリスクはその分高くなる。

それぞれの犯人が人質を確保していれば、一人を逮捕しても、別の犯人が人質を殺害する可能性がある。うかつには手を出せない。

短時間で考えたはずだが、よく練られた計画だった。これまで越野を粗暴犯と想定していたが、修正する必要があるかもしれない。

だが、石田なら必ずこの困難な事態を打開出来る、と麻衣子は信じていた。

通常の事件と比べて、倍以上の数の警察官が動員され、警視庁が誇る最新鋭の追跡用機材が四トントラック二台分準備済みだ。犯人を取り逃がすはずがない。

「尾行はしない。だが、どうやってそれを確かめる？」

男が鼻で笑った。

『俺たちはスマホを持ってるんだ。白バイでもパトカーでも、見かけたらすぐに連絡が入る。あっという間に人質はあの世行きってわけだ』

「わかった。脅かしは無しだ。こちらが動かなければ、君たちも無茶はしない。そうだな？」

『理解が早くて助かるね。最初に出た奴が安全な場所まで逃げたら、次の奴が出ていく。もちろん、こいつも人質付きだ。何かあれば病院に連絡が入るのも同じだ。病院に残った最後の一人が全員を殺す。警視、俺たちが銃を持っていることを忘れるな。無抵抗の人間でも平気で撃つぜ』

そんなことはさせない、と石田が歯を食いしばった。

『あんたのために、そう願うぜ。俺だってそんなことはしたくねえんだ』

のんびりとした口調で男が言った。

『さて、二人が逃げたと確認できたら、最後の一人が出ていく。その時点で何人かの人間が病院に残っているが、そいつらは生き残りが確定だ。だがな、俺たちはそれぞれ一人ずつ人質を抱えている。誰か一人でも捕まれば、二人の人質が死ぬ。あんたの責任だぞ』

「わかっている」石田のワイシャツに汗が滲んでいた。「勝手に逃げてくれ。追ったりはしない」

『まだ終わってねえぞ。さっきから図書館をお巡りが出たり入ったりしてるな。目障りだ、今すぐ全員下げろ。俺たちが下に降りた時、一人でもお巡りの姿を見たら、今までの話は無しだ。人質を全員殺して俺たちも死ぬ。いいな』

「今すぐ警官を引き上げる。他に要求はあるか?」

『ねえよ。三十分後にまた連絡する。金が着いていることを祈ってろ』

唐突に通話が切れた。ヘッドホンの通信班員が振り向いた。

「デイルームの犯人に動きがあります。人質を二つに分けているようです」

スピーカーの音声が切り替わり、デイルームで永井と小宮が喚いている声が聞こえた。

「金はいつ着く?」

石田が鋭く叫んだ。

「あと二十分!」

無線で本庁と交信していた金本が怒鳴り返した。

「バイクの手配は?」

「問題ない。交通機動隊がこちらに向かっている」

「発信機の準備は?」

「完了した」

どこまででも追いかけてやる、と石田が怒鳴った。

「全捜査員に通達、犯人が逃走準備に入った。こちらも予定通り全班配置につけ。絶対に奴らを逃がすな！」

前線本部の捜査官が緊張感を全身に漲らせて動き始めた。

「オートバイですか」

不安な顔でつぶやいた麻衣子に、機動力だけ考えればオートバイの方が有利だ、と石田が言った。

「意外に頭が切れる。思っていたよりも悪賢い」

石田が額の汗を手で拭っている。午前三時になっていた。

三章　追跡

1

警視庁経理部から段ボール箱に入った四千五百枚の一万円札と七百枚の五千円札、そして一千五百枚の千円札が前線本部に届いたのは、午前三時二十二分だった。

麻衣子や前線本部に詰めていた捜査官たちが見守る中、段ボール箱の蓋が開かれた。六千七百枚の紙幣は、帯封によって百枚単位で留められていた。

「嵩《かさ》はそれほどでもないんですな」

安藤が言った。

「約七キロです。三つに分けましょう。これだけ細かい札があれば、五千万でもごまかせます」

箱に手を入れた石田が札束を掴み出した。テーブルの上に並べると、小さな山が三つ出来た。

準備していた三つのデニム地の大きな袋に、分けた金を入れた。袋は二重底で、下部には高性能の発信機が隠されている。二十グラム、厚さ三ミリと軽量薄型で底板にしか見えない。曲げることも可能だ。

金が袋に収まった。装備課の刑事が慎重に二つ折りにしたベルト状の鍵を取り付けている。

準備が整ったところで、取り置いていた札の一枚に、金本が紫外線ライトを当てた。光が当たった部分だけが赤く反応した。

「特殊塗料の塗布、確認」

「発信機を確かめて下さい」

石田の指示に、装備課の技師が三台のパソコンをテーブルに載せた。それぞれのスイッチを押すと、赤のランプがモニター上で点滅を始めた。

「正常です」ほっとしたように技師が言った。「遮蔽物があっても、五キロ圏内であればこの受信機で電波を捕捉できます。リアルタイムで犯人の位置を把握することが可能です。また、バッテリーは二十四時間保ちますし、太陽光に当たれば自動的にソーラー充電して――」

そんなに時間はかかりません、と石田が笑顔を見せた。

「長くても二時間で片はつきます。モニターを見せて下さい」

技師がパソコンのキーボードに触れると、液晶ディスプレイに地図が映し出された。

「GPSナビゲーションシステムと連動しています。現在地はここです」

簡略化された立体画像に、線画で図書館が描き出され、赤のランプが点滅していた。

「移動すれば光が動きます。情報は常に更新されていますので、追尾に問題はありません。警視庁交通センターから無線で全警察車輛に情報を送ります。確認しますか？」

「その必要はないでしょう」

石田が言った時、オートバイが到着しました、という声がした。麻衣子は窓際に近づいた。図書館のエントランス前に黒、青、赤と色の違うホンダのバイクが三台並んでいた。

「オートバイにも発信機を組み込んでいます。前輪タイヤのスポーク部分ですが、素人には判別不可能です」技師がバイクを指さした。「こちらもパソコンでモニタリングが可能です」

「ヘリコプターからも電波は拾えるんですね？」

「もちろんです。実験では半径三十キロ圏内まで受信可能でした。ただ、市街地での使用は今回が初めてです。ビルなどの高い建物があれば電波が遮断されるかもしれませんが、移動中であれば長くても十秒ほどでしょう」

説明を終えた技師が下がった。金本が憮然とした顔で腕を組んだ。

「金も来た。装備も万全だ。石田、ここからどうする？」

「犯人の行動は以下のように予想されます」

石田がパソコンのキーを押すと、ディスプレイに現場付近の地図が現れた。もう一度押すと品川区全域に切り替わり、三度目で二十三区の３Ｄ地図が映った。

「まず一人目の犯人Ａが人質を盾にオートバイで病院を脱出します。犯人Ｂ、Ｃは時間を置いてそれに続く」解説者のような口調で石田が言った。「人質がいる限り、警察は手が出せないと彼らは踏んでいるんでしょう」

「落ち着いている場合じゃないだろう」

金本が渋い表情を浮かべた。

「病院から出たら、すぐ犯人を確保したいところですが、今回はそうもいきません」他の犯人も人質を押さえています、と石田が続けた。「従って、思い切った手を打つ必要があります。三人の犯人が外に出るまで待つんです」

周りにいた捜査官たちが顔を見合わせた。本気か、と金本が頭を抱えた。

それしかありません、と石田がうなずいた。

「現状のままでは、人質の肉体的、精神的な負担が大きすぎます。腎不全の患者には人工透析のタイムリミットもあります。医師、看護師を含め、彼らの安全確保を優先するべきです」

まだ人質が三人いる、と金本がつぶやいた。追尾システムがあります、と石田がディスプレイを指さした。

「我々の目的は人質の救出と犯人の逮捕です。彼らは病院を出た後、集合場所を決めているはずです。暴力団員に共通する心理として、単独行動を恐れる傾向があります。結局、お互いを信じていないんでしょう。今回もそのパターンに則って動くと考えられます」

確かにそうですな、と安藤の口から言葉が漏れた。

「いずれにしても、彼らは絶対に集まらなければなりません。奪った金が偽札でないか、金額が正確か、確認の必要があるからです。その場所はディスプレイに表示されますから、我々は急襲、逮捕するだけです。おそらく、越野の自宅でしょう」

待て、と金本が口を開いた。

「金のために集まるのはわかるが、家とは限らないじゃないか」

確率は高いと思います、と石田が言った。

「私は越野と何度も話しました。彼は東京の人間で、品川区周辺に住んでいると推察出来る根拠もあります。犯罪者が最も安全だと考えるのは自宅でしょう。集合場所として自宅を選ぶのは不思議でも何でもありません」

何も変わっていない、と麻衣子は思った。石田の論理は明快で、論旨に曖昧なところもない。徹底的な情報収集と大胆な推測は、ネゴシエーターとしての石田を支える二本の柱だ。

「しかし、逃走中は危険です。犯人が想定外の行動を取った場合、対応が困難になります」そこで、以下の手配を考えています、と石田がディスプレイを切り替えた。「現在、主力は第二方面本部の二百人です。品川区、港区、渋谷区、大田区、目黒区にチェックポイントを設け、その二百人を投入します。主要な道路はもちろん、重要と思われる地点すべてです。チェックポイントは全部で二十五、各ポイントで八名が待機することになります」

石田がファンクションキーに触れた。地図が拡大され、品川、港、渋谷、大田、目黒、五つの区がアップになる。

縦と横に六本ずつの線が引かれ、二十五の正方形が画面に浮かび上がった。それぞれ、画面の右上にAからYまでのアルファベットが小さく記されている。

「犯人のオートバイがチェックポイントを通過すれば、各班が追尾します。デジタルと現場捜査官の網を破ることは出来ません」

「それで？」

金本が身を乗り出した。

「全班が連携し、包囲する形で追跡します。発信機の信号によって犯人の位置がわかりますから、先行尾行も可能です」

先行尾行は高度なテクニックで、尾行対象の目的地が不明だと困難だが、現在地と方向がわかれば問題ない。

「人質の安全を確保するため、三人が集まるのを待って逮捕したいですね」

そう言った麻衣子に、当然だ、と石田がうなずいた。

「しかし、想定外の事態が起きた場合は個別に逮捕しなければならない。この五つの区の外に出た際は包囲を停止、複数の班で制圧、逮捕する」

人質はどうなる、とつぶやいた金本に、すべての指示は前線本部から出します、と石田が言った。

「混乱を避け、タイミングを合わせれば、人質の救出と犯人逮捕は可能です」

いいだろう、と金本が顎に手をかけた。

「チェックポイントの配備はいつ完了する？」

「今すぐ指示を出せば」石田が視線を通信班に向けた。「二十分以内に二百人の警察官が二十五のチェックポイントに移動できます」

「何か質問は？」

金本が左右を見た。いいでしょうか、と本庁の若い刑事が手を挙げた。

「突発的な事態が生じた場合、病院に突入する必要があるはずです。二百人の警官がチェックポイントで配備につくと、その手配はどうなりますか？」

心配いらない、と石田がパソコンを指で弾いた。

「吉沢が別動隊を率いてこちらに向かっている。万一の場合には別動隊が病院内に突入、人質の救出と犯人逮捕にあたる」

「了解した、本庁に連絡する。少し待て」

姿勢を正した金本が通信班へ歩み寄った。

後は越野次第だ、と石田が麻衣子に笑いかけた。

「まず、人質を返してもらわないと話が進まない」

大詰めですね、と麻衣子はうなずいた。目の前の電話機を石田が見つめた。

2

五分後、本庁と連絡を取った金本が戻ってきた。

「問題ない。長谷川一課長が我々の作戦を了承した」

通信班員が現場捜査官へ無線連絡を始めた。

「こちらから指示を出すまで、絶対に犯人に手を出すなと伝えろ」

金本が命じた時、テーブルの電話が鳴った。待っていた、とつぶやいた石田が受話器を取った。

「石田だ」

上機嫌そうに男が笑った。

『バイクが届いたようだな。金は？』

ここにある、と石田がテーブルに置かれた三つの袋に目をやった。

「越野、私も一億円の現金を見るのは初めてだ」

『そりゃよかった。結構な量だろうな』

「重いね。今から、この金をオートバイの荷台に載せる」

石田が親指を立てると、三つの袋を抱えた制服警官が表に向かった。

『頼んだぜ。ガソリンはどうだ？』

「問題ない。越野、警察官が金を持って出た。荷台にセットしたら、五十人の警察官を図書館前に集結させる。彼らが患者たちを収容する。いいな?」

『ご大層なことだ。五十人も必要か?』

「歩けない患者もいるだろう。全員の無事を確認したら、警察官を下げる。多少時間がかかるが——」

仕方ねえさ、と諦めたように男が言った。

『それからどうする?』

「オートバイを病院正面玄関に回す。乗員はすぐに戻す。後は君たち次第だ。逃げたってかまわない。我々は追跡しないと約束する。ただし、同乗する人間には手を出すな。安全を確認したら、彼らを解放しろ。いいな?」

『話は決まりだ』大声で言った男が指を鳴らした。『バイクの用意をしておけ。いいか、俺たちをなめるなよ。尾行もなし、発信機もなしだ。何かあれば、人質を殺すからな』

「君たちを欺《あざむ》くつもりはない。絶対だ。私を信用してくれ」

石田の迫力に押されたのか、男が黙り込んだ。

「俺たちの目的は同じだ」石田が初めて〝俺〟という一人称を使った。「金と人間の交換だ。そうだろ?」

『その通りだ』しわがれた声が答えた。『いつ始める?』

「いつでもいい。金はオートバイに積んだ。玄関から患者たちが出てくれれば、収容するための人員を向かわせる。無事を確認したら、オートバイを回す」

『いいだろう。今、連中を一階に降ろしている。しばらく待ってろ。玄関ドアを開ける時、もう一度連絡を入れる。それまでお巡りを近づけるなよ』

「そんな真似はしない」

よし、という声と同時にライターの音がした。

『なあ、刑事さん。迷っているんだが、知恵を貸してくれ』

「何だ？」

『最後に誰を残すべきかな』男が喉の奥で笑った。『男がいいか、女がいいか。どっちにしても、看護師には最後まで残ってもらおうと思っているんだがね』

石田が深く息を吸い込んだ。

「越野、よく聞け。これは最後のチャンスだ。今、全員を解放すれば、私は君たちのために最善を尽くすと約束する。最後に誰を残すかではなく、誰も残さないという選択肢もあるんだ」

石田の言葉を、男が受け流した。

『ありがたくって涙が出るね。だが、余計なお世話だ。俺たちは捕まったりはしねえ』

電話が切れた。石田が受話器をマイクに持ち替えた。

「犯人が人質の解放を受け入れた。警官隊は命令があるまで待機。収容に当たってはストレッチャー、車椅子を使用せよ。医療班は全員の健康状態をチェック」

いよいよだ、と石田がマイクのスイッチを切った。

3

スピーカーからざわめきが流れてくる。デイルームの人質たちが移動を始めていた。

『女子供が先ってことになるんだろうけどな』永井の声がした。『これぱっかりはどうしようもねえ。歩けねえ奴が優先だ。ガキはお前らが責任をもって連れていけ』

はい、と小さな返事が聞こえた。看護師だろうか、と麻衣子はスピーカーを見つめた。

『先生は最後だ。あんたらはここの責任者だろ？　患者の無事を確認するまで、逃げるわけにはいかねえ。そういう立場なんだよ』

答える声はなかったが、永井も何も言わなかった。医師たちが了解したようだ。

「彼らは何人残すつもりでしょう？」

安藤が低い声で尋ねた。三人の医師、と麻衣子は指を折った。

「看護師を残すとも話していました。ＩＣＵの患者二名は動かせませんし、他の患者も数名人質にするはずです」

十人前後ですか、と安藤が腕組みした。

『黙って一階の受付まで進むんだ』急《せ》き立てる永井の声が聞こえた。『あんたはそこにいろ。動くなよ』

『こっちに来い』小宮の太い声がした。『つまらん真似はするな』

患者でしょう、と指で規則的にテーブルを叩きながら石田がつぶやいた。

『おいお前、そこの爺さんに手を貸してやれ。女だからって付け上がるなよ。爺さんは足が動かねえんだ』まったくよ、と唾を吐く音がした。『最近の若いのは、敬老精神が足りねえ』

どっちがだ、と金本が呆れたように口を尖らせた。

『先生、あんたがここで一番偉いんだろ？』

小宮が呼びかけている。一瞬間があって、はい、と疲れた声が答えた。

『あんた、名前は？』

『小出陽一。副院長です』

男の声が震えている。

『そうか、ここの跡取り息子ってわけだ』小宮が低く口笛を吹いた。『ちょっと来てくれ。話がある』

『お前、勝手に喋んなっつってんだろうが！』

永井が怒鳴った。すいません、と気の弱そうな女の声がした。

『あんた、このガキのお袋さんか？　いくら子供だからって、俺たちが見逃すと思ったら大間違いだぞ』

乾いた音がして、すぐに泣き声がスピーカーから響いた。

『いいか、ガキの躾《しつけ》ってのはこうやるんだ。そうじゃねえと、ろくでもねえ大人になっちまう。坊主、痛かったか？』

ごめんなさい、と泣きながら子供が言った。素直なところもあるじゃねえか、と永井がつぶやいた。

『わかったらさっさと下に行け。そうだ、ママに手を握ってもらえ。おい、誰かこっちの姉さんの車椅子を押してやれ。エレベーターまで連れてくんだ。お前、出来るか？』

『はい』

女の声がした。

『ちょっと待て、俺も途中まで一緒に行ってやる。お前もケガしてるじゃねえか。気がつかなかったぜ』

妙なところで優しい奴だ、と金本が鼻を鳴らした。何も言わずに石田がスピーカーを睨みつけた。

『あんた、何でケガしたんだ？』

『事故です。車の』

低いが、しっかりした声で女が言った。

『腕、やっちまったのか？』

ええ、と女が答えた。まだ若い声だ。

『治んのか？』

女は何も言わなかった。

『悪いこと聞いちまったな。気にすんなよ、あんたまだ学生だろ？　そのうち治るさ。その時は俺がデートしてやるぜ』

かすかに笑う声が聞こえた。

『そこ、気をつけろ。ゆっくりだ……越野さんも手伝って下さいよ』

越野がデイルームに入ったようだ。返事はなかった。

『ちぇっ、何でも下働きは俺たちってわけか。おい、お前ら、静かにしてろ』

次第に声が遠ざかっていく。それと共に、足音が小さくなった。ざわめきも聞こえない。そこに並べ、という怒鳴り声だけがぼやけて聞こえた。

下に降りたようだな、と金本が言った。うなずいた石田の前で、電話が鳴った。

「石田だ」

『そろそろ終わりにしよう』男の声がした。『いいか、全員を下に降ろした。残っているのは医者が三人、きれいな看護師が二人、それに患者二人だ。それからＩＣＵにも患者が二人いたな。こいつらには最後まで俺たちと付き合ってもらう』

「他は引き渡してくれるんだな？」

『そうだ。三、四十人いたな。正確な数は自分で数えろ』

「了解した」

『お巡りは下げておけよ。今から玄関ドアを開ける』

電話が切れるのと同時に、病院の玄関に明かりがついた。警官隊の間にどよめきが漏れた。

ドアが開いた。母親に手を握られた男の子が、顔を強ばらせたままゆっくりと足を踏み出した。

4

担架を抱えた警官隊が人質に駆け寄った。車椅子を押しながら、中年の女が何か叫んでいる。松葉杖をついた男に、白衣を着た看護師が肩を貸していた。ストレッチャーに乗せられた妊婦が泣いている。担架に乗るように指示された男が、自分の足を平手で叩いた。自力で歩ける、ということだろうか。

「順調だ」

つぶやいた石田の横で、金本が暗視機能付きの双眼鏡に目を当てた。

「今のところ問題ない。犯人が動く気配もないようだな」

「解放された人質はすべて仮救護所に収容。必ず医師の診察を受け、その指示に従うこと。診察に当たっては小出総合病院関係者を立ち会わせ、犯人が紛れていないか確認のこと」

二人の後ろで、通信班が繰り返し指示を出していた。

「体温低下を防ぐために、毛布を供与。医療班は体調不良の患者の転院を手配せよ。繰り返す、人質はすべて仮救護所に収容……」

図書館に入った人質のほとんどが、解放された安堵感で放心状態に陥っていた。警官にすがって泣き出す者、ただ立ち尽くしたまま泣いている者、力無く路上に座り込む者、なすすべもなくぼんやりと佇む者もいる。

だが、混乱はほとんど無かった。疲労のためだろう。

「泣く気力さえないんでしょう」

麻衣子は大きく息を吐いた。

「彼らにとって長い夜だっただろう」

石田がうなずいた。サイレンを鳴らさないまま、数台の救急車が通りに入ってきた。赤色灯が回転している。

『救護所より連絡。五十四歳の男性が意識喪失、ただちに転院措置を取ります』

「森山か」

無線のスイッチを入れた石田が呼びかけた。

『そうです』

声が答えた。特殊捜査班一係の森山巡査部長だ。

「必ず病院関係者の確認を取れ。私が犯人なら、混乱に乗じて逃走を図る。気を抜くな」

『了解』

無線が切れたが、すぐに別の声がした。

『女性はどうしますか？』

「女だろうと子供だろうと」石田が唸った。「必ず確認を取れ！」

わかりました、という声と共に無線が切れた。

石田が通りに目をやった。街灯の光の下、警官たちが人質収容のために走り回っている。車椅子に乗った男が、車輪を溝に嵌めて動けなくなっていた。

「怪我人の扱いは慎重を期すように伝えて下さい」

落ち着いた声で石田が言った。うなずいた金本が指示を出すと、待機していた刑事が飛び出していった。

「人質の収容はまだ終わらないのか？」

あと数人です、と通信班員がヘッドホンに手をやった。

「救護所からの報告では、タクシーの運転者も含めて人質は四十八人、事前に解放された者が八人、収容された人数は二十八人。犯人によれば、病院内に人質が九人残っています」

玄関から出てくる者はいなかった。担架に寄り添うように立っている若い看護師の姿が麻衣子にも見えた。

確認できた、と石田がうなずいた。

「犯人が解放した人質全員の収容を急げ。オートバイを玄関前に回す準備は済んでいるな？」

　金本がスマホから耳を離した。

「待機済みだ。指示を待っている」

「モニターを確認」

テーブルのパソコンに、周辺の詳細な地図が映し出されている。数名の通信班員がヘッドホンを装着した。

「ヘリコプターに連絡、病院の二キロ後方で待機。別命あるまで、位置はそのまま」

石田の指示に、竹芝へリポートに連絡します、と通信班員がマイクをオンにした。

「周辺警備関係に伝達」石田の声がわずかに高くなった。「チェックポイント各班は指示があるまで現場を維持せよ。犯人及び逃走オートバイはモニターで位置を確認のこと。指定した各チェックポイントにオートバイが入った時点で、本部から包囲及び追跡を命じる」

「了解、各班に伝えます」

　通信班員がマイクに向かって書き留めたメモを読み上げた。

「チェックポイントで待機中の全班、全班。本部より通達、前線本部より最終通達。チェックポイント各班は指示あるまで現場を維持せよ。繰り返す。各班は指示あるまで現場を――」

『人質の収容が完了しました』

無線から森山の声が流れ出した。

『解放された人質は全部で四十二名、全員の身元について、病院関係者の確認も取れました。例の腎不全の患者も含め、体調不良を訴えている患者七名を救急車で搬送中――』

「森山、聞こえるか」石田が報告を途中で止めた。「人質に事情を聞きたい。医師の許可が下りた者をこっちに寄越してくれ」

『了解です』

オートバイを回すぞ、と金本が怒鳴ったが、まだです、と石田が制した。

「その前に人質の事情聴取をします」

そのまま待機せよ、と金本が指示した。

5

前線本部に四人の男女が入ってきた。四人とも、肩から毛布をかぶっている。麻衣子が椅子を勧めると、ゆっくり腰を下ろした。

「大変でしたね」

テーブルを挟んで向かいに座った石田が優しい声で言った。いえ、と男の一人が首を振った。疲れきった表情だが、警察に協力する意志はあるようだ。

「寒くありませんか？　体調不良の時はすぐに言って下さい」

四人がそれぞれうなずいた。若い刑事が熱いお茶をテーブルに並べた。

会釈をした三十代後半の女が手を伸ばした。指が震え、歯がかすかに鳴っている。白衣を着ていなければ、病人と見間違うほどに痩せていた。

「あなたは？」

「看護師の杉下といいます。こちらは同じく池です」

隣の席で若い看護師がうなずいた。寒さのためか、丸い頰が赤い。

「そちらのお二人は患者さんですね？」

はい、と男たちが声を揃えた。

「和泉政人です」

青い顔の若者が答えた。

「金子俊郎といいます」

サラリーマン風の男がうなずく。二人ともパジャマ姿だ。杉下看護師の首が力なく前に垂れた。

「どうしました？」

麻衣子は杉下の二の腕に触れた。目の下に、深い皺が刻まれている。

「有美ちゃん……大丈夫かしら」

それだけ言って口を閉じた。代わりに、池が話し出した。

「一年先輩の有美子さんが……まだ病院に残っているんです」

麻衣子はリストをめくった。高島有美子という名前が記されていた。

「何で有美ちゃんだったのかしらねえ……あの子、ぼんやりしてるから」

心配そうに杉下が顔を手で覆った。大丈夫ですよ、と励ますように池が言ったが、あたしが残ればよかった、と杉下の口からつぶやきが漏れた。

「杉下さんの責任じゃないと……」

「だって、あの子はまだ五年目なのに……」

杉下の頬を涙が伝った。よろしいでしょうか、と石田が声をかけた。

「病院に残っている人質の名前を確認させて下さい。副院長の小出先生、内科の山村先生、もう一人の医師は——」

「外科の飯野先生です」

池が答えた。幼さの残る顔立ちだが、しっかりした性格のようだ。

「男の一人が会計室に連れて行って、戻っていません」

「看護師、患者はどうです？　名前はわかりますか？」

「高島看護師と大野看護師が残っています。それから患者の秋山さんも——」

「永井に殴られた方ですね？」

「そうです、でも、どうしてそれを？」

石田が耳のイヤホンを指さした。

「でも、あれは……」

口を閉じた金子が左右を見回した。何かあったんですか、と石田が顔を覗き込むと、秋山さんもまずかったんです、と金子が言った。

「あの状態だったら、奴らに従うしかないじゃないですか。それなのに、他の人をかばったり、余計なことを言うから殴られたんですよ。そうでしょう?」

金子が二人の看護師に顔を向けた。仕方ないでしょう、と和泉が言った。

「秋山さんがいなかったら、もっと酷いことになっていたかもしれません。あそこまで殴られるとは、本人も思ってなかったと……」

「悪い人じゃないのはわかってるさ」

言い訳をするように金子が付け足した。続きを、と石田が咳払いをした。

「ICU病棟の患者さんが二名、佐伯さんと西田さん。もう一人は村川さんです」

「ICUの入院患者については、こちらでも把握しています。村川さんというのは?」

「先週、大学病院からうちに転院されてきた方です。アトピー皮膚炎の患者さんで、症状が悪化していたこともあって検査入院することに……」

病院内の人質は九人、と石田がつぶやいた。

「漏れはありませんか?」

二人の看護師がうなずいた。

ICUの患者さんが心配です、と麻衣子は言った。絶対安静ですから、と杉下がため息をついた。

「犯人たちが手を出さなければいいんですけど……」

大丈夫ですよ、と石田が杉下を見つめた。

「動くことさえ出来ない患者です。見張る必要もないですし、何かあれば面倒なことになるとわかっているはずです。私が犯人なら放っておきますよ」

いいですか、と麻衣子は質問を始めた。

「一階へは犯人たちが降ろしたんですね？　その間、何か言ってませんでしたか？」

「あたしたちに命令していたのは、永井という若い男です」池がテーブルの上で組んだ両手を強く握った。「大半の人質を解放することになったので、階段で降りて一階のロビーに行けと言われました。あたしと杉下さんは重症患者に付き添っていたんです」

「喋るな、静かにしていろ、永井が言ったのはそれだけです」和泉が金子に目をやった。

「大人しくしていればすぐに出してやると……」

そうだった、とうつむいたまま金子が低い声で言った。

「犯人は三人組です。他の二人はどこに？」

石田の問いに、小宮という男が副院長をデイルームの外へ連れていきました、と池が答えた。

「もう一人、越野という背の高い男の人がいたんですけど、デイルームに何度か来ただけで、どこにいたのかはわかりません」

「越野が警察と話している……永井がそう言っていた気がします」

和泉が補足した。

「例えばですが、どこへ逃げるつもりだとか、どうやって逃げるのか、そんなことを話してませんでしたか？」

安藤の問いに、四人が首を傾げた。

「人質とバイクで逃げるとか、そんなことは言っていたと思いますが、詳しいことはわかりません」

答えた池に、他の三人がうなずいた。犯人の様子はどうでしたか、と石田が尋ねた。

「苛々していたり、焦っているような感じはありましたか？」

永井はともかく、と金子が青白い顔を向けた。

「病院に押し入ってきた時、他の二人は、怒鳴ったりしていましたが、次第に落ち着いてきたっていうか……」

「金子さんの言う通りです。秋山さんの他は、患者さんに暴力をふるうこともありませんでした」

池が首を振った。

「永井も言葉は乱暴だったけど、優しい……違うな、親切な感じがしました」

そうそう、と金子がうなずいた。

「永井は子供が好きなんでしょう。口では厳しいことを言ってたけど、本気じゃなかったと思います」

ストックホルム症候群か、と石田が言った。

「ストックホルム……何です？」

四人が顔を見合わせた。長時間閉塞状態が続くと、犯人と人質の間に心理的交流が生まれることがあります、と麻衣子は説明を始めた。

「同志愛に近い感情が成立すると、犯人が人質に危害や暴行を加える確率が下がります。食料を分け合ったり、時にはお互いに恋愛感情を抱くこともあるそうです」

「そうだとすれば、残った人質も解放する可能性が高くなる」

石田の眉間に刻まれていた皺が、わずかに浅くなった。

「犯人より入電」通信班員が叫んだ。「犯人より入電あり、オートバイを回せ、とだけ言って切りました」

石田と金本の視線がぶつかった。

「参事官、オートバイを病院の正面玄関につけます。警官も全員下げます。通信班は相互連絡の確認。追尾態勢は取れてますね？」

もちろんだ、と金本が答えた。図書館の外から、エンジン音が響いてきた。

6

副院長の小出陽一は三階の産婦人科手術室にいた。両手、両足を細いロープで縛られている。

「なぜこんなことを？」

陽一は顔を左右に向けた。立っていた小宮が唇を歪ませた。

「どうした先生。怖いのか？」

「そんなことはない」陽一は虚勢を張ったが、声が震えていた。「ただ、どうして僕を——」

「先生はここの跡取り息子で、しかも副院長だろう？　人質として、利用価値が高い。そうは思わねえか？」

「それなら扱いに気を遣ってもいいはずだ」

「悪かったな、先生。まあ落ち着きなよ」

小宮がポケットから煙草の袋を取り出した。火をつけて煙を吐き出す。

「あんたは吸うのかい？」

「いいのか」

小宮が吸いかけの煙草を差し出し、陽一は唇でそれをくわえた。灰が落ちて、ズボンの裾を汚した。

手を伸ばした小宮が陽一の口から吸いさしをフロアに落とし、足で踏みにじった。

「先生、そこに寝てくれ」

小宮が手術台を指さした。何のためだ、と陽一は叫んだ。

「何がしたい？　何をするつもりだ？」

「聞きたいことがあるんだよ」

後ろに回った小宮が陽一の脇に手を入れ、体を持ち上げた。そのまま手術台に運ばれる。抵抗できないまま、うつ伏せの姿勢になった。

「これぐらい大きな規模の病院だと、会計システムは各科ごとに分かれているんじゃないのか？　二階以外、それぞれの科に金庫があってもおかしくない。どうだ？」

それは大学病院の話だ、と陽一はうつ伏せのまま喚いた。

「うちは個人病院だぞ？　そんなことをする必要はない」

「声がでかいな」

手術器具が並んでいる棚の扉を開けた小宮が、中に手を入れた。

「だが、これでもまだそんなことを言っていられるかな」

金属が触れ合う小さな音がした。顔を上げた陽一の目に、数本のメスを持つ小宮の姿が映った。

「本当だ。うちには会計システムがひとつしかない」ないんです、と陽一は言い直した。

「金は全部親父が見ているんです」

「それで？」

「僕にはわかりません」陽一は体を左右に振った。「別の金庫があったとしても、親父しか知らな――」

悲鳴が手術室にこだました。小宮の腕からメスが滑り落ち、陽一の臀部に刺さっていた。

「やめろ、やめて下さい、本当に知らないんです」

小宮が腕を前に出し、指で挟んでいたメスを落とした。陽一の鼻先をかすめたメスが、手術台に突き刺さった。

「本当は知ってるんだろう？　あんたは院長の息子だ。他の奴はともかく、あんただけは知ってるんじゃないのか？」

もう一本、小宮がメスを落とした。右肩の激痛に、陽一は悲鳴を上げた。

「おいおい、騒ぎ過ぎだろ」呆れたように小宮が言った。「深く刺さっちゃいないだろうが」

「血、血が出てる」

ひきつった声で陽一は叫んだ。ワイシャツの下で滲んだ血が、肩から首筋に垂れていた。

「唾でもつけときゃ、すぐ治るよ」小宮がナイフを抜き、指で傷口をこすった。「高そうなワイシャツだな。金持ちが羨ましいぜ」

「そんなことないです」

陽一の目から涙が溢れ出した。小宮が笑い声を上げた時、手術室のドアが開いた。陽一は首を曲げて、大声で叫んだ。

「助けてくれ、金なら財布に入ってる。キャッシュカードもある。暗証番号は――」

入ってきた男が顔を覗き込んだ。陽一はまばたきを繰り返した。

「あなたが……どうして」

小さくうなずいた小宮が手術台から離れた。

7

黒、青、赤と三台のオートバイが小出総合病院の前に並んだ。アイドリングの音が地に響いている。

いつでも来い、という石田のつぶやきが麻衣子の耳に入った。

「必ず捕まえてやる」

目の前で電話がけたたましく鳴り始めた。通信班員が振り向くより先に、石田が受話器を取り上げた。

「石田だ」

『ずいぶん早いな』声が笑った。『そんなに焦るなよ』

「早く終わらせたいだけだ」

『俺も同じだよ』

「オートバイは揃えたぞ」

『こっちからも見える』男が小さく咳をした。『お巡りも下げたようだし、命令通りにしていることは認めてもいい。俺たちを騙す気はないだろうな。尾行なんかしてみろ、すぐに――』

「医師たちを殺すって言うんだろう？　越野、物騒な話は止めよう。約束は守る。私を信じてくれ」

『いいだろう。今から最初の一人が表に出る。手出しするなよ』

病院の正面玄関のドアが開いた。中の照明が落ちているため、人影は見えない。

「見えるか」

「待て。確認中だ」

双眼鏡を目に当てていた金本が親指を立てた。犯人が出てきたという合図だ。麻衣子の目にも、白いスニーカーの足先が映った。

スニーカーが一歩踏み出し、足を止めた。臆病な小動物のように辺りを窺っている。背は低い方だ。ジーンズにスニーカー、上にはブルーのダウンジャケットを羽織っている。

フルフェイスのヘルメットをかぶっているため、顔はわからない。印象だが、どこにでもいる不良気取りの若者のようだった。

いきなり悲鳴が通りに響いた。監視していた警官隊の間に緊張が走った。

男が腕を強く引くと、白衣の看護師が姿を現した。顔が涙で濡れている。まだ若い女だ。

「有美ちゃん！」

「高島さん！」

窓から外を見ていた杉下と池が同時に叫んだ。看護師の高島有美子だ。

両腕を背中で縛られているようです、と麻衣子は叫んだ。わかっている、と石田がうなずいた。

「動くんじゃねえぞ！」ヘルメット越しに永井の甲高い声が聞こえた。「近寄るな、わかったか！」

永井が素早く高島の背後に回った。女の手が両脇に垂れ、左の手首に手錠がぶら下がっているのが見えた。ナイフを取り出した永井が、女の首に刃を当てた。

身をよじって抗っていた高島を、永井が強引にオートバイの後部座席に座らせた。

「誰も動くんじゃねえぞ。本当に刺すからな。女の面《つら》、傷物にしてもいいのか？」

後部座席に縛り付けられていた金の袋に永井が触れた。中を確認する余裕はないようだ。

オートバイの脇に立ったまま、永井が周囲を見回した。

「てめえら、一歩でも近づいたらこの女は死ぬぞ、わかったか？」

道路に怒声が響いた。永井が黒のオートバイに飛び乗り、ナイフを持ったまま右手で高島の右腕を掴んだ。そのまま前に回して、自分の腰を抱かせる。続いて、高島の左手首の手錠を、永井が彼女の右手首にも嵌めた。

「いいか、邪魔すんなよ、どんなことになっても知らねえぞ?」

永井がアクセルを開くと、派手なエンジン音が響いた。

「どこへ行くつもりだ」

つぶやいた石田に答えるように、電話口から笑い声がした。

『それは言えねえよ』

オートバイのスタンドが外れた。エンジン音。永井がクラクションを鳴らした。

「ざまあみろ、バーカ!」

オートバイが走りだした。石田が電話機の音声機能をミュートにする。

「発信機を確認! 追跡部隊はスタンバイせよ! ヘリコプターは犯人位置を捕捉、通信班はすべての情報をモニターに展開!」

麻衣子は自席でパソコンを開いた。発信機の電波が確認出来る設定になっている。他の捜査官も同じだ。

『さて、始まった』声がした。『手出しは無しだぜ』

「わかってる」

ミュート機能を解除した石田の前に金本がメモを放った。

〝バは桜田通りを北へ〟
バ、はオートバイのことだ。

〃犯人は桜田通りを時速約五十キロで古川橋方面に逃走中。発信機の感度良好、逃走方面の配備万全、オートバイの確保は可能〃

「どこへ逃げるつもりだ？」

『どこだっていいだろう』石田をあざ笑うように越野が言った。『あんたはこっちの命令に従うしかないんだ』

越野、と石田が声をかけた。

「まだ間に合うぞ。全員を解放すれば――」

『うるせえな、聞き飽きたよ。いいか、俺たちは連絡を取り合っている。奴が無事に逃げ切ったら、もう一人が出ていく。それまではあんたらも手出しは出来ねえ。いい子にしてるんだぜ』

電話が切れた。

「追跡、続行！」石田が立ち上がった。「絶対に見失うな！」

絶対にだ、ともう一度怒鳴った。嚙み締めたその唇に、血が滲んでいることに麻衣子は気づいた。

8

「犯人のオートバイが港区に入りました。南麻布方面に向かっています」

通信班員が報告した。ディスプレイの赤い光が、白金一丁目を抜けて南麻布に近づいている。

「いったいどこへ行くつもりだ?」

金本がパソコンのディスプレイを指で弾いた。

「渋谷方面に向かうつもりですかね」

安藤が広げた地図を目で追った。五分が経過している。犯人は人質の看護師を乗せたまま、品川区から港区に入った。スピードはそれほど早くない。

「尾行がないかどうか、確かめているんでしょう」

そう言った麻衣子に、石田がうなずいた。

「初歩的だが、それなりに効果的な手だ」

ファンクションキーで画面を切り替えると、四角いウィンドウが拡大された。

「永井は今F地区を走行中だ」

石田がパソコンのディスプレイに目をやった。アップになっているのは南麻布周辺の区域だ。

通信班員がF地区担当の来生《きすぎ》隊に包囲を指示している。各隊の名称は班長の名前による。

点滅するオートバイの赤い光の前後で、八つの緑の光、五つの黄色い光が動き回っていた。緑は警察車輌、黄色は交機のオートバイ要員だ。

「今、永井に一番近いのはこの車ですね」

石田が画面を指で押さえた。赤い光のすぐ後ろを、緑の光が進んでいる。

「近すぎないか？」

渋面を作った金本に、問題ないでしょう、と石田が指を振った。

「犯人が進路を変えた場合は尾行を中止、離脱します。交替車輛はいくらでもいるんです」

永井のバイクが右折した。追走していた緑の光はそのまま直進する。替わって赤い光の進行方向にいた黄色の光が動き出した。

「なるほど、これなら気づかれないでしょうな」

安藤が軽く手を叩いた。苦い表情を浮かべたままの金本が、いったいいくらかかると思ってるんだ、と不快そうに言った。

「人海戦術もいいが、予算のことも考えてくれないと困る」

過去にも石田は今回と同じ作戦を取ったことがあった。ある誘拐事件では、犯人が身代金の受渡し場所に指定した山手線の車輛に二百人の私服刑事を乗せ、犯人を包囲した。その作戦には、麻衣子も加わっていた。

「必要があれば、千人でも動員しますよ」

落ち着いた声で石田が言った。モニターの中で、赤い光が走り続けている。

「犯人より入電」

通信班員が叫んだ。すぐに石田が電話に出た。

『今のところは問題ないようだな』声がした。『誰も尾《つ》けちゃいないようだ』

「最初から言っているだろう。約束は守る」

そいつはどうかな、と男が笑った。

「さっさと次の奴を出せ」石田が顔をしかめた。「もう真夜中だ。早寝早起きが私のモットーでね」

『言われなくたって出ていくさ。こんな辛気臭いところにいたいわけじゃねえんだ』

「越野、私は君を信じている。君は誰にも危害を加えない。そうだな？」

『感動的じゃねえか、それじゃ、あんたに免じて二人目を出すことにしよう』

今度の人質は患者だ、と男が宣言した。麻衣子たち前線本部に緊張が走る。

『本人の言う通りなら、かなりの重症らしい。どうだ、ますます動きにくくなっただろ？』

「越野、それは間違っている。患者にもしものことがあったら――」

嘲笑が石田の言葉を遮った。

『落ち着けよ。重症と言ったが、アトピーの患者さ。顔中に湿疹が出て、始末に負えなくなったそうだ。俺だって生きるの死ぬのって奴は選びゃしねえよ』

馬鹿にしたような笑い声が続いた。ため息をついた石田が首を振った。

「越野、患者には手を出すな。私が代わってもいい。警察官を人質にすればどれだけ有利か、考えてみろ」

『なるほど、悪いアイディアじゃない』男が唾を吐く音がした。『だが、もう遅い』

病院の正面玄関が開いた。顔中に包帯を巻いた長身の男が立っている。すぐ後ろに迷彩色のロングコートを着た大柄な男の姿が見えた。

最初の男と同じく、フルフェイスのヘルメットをかぶっているために顔は見えないが、小宮だろうと麻衣子は思った。

「助けてくれ！」

いきなり叫び声が聞こえた。迷彩服の小宮が殴りつけると、包帯の男が尻から地面に落ちた。

「手出ししないと言ったじゃないか！」

『勝手に叫ぶからだ！』

石田の怒号と電話の声が交錯する。

倒れ込んだ包帯の男を、迷彩服が自分の背中に担いだ。大柄なだけに、腕力があるようだ。

包帯の男は身動きひとつしない。意識を失っているようだ。

『てめえら、動くなよ』電話口で威嚇《いかく》の声がした。『誰も近づくんじゃねえぞ』

包帯の男を背負ったまま、迷彩服が青のオートバイに跨がった。そのまま辺りを見回し、包帯の男の腕を迷彩服が自分の前に交差させて手錠を嵌めた。迷彩服の背中にもたれかかった男が首を垂れている。

「待て、確認させろ。患者は無事なのか？」

電話に向かって石田が叫んだが、答えはなかった。派手なエンジン音がして、オートバイがゆっくりと走り出した。

逆です、と安藤が石田の耳元で囁いた。

「一台目のオートバイとは、逆方向に向かっています」

「どこかで合流する気だ」電話口をミュートにした石田が低い声で言った。「三人目の越野が出てくるまで、走り続けるつもりだろう」

「そうでしょうね」

「各員に命令。犯人を包囲、追跡せよ。だが、逮捕はするな。位置は捕捉している。最後の一人が出るまで待機せよ」

『一人でもお巡りを見たら、すぐ連絡が入る。俺がここにいることを忘れるな。まだ人質はいるんだ。こいつらが死んでもいいのか』

麻衣子は石田に目をやった。頬が細かく痙攣《けいれん》していた。

「今すぐ飛べるヘリコプターは？」

「二キロ後方のヘリポートで二機が待機中」通信班員が答えた。「どちらも五分で現場への到着が可能」

「いつでも動けるようにスタンバイしろと伝えろ」

「了解」

通信班員がマイクに向かう。石田がミュートを解除した。

「越野、残ったのは君だけだ。警察が動いていないのはわかったな？　出てきたらどうだ？」

『まだだ』きっぱりと男が言った。『安全とは言い切れねえ。焦る必要もないしな。しばらく様子を見る』

通話が切れた。麻衣子は顔を上げた。ディスプレイに二台のオートバイを示す赤い光が瞬いていた。

9

三台のオートバイはそれぞれボディカラーが違う。最初に永井が乗ったオートバイは黒、小宮は青だ。

病院の正面には、赤いボディのオートバイが一台停まったままになっている。それぞれを〝ブラック〟、〝ブルー〟、そして〝レッド〟と呼ぶことが決まっていた。

続々と無線が前線本部に入っている。捜査本部が敷いた包囲網の各所に配置された監視班からの連絡だ。

『こちらチェックポイントD、〝ブラック〟通過。白金一丁目を左折、恵比寿方面に向かいました』

『こちらチェックポイントG、現在〝ブルー〟が通過、〝ブルー〟が白金台から五反田駅方向に逃走中』

『チェックポイントH、チェックポイントH、〝ブラック〟が白金六丁目で再び左折、南下して、国立自然教育園を周回中』

入ってくる情報を捜査官たちが壁一面に張られた拡大地図に記入している。パソコンのディスプレイより、頭に入りやすい。オートバイの進行方向を示す黒と青の線が複雑に重なり合った。

「どこに行きたいんだ、あいつらは！」金本が髪の毛を掻き毟った。「ただ適当に走り回っているだけじゃないか！」

必ず合流地点がある、と石田が爪を噛んだ。

「どこだ？　どこで合流する？」

「もし合流しなければ、どうなります？」

不安そうに安藤が尋ねた。

「その可能性はありません。一人で逃げる度胸はないでしょう。何より、奴らは一億円を確認しなければならない。そのために集まる必要があるんです」

「しかし、今すぐとは限らんでしょう。数日、ひと月後ということもあり得るのでは？」

安藤が食い下がった。

「その場合は指示を犯人逮捕に切り替えるだけです。ただし、同時に三人を確保しなければなりません。そこが難しいところです」

「可能でしょうか？」

もちろん、と石田が言い切った。

「私は部下を信用しています。今までも、彼らは私の要求に応えてくれましたからね」

「越野はいつ出てくるんでしょう？」

麻衣子は時計に目をやり、立ち上がった。数人の捜査官が石田を見つめている。同じ思いがあるのだろう。

「二人目の男が出てから、十分近く経っています。その後、越野からの連絡はありません。何かあったのかもしれません」

石田の額から、汗がひと筋伝った。

「病院内の様子は？　何か聞こえるか？」

スマホに仕組まれた盗聴器からの音声は途絶えたままだが、病院の壁面にいくつもの集音器が仕掛けられている。

聞こえません、と通信班員の一人が首を振った。

「静かです。まるで、誰もいなくなってしまったようです」

別の部屋にいるのでは、と安藤が言った。

「今まで、奴はＩＣＵの公衆電話を使っていました」

「待つしかない」

座り直した石田がパソコンをモニターしている数人の捜査官を呼んだ。

「オートバイの追尾は？」

捕捉しています、と一人がディスプレイを指した。拡大された画面の上部と左の端で、赤い光が点滅しながら移動を続けている。

その周囲で緑と黄色の点が光っていた。ディスプレイ上の至るところにオレンジのライトが映っている。チェックポイントの監視班の位置を示す光だ。

淡いグレーの画面に四百近い緑、黄、オレンジの点が灯っていた。その光点を縫うように、赤い光が動いている。テレビゲームのようだ。

「待機中のヘリコプターから連絡が入っています。両機とも、オートバイを確認したということです」

通信班員が報告した。石田が椅子に深く座り、足を組んだ。

「焦ったところでどうにもならない」

「わかっていますが」安藤が口を尖らせた。「しかし、これでは——」

石田が目をつぶり、静かに口を開いた。

「必ず奴は出てきます」

「待って下さい」モニターの画面を見ていた戸井田が叫んだ。「オートバイ〝ブラック〟が停車します」

「後発の〝ブルー〟が方向転換」もう一人の刑事が怒鳴った。「一方通行を逆走中。目黒駅方面に向かっています」

眉を上げた石田がパソコンのディスプレイを睨みつけた。漫然と走り続けていたオートバイが、初めて見せた意志のある動きだった。

各チェックポイントに至急連絡、と石田が叫んだ。

「犯人たちのオートバイが不自然な動きをしている。そのまま命令を待て」

どうなってる、と言いかけた金本を石田が手で制した。

「奴らは集合地点に向かっています。間違いありません。ヘリコプター、聞こえるか?」

ノイズ混じりの声がすぐに返ってきた。

『こちら一号機、今野』

『二号機の佐久間です』

マイクを握り直した石田が命令を発した。

「今野、〝ブラック〟を任せる。接近して構わない。ただし、十分に注意を払い、気づかれることがないように。佐久間、君は〝ブルー〟だ。現在の待機位置から移動、見失うな」

『了解』

二つの声が重なった。

「簡単に言うが」金本が渋い表情になった。「ヘリコプターの音は遠くからでも聞こえるぞ」

「辻、来てくれ」

金本を無視して、石田が特殊捜査班一係の辻警部補を呼んだ。モニターを監視していた四角い顔の男が立ち上がった。

「今、大田区にいるのは誰だ？」

辻がディスプレイに目をやった。犯人を示す赤い光点は、大田区から遠く離れた港区周辺を走っている。

「岡辺隊と日野隊です」

動かそう、と石田が指でパソコンを弾いた。

「奴らの動きがおかしい。表参道周辺に集中させる」

辻がうなずいた。

「連絡します」

待て、と金本が鋭い声で制止した。

「混乱しないか？　それに、越野が大田区方面に向かったらどうする？」

「その時は岡辺隊と日野隊を戻します」

「時間のロスじゃないか」

「参事官、可能性の話をしても意味はありません」石田が大きく息を吸った。「いいですか、今、奴らは不審な動きをしている。それは確かです」

「しかし――」

「私はプロです。奴らの行動は予測できます。犯人を黙って見過ごすわけにはいきません」

迫力のある石田の声に、金本が口を閉じた。

「上に報告するからな」

捨て台詞を残して去っていく金本の背中を見送りながら、麻衣子に目を向けた石田が唇の端だけで笑った。

「最近の警察にはああいう連中が多い。現場を知らずに捜査に口を出してくる。犯罪検挙率が低下するのも無理はない」

ですが、と麻衣子は石田の目を見つめた。

「この段階で担当地区を変更すれば、混乱を招く恐れがあるのは確かです。それに、参事官の恨みを買うのは得策でないと――」

「特殊捜査班から離れて二年、遠野警部も処世術を覚えたらしい」皮肉な口ぶりで石田が言った。「警察組織内での忖度は無用だと教えたつもりだったが――」

「担当地区変更、通達しました」

四角い顔を紅潮させた辻が報告した。パソコンのモニター上で、二十五の光点が移動を始めていた。

「岡辺隊は青山五丁目へ、日野隊は渋谷駅へ向かっています。両隊、臨時に各チェックポイントの指揮下に入ります」

いいだろう、と石田がうなずいた。

「〝ブラック〟が動き始めました」戸井田がディスプレイを指さした。「恵比寿駅に向かっています」

「〝ブルー〟、下目黒一丁目の雅叙園周辺を猛スピードで走っています」

立ち上がった石田が、赤インクで汚れた地図を睨みつけた。

「どこに向かっている?」

無線が鳴った。

『〝ブラック〟、Uターンしました。三田方面に戻っています。ガーデンプレイス前を通過……再び方向を変え、渋谷方面に進行中』

『〝ブルー〟、目黒通りを右折、駒沢通りに向かって直進』

「O班、P班、現在地を動くな。〝ブルー〟が向かっている」

『無線が聞き取れない！』

あっという間に前線本部が混乱と喧噪に包まれた。無線からひっきりなしに報告と指示を仰ぐ各班からの悲鳴に近い声が続いている。

『〝ブラック〟、ライトを消して走っています』

『ヘリコプター一号、サーチライト使用を許可されたし』

『こちらG班重山、パトカーによる追尾の確認願います』

『〝ブルー〟、待って下さい、〝ブルー〟も明かりを消しました』

『どこへ行けばいいんだ！　さっさと指示を出してくれ！』

『こちらR班、無線が聞こえない、無線が聞こえません！　機材の故障ですか、確認願います！』

『〝ブルー〟、右折して駒沢通りへ、旧山手通りの中目黒一丁目付近を移動中』

犯人のオートバイを追いかけるチェックポイント各班からの連絡が、続々と無線に入っていた。

『〝ブルー〟、旧山手通り。現在青葉台を通過』

『〝ブラック〟、外苑西通りに入った。青山方面に向かっている』

モニター上で二つの赤い光が移動を続けている。それを包み込むように、いくつもの緑のライトが迫っていた。

〝ブラック〟が西麻布の交差点を右に折れて、六本木方面に向かう。緑の光点のひとつが後を追って曲がっていく。もうひとつは外苑西通りをそのまま通り過ぎ、別の緑の光が日赤病院の交差点を右折した。

「包囲状況に問題ありません」

通信班員が報告した。声が嗄《か》れ、額は汗でぐっしょりと濡れていた。

「各班、二手に分かれて二台のオートバイを追跡しています。それぞれコースを変えているので、犯人に気づかれる可能性は低いと思われます」

必要以上に接近するな、と石田が指示した。了解、と通信班員がマイクに向かう。

〝ブルー〟も追尾班がいくつかのルートを辿って追っている。神泉町の交差点を右折した〝ブルー〟を、玉川通りから追う班、鉢山町から右折して明治通りへ先回りする班、そして迂回しながらもう一班が道玄坂へと向かった。

「二台が近づいてますな」モニターを見つめていた安藤が大きくうなずいた。「どうやら合流するようですね」

「わたしもそう思います」

モニターから目を離さずに麻衣子は言った。

「まだ越野が出てきていない」石田が乾いた唇を動かした。「奴との連絡はどうなってる？」

「病院内公衆電話、応答ありません」スマホを耳に当てたまま戸井田刑事が叫んだ。

「誰も出ません」

『〝ブルー〟、渋谷駅を通過！』無線が叫んだ。『左折して明治通りに入ります』

『〝ブラック〟、青山霊園に向かっています。青山霊園です』

「〝ブラック〟、スピードを落としています。徐行中」戸井田がモニターを指さした。

「〝ブルー〟は明治通りを右折、国道二四六号線に入り、南青山五丁目交差点を右折、高樹町交差点に向かっています」

「近いな。青山霊園で合流するんじゃないか？」金本がテーブルを叩いた。「石田、あそこなら人目もない。合流地点として最適だ」

待って下さい、と石田がつぶやいた。

「奴がそんな場所を選ぶとは思えません」

「しかし、二台のオートバイは青山霊園に向かっているぞ」

〝ブラック〟と〝ブルー〟を示す赤の光点が、モニター上の青山霊園に近づいている。

スピードを落としているのが、麻衣子にもわかった。

〝ブラック〟が赤坂図書館前の交差点で停車した。追尾を続けていた十二台の警察車輌も、その百メートル後方で停まった。モニター上で緑、黄色、そして赤の光点が点滅している。

『〝ブルー〟、首都高速下を通過』無線が鳴った。『直進しています』

前線本部の捜査官たちが食い入るようにモニターを見つめた。動き続ける赤い光が画面の上方に向かっている。

間違いない、と金本が言った。

「〝ブラック〟は青山霊園沿いにいる。〝ブルー〟もあと数百メートルだ。二台の距離は二キロと離れていないぞ」

「〝ブラック〟、動き出しました！」

戸井田が叫んだ。〝ブラック〟がゆっくりと青山霊園の中へ入っていく。

「青山特別支援学校脇を通過……いや、停止しました」

五十メートルほど進んだ〝ブラック〟がまた停まった。

『〝ブルー〟、交差点を左折して外苑西通りに入った』無線から緊迫した声が流れた。

『青山霊園方面へ移動中。信号で停車中』

越野を待つつもりではないでしょうか、と麻衣子は左右を見回した。そうかもしれない、と石田がつぶやいた。

「だが、まだ確定ではない」

『〝ブルー〟、動き出した。低速で外苑西通りを直進。青山橋を通過……いや、右折した。〝ブルー〟、青山霊園内に入りました』

「各車輌、追尾は霊園の外まで」石田がマイクに向かった。「霊園内に入るな。繰り返す、追尾は霊園の外まで。位置は発信機の信号で確認する」

奴らは青山霊園で金を確認して逃げるつもりだ、と焦《じ》れたように金本が言った。「このまま二つの袋を開けば、金が足りないことに気づくんじゃないか？」

わかりはしません、と石田が答えた。

「金の袋はあと一台のバイクにもあります。不足分はそこに入っていると考えるでしょう」

「人質はどうなる？　墓地に置き捨てていればいいが」言葉を切った金本の視線が泳いだ。「もし犯人が殺したら……」

前線本部が沈黙した。今追尾をしているのは、B班千葉隊とY班の沖山隊か、と石田がディスプレイに目を向けた。

「岡辺隊と日野隊が近くにいるな？　渋谷駅と青山五丁目のはずだ」

「渋谷にもう一隊、S班久留米隊がいます」

うなずいた石田が血の気のない唇を動かした。

「命令。渋谷区内のチェックポイント各班は至急青山霊園へ向かい、包囲せよ。現在追尾している千葉隊と沖山隊も各車輛を配備」

千葉隊は赤坂図書館前、沖山隊は青山橋後方にいる。

「岡辺隊、学術会議前まで移動、待機。日野隊は都立青山公園周辺に展開、久留米隊は青山教会一帯を押さえろ」

了解、という声が無線から重なって聞こえた。

「配置を終えたら報告せよ。その後、前線本部の指示を待て」

マイクのスイッチを切った石田が椅子に腰を下ろした。金本が満足げにうなずいた。

「〝ブラック〟、〝ブルー〟、霊園内を走行中」戸井田が叫んだ。「低速ですが、動いています。お互いを捜しているようです」

おそらくそうだろう、と金本が言った。

「石田、間に合うか？　失敗したら君の責任だぞ」

「この時間、道路は混んでいません」

答えない石田に代わって、安藤が口を開いた。

「表参道、渋谷駅どちらも青山霊園まで数キロです。間に合うでしょう」

「もっと早く各隊を動かしておくべきだったと思うがね」

聞こえよがしに言った金本がモニターに目を向けた。二つの赤い点がゆっくりと移動を続けている。

赤坂図書館前の千葉隊に所属する十二台の警察車輛が国道沿いに散開を始めた。黄色と緑の光点が横に広がる。青山橋後方の沖山隊も外苑西通りに車輛を配置していた。

青山通りを数十台の警察車輛が走っている。青山霊園に向かう日野隊と久留米隊の車だ。岡辺隊の車輛も、南青山を抜けて急行していた。

「〝ブルー〟が停車しました」

青山霊園のほぼ中央で、赤い光が点滅している。

「〝ブラック〟はどこだ？」

金本がテーブルを叩いた。霊園を通過中、と戸井田が報告した。

「動いています……いや、停まりました」

数十メートルの間隔を置いて、二つの赤い光が点滅を繰り返した。

「二台とも停車！」

『岡辺隊、現場到着』無線の声が響いた。『車輛を展開、霊園を包囲します』

頼むぞ、と石田がつぶやいた。

「久留米隊、日野隊も現着」通信班員が振り向いた。「両班、指令位置を保持、命令を待って――」

「待て」金本が怒鳴った。「オートバイが動き出したぞ」

点滅していた赤い光が、動き始めている。どういうことだ、と金本が立ち上がった。

『こちら岡辺、〝ブラック〟が霊園内を走行中。ライトを消しています』班長の岡辺の声がした。『音が聞こえる。いったいどこへ――』

落ち着け、と石田が低い声で言った。

「各班、指示を待て」

モニター上を百近い光点が動き始めた。追尾の警察車輌だ。スピードを上げて走り出した赤い光を石田が目で追っている。

『〝ブルー〟も動いています』千葉隊の千葉班長が報告した。『霊園の出口へ向かっています。停めますか?』

「いかん、停めるな」金本が叫んだ。「尾行に気づかれる!」

学術会議前から霊園の外へ出た〝ブラック〟が信号で停まり、〝ブルー〟は西麻布の交差点を右折した。追尾続行、と石田が命じた。

『〝ブラック〟、動き出しました』無線から声がした。『六本木方面へ向かっています』

『〝ブルー〟、走っています。高樹町……いや、高速に入るようです』

「高速?」金本の顔が暗くなる。「なぜだ? 合流しないのか?」

無線が鳴った。

『こちら岡辺、六本木トンネルに〝ブラック〟が入りました』

モニター上でも〝ブラック〟の動きが確認出来た。トンネル内に入った赤い光が速度を落とし、ゆっくりと停まった。光が点滅している。

『トンネル、青山側で待機します』

岡辺の声がした。〝ブラック〟は動かない。

『沖山です。〝ブルー〟、高速道路を走行中。まもなく青山トンネルです』

スピードを上げた〝ブルー〟が首都高速を走っている。モニターを見つめる石田のこめかみを汗が伝った。

『〝ブルー〟、青山トンネルに入りました。確認中』

沖山が報告した。速度を緩めた〝ブルー〟がトンネルの中ほどで停まった。

二台とも停車しましたな、と安藤がつぶやいた。いったい何がしたいんでしょう、と麻衣子は首を捻った。

様子がおかしい、と石田がつぶやいた。

「ヘリを呼び出してくれ」

通信班員がチャンネルを変えた。

「聞こえるか？　石田だ」

『こちら一号機今野。聞こえます』

『二号機佐久間、同じく』

「今野は六本木トンネル、佐久間は青山トンネルへ至急向かってくれ。空中で待機、指示を待て」

了解、と声がした。ヘリが近づけば音でわかるぞ、と金本が言った。

「石田、いいのか？」

「オートバイはトンネルの中です。音に気づくことはないでしょう。それより、情報が少ないのが気になります。臨機応変に動く準備をしておくべきです」

モニターに目をやった石田がマイクを摑んだ。

「突入班吉沢、聞こえるか。石田だ」

『吉沢です』

よく通る声がした。まるで麻衣子の隣にいるようだ。

「突入の準備は？」

『三十分前に完了してます』吉沢が答えた。『いつでもオーケーです』

「わかった。少し待て」

『了解』

「いいか、人質の救出を優先する。万一のことがあったら、犯人を逮捕しても意味はない」

返事を待たずに石田がスイッチを切った。ヘリコプターが両機とも現場に到着、と通信班員が報告した。

「オートバイに動きは？」

「ありません」

「現場を呼び出せ」

すぐに無線から声がした。

『岡辺です』

「オートバイはトンネルから出たか？」

『いえ』

モニターでは赤の点滅が続いていた。オートバイは六本木トンネルの中だ。

『こちら、ヘリコプター佐久間』ローターのノイズに交じって、佐久間の声がスピーカーから流れた。『現在、青山トンネル上空。車の通行があります。撮影していますが、光量不足のため、画像が不鮮明になる恐れがあります』

構わない、と石田が言った。六本木トンネルも撮影しています、と通信班員が叫んだ。

「なぜ、奴らはトンネルから出ない？」

石田の額に深い皺が浮かんだ。トンネルに二台のオートバイが入ってから、四分が経過していた。

「病院の越野に動きは？」

尋ねた石田に、ありません、とヘッドホンを片耳に当てたまま戸井田が答えた。前線本部を沈黙が覆った。

麻衣子は壁の時計に目を向けた。秒針が静かに回っている。一周したところで、石田が声を上げた。

「岡辺、車輛を出せ。沖山もだ。車でトンネル内を通過、状況を確認せよ」

『六本木トンネル岡辺、了解。覆面パトカーをトンネルに向かわせます』

『沖山です。今から本多を青山トンネルへ突入させます』

声が割り込んだ。

『こちら六本木トンネル、覆面パトカーの山野です。自分が行きます』

急げ、と石田が命じた。

「車輛で通過、視認のこと。犯人は銃器を所持している可能性がある。注意せよ」

『沖山隊本多、トンネルに突入します。本多入ります。無線、このままでお願いします』

緊張した声が響いた。

「了解。全員無線はそのまま。回線はオープンに」

マイクを握る石田の手が白くなった。

『青山トンネル本多です。待って下さい。このまま待って下さい』

本多が黙り込んだ。

「こちら前線本部石田。本多、聞いてるか？　答えろ！」

無線が一瞬途切れる。ノイズ。

『オートバイ〝ブルー〟発見！　遺棄されたオートバイを発見しました！　犯人が乗り

捨てたと思われるバイクを発見！』

「待て、本多。詳しい状況を報告しろ。犯人は？　人質は無事か？」

わかりません、と本多が叫んだ。

『青山トンネルに犯人はいません。人質もです。沖山班長、指示願います』

本多の声を掻き消すような怒声が、いきなり無線機から流れてきた。

『六本木トンネル、山野です！　至急本部に連絡、トンネル内に死体発見！』

「何だと？」

「どういうことだ？」

石田と金本、麻衣子が同時に立ち上がった。

『山野より報告。現在位置六本木トンネルのほぼ中央。女性の死体を発見、看護師と思われる』山野の声が震えていた。『こっちだ！　早く来てくれ！』

後続車輛に呼びかける声が割れていた。

「山野、状況を伝えろ！」

『死体を確認しました。マル害は女性、白衣を着用。年齢は二十代、待って下さい……名札に高島有美子とあります』

石田が無言で頭を垂れた。山野の声が前線本部に響いている。

『前頭部に出血あり。銃で撃たれたようです。後頭部に相当量の出血』

山野の報告が続いた。

『六本木トンネルにはオートバイ〝ブラック〟が放置されています。犯人はいません。どうしてこんな――』

山野、と石田がマイクを握り直した。

「現場を保全せよ。岡辺隊、沖山隊は、至急六本木及び青山トンネルを閉鎖せよ」

「警視、別動隊に病院への突入を命じてください」

麻衣子は石田の前に立った。

「何を言ってる?」金本が汗まみれの顔をハンカチで拭った。「まだ病院内には人質がいるんだぞ!」

「警視、命令を」麻衣子は石田を見つめた。「今すぐにです」

ゆっくりとうなずいた石田がマイクを摑んだ。

「吉沢、突入のスタンバイが済み次第、本部に連絡のこと。今から我々も現場に向かう」

石田がマイクのスイッチを切った。その表情は、いきなり十も歳をとってしまったかのようだった。

待て、と金本が両手を広げて止めた。

「病院内の越野が気づいたら、ただでは済まんぞ!」

参事官、と麻衣子は言った。

「もう、ただでは終わりません」

唇を強く嚙んだ石田が歩き出した。

10

石田と金本が図書館の外に出た。麻衣子と安藤、数人の捜査官がそれに続く。

暖房の利いている館内と違い、夜明け前の街は寒かった。ポケットに手を入れたまま、男たちが歩いている。その足取りは重かった。

寒いですな、と安藤が囁きかけた。吐く息が白くなっている。

麻衣子は石田と金本の横に並んだ。辺りを見回していると、突入班の吉沢警部が駆け寄ってきた。ワイシャツの首周りが汗で濡れていた。

「配備、完了しました。正面玄関に二十名、非常口に十五名の捜査官が待機中。応援もすぐ来ます」

突入せよ、と石田が短く命じた。命令を復唱した吉沢が無線機を摑んだ。

「正面玄関、こちら吉沢。応答せよ」

橘です、とくぐもった声が返ってきた。

「今から病院内に突入する」

『問題ありません』

「そのまま待て。非常口、応答せよ」

『藤本です』若い男の声がした。『いつでもＯＫです』

「両班、合図より三十秒後に突入する。繰り返す、合図より三十秒後に突入。正面玄関はガラス扉を破壊、その後ドアを開け。藤本班はタイミングを合わせろ」

慣れた口調が訓練の精度を物語っていた。

「犯人の逃亡を防ぐため、人員を配置のこと。犯人一名が建物内に潜伏している。武装している可能性が高い。各員慎重に行動せよ。突入後は訓練通り各員各階に進み、犯人と人質の確保に当たれ。では時計を合わせろ。カウントダウン開始」
三十、と吉沢が自分の時計に目をやった。
麻衣子は大きく息を吐いた。無言のまま、石田が病院を見つめている。

「十、九、八、七」

カウントダウンが続き、一瞬だけ吉沢が目を上げた。かすかに石田が顎を引いた。

「三、二、一、突入！」

病院の正面に暗褐色の服に身を固めた捜査員たちが駆け寄り、ガラスのドアに幅広の粘着テープを貼っていく。数秒でガラスの上半分がテープで覆われた。

「何をしているんです？」

声を上げた安藤を石田が制した。

捜査員が万能槌を振り上げ、ガラスにぶち当てた。ほとんど音をたてないまま、ガラスが割れた。

捜査員たちの手が次々に伸び、ガラスの破片を取り外していく。十秒後、ドアが開いた。

「ガラスの場合、この方法なら音が出ません」麻衣子は小声で安藤に説明した。「下手に機材を使うより確実です」

行くぞ、と促した石田に続き、麻衣子は通りを渡った。正面玄関から、突入班の捜査官が次々に病院へ入っている。玄関前に監視と連絡役を兼ねた二人の捜査員が残っていた。

「正面玄関と非常口から三十人が入り、病院内を捜索します。二階のデイルームに七人が直行、犯人を制圧、確保します」

吉沢が唾を呑む音が大きく鳴った。島本です、と無線から低い声が聞こえた。

『病院内の照明が消えてます。今、三階に到着』

『こちら野崎、デイルームです。人質を確認。拘束されています』

「照明はそのまま、暗視ゴーグルを使え。各階の人質確保を優先。その後犯人を確保せよ」

押し殺した声で吉沢が指示を下した。耳にイヤホンを当てたまま、石田と金本が身じろぎもせずに見守っている。

ガラスの破れ目から、完全装備の男が顔を出した。ゴーグルを着けているため、宇宙人のように見えた。

ゴーグルを外した室田巡査部長が角ばった顎を撫でた。状況は、と吉沢が尋ねた。

「一階、捜索終わりました。誰もいません」

室田が報告した。

『二階、住田です』無線から別の声がした。『デイルームの人質を確保、無事です。犯人はまだ見つかっていませんが、人質四名は無事』

よし、と金本が手を握った。確認せよ、と顔色を変えずに石田が言った。

「犯人が人質の中に紛れている可能性がある」

吉沢が確認を命じると、了解、という声が聞こえた。

「人質の数を確認、保護に当たれ」

『こちらデイルーム野崎、人質は二名。人質は二名います。一人が怪我を負っています。今から一階へ下ろしますが、意識やや混濁。至急救急車の手配願います』

名前の確認を、と石田が言った。

『秋山政彦、三十八歳』すぐに無線から声が響いた。『入院患者だと言ってます』

「すぐ病院へ搬送する。担架は必要か?」

『いえ、背負って下ろします』

無線が答えた。

「三階、ICUの患者は無事なのか」金本がため息をついた。「越野はどこにいる?」

『二階、二階!』喚き声が割り込んだ。『奥の会計室で死体発見! 白衣を着用しています!』

馬鹿な、と金本が舌をもつれさせた。確認だ、と石田が吉沢の手からマイクを取った。

「犯人の可能性がある、至急確認せよ」

『不明』すぐに返事があった。『死体の身元は不明、至急指示願います！』

『一階捜索終了、犯人は確認できず、犯人は確認できません』

いくつもの声が錯綜した。

『二階木村、大至急救急車要請！』

『二階人質確保、人質の確保終了しました』

『三階竹田。こちら三階竹田。手術室に――』

無線が一瞬途切れた。

「竹田、応答せよ。こちら吉沢、犯人がいたのか？」

『手術室です』竹田が深い息を吐いた。『違います。白衣を着用した男性の絞殺死体を発見』

どうなってるんだ、と金本が頭を抱えた。麻衣子は石田の強張った横顔を見つめた。

無線機からいくつもの声が重なって流れている。

『二階、二階、至急救急車の要請！　至急、至急！』

『三階にも応援を！』

『デイルームの人質が体調不良を訴えています。医者の手配を願います』

マイクを握った石田が呼びかけた。

「各班、冷静に対処せよ。班長は状況を報告、各班は各階で保護を優先、犯人の捜索はその後だ。二階デイルームは人質を下に降ろせ。すぐに応援を出す。三階竹田、二階木村はそのまま待機、別命あるまで現場を保全せよ」

石田がマイクを握り直した。

「本部、石田だ。待機の救急車を至急玄関前に。鑑識はこちらに来てくれ。医療班、今から人質が降りてくる。収容を頼む」

『三階島本、各部屋捜索終了しました』無線から島本の声が聞こえた。『ICU病棟を確認、二名の患者、無事です。他には誰もいません』

『二階、デイルームの人質を今から一階に降ろします』

『三階、捜索終了。犯人、確認できず』

石田がマイクを持ち替えた。

「一階に医療班が待機している。人質を降ろせ。ただし、ICUの患者二名は動かすな」

「待ってくれ」金本が叫んだ。「越野はどこだ？　逃げたのか？」

「今は人質の救出が優先されます」

石田が全館の照明をつけるように命じた。暗視ゴーグルを外せ、と吉沢が指示した。

階段の明かりが灯り、人質を背負った突入班員が階段を降りている。補助に回った捜査官が眩しそうに目を細めていた。

11

病院内は戦場だった。

運び出されていく人質たち、再度各病室の捜索を始める捜査員、死体を調べる医師、写真を撮っている鑑識員。

規制線の外では、テレビのリポーターが緊迫した表情で実況を続けている。立ち並ぶテレビカメラ、腕章を巻いた新聞記者、泣いている人質の家族、サイレンを鳴らして走り過ぎる救急車、入ってくるパトカー、走る機動隊員。各捜査員の無線から、前線本部による指示が繰り返し流れていた。

だが、デイルームの中は静かだった。防音壁のため、外の喧噪は入ってこない。麻衣子と石田、金本、安藤の四人はそこにいた。

「まさか、人質を殺しているとは」安藤が薄くなった髪に手を当てた。「思いませんでしたな」

麻衣子は目を逸らした。ばつが悪そうに安藤が口を閉じる。金本のスマホが鳴った。

「警視、君にだ」

スマホを耳に当てた石田が大きく首を振った。

「マスコミ発表は後だ。犯人逮捕を優先する。両トンネル内の捜索は終わったのか？

わかった、非常線を敷くように各部署に通達のこと。違う。港区と渋谷区全域だ。検問は……いや、すべて調べろ。ヘリコプターが撮影していたな？　映像ファイルを前線本部に転送しろ。すべてチェックする」

通話を終えた石田がスマホを金本に返した。

「六本木、青山、どちらのトンネルにも犯人はいませんでした。おそらく通行中の車を停めて、それに乗って逃げたんでしょう」

看護師を殺して逃げたのかと叫んだ金本に、石田がうなずいた。

「青山トンネルの人質、顔に包帯を巻いた患者は？」

麻衣子の問いに、小宮と一緒だろう、と石田が答えた。なぜ永井が高島看護師を殺したのかがわかりません、と麻衣子は首を振った。

「小宮が患者を連れて逃げたのなら、永井も同じことができたはずです」

「私にもわからない。永井を逮捕して聞くしかない」

永井は暴力的だったと人質が話していました、と安藤が言った。

「看護師に抵抗され、撃ち殺したのかもしれません」

あり得ます、と石田がうなずいた。

「手に余ると思ったのか、脅すつもりで突きつけた銃が暴発したのか……」

麻衣子は窓の外に目をやった。大勢の警官が行き来している。

越野はどこへ消えた、と金本が辺りを見回した。

「石田、本件の指揮官は君だ。全捜査員が君の判断に従い、突入しなかった」そのために院内の人質が死んだ、と金本が底意地の悪い口調で言った。「越野たちを逃がしたのも君の責任だぞ」

越野は病院内に隠れています、と石田が顔を上げた。

「病院の関係者に事情を聞きます。隠れる場所があるはずです。この建物を建てた建築業者にも連絡して、確認を取ります」

自分が手配しましょう、と安藤がデイルームを出た。入れ替わるようにして戸井田が入ってきた。

「警視、死体の確認が終わりました。現場を見ますか？」

もちろん、と石田がドアに向かった。麻衣子はその後ろに続いた。

12

三階への階段を昇ると、手術室のドアが見えた。戸井田がドアを開くと、数人の鑑識員が顔を上げた。手術台に白い布がかけられていた。

石田の指示で、マスクをかけた中年の男が白布をめくった。白衣を着た若い男の死体がそこにあった。悲惨な姿に麻衣子は息を呑んだ。

体の後ろで手錠をかけられ、足も紐で拘束されている。抵抗はできなかっただろう。

首には細い針金が巻き付いていた。

これは、と金本が死体の肩を指さした。白いワイシャツに血が滲んでいた。

犯人が刺したようです、と鑑識の一人がメスを取り上げた。

「肩だけではなく、全身に傷がありますが、出血は少量です」

何をしたんだ、とつぶやいた戸井田に、脅しだ、と石田が首を振った。

「金庫がどこにあるか聞き出そうとしたんだろう。だが、医師は知らなかった。逆上した犯人が殺したと考えて間違いない。死因は絞殺か？」

「そうです。この部分が曲がっていますが」マスクの男が針金の先端を指さした。「犯人が手で強く絞めたんでしょう。気道を塞がれ、窒息死しています」

男の顔が青黒く変色していた。口から舌がだらしなく垂れ下がり、針金で擦られたためか、首に血が滲んでいる。

下半身が濡れているのは失禁のためだ。汚物の臭いが狭い手術室に籠もっていた。

鼻を手で押さえた金本が、白布を元に戻せと言った。

「被害者の身元は？」

石田の問いに、白衣のポケットの財布に運転免許証がありました、と戸井田が小テーブルを指した。

「マル害は小出陽一、この病院の副院長です」

まずいな、と金本が顔をしかめた。

「警察の責任が問われるぞ」

責任は私が取ります、と落ち着いた声で石田が言った。

「参事官に迷惑はかけません」

「迷惑なんだよ！　君はどういうつもりで――」

二人の視線が絡まった。緊張した空気をごまかすように、戸井田が大きく咳をした。

麻衣子は死体に両手を合わせた。後は任せる、と石田が言った。

「何かあったら知らせろ。戸井田、もう一人いたな」

二階です、と戸井田が歩きだした。廊下の反対側の階段を麻衣子たちは降りた。廊下の奥から、カメラのシャッター音が聞こえた。

足を止めた戸井田が部屋のプレートを指さした。会計室。

石田が部屋に足を踏み入れると、麻衣子たちの靴の下で割れたガラスの破片が音を立てた。狭い会計室の真ん中で、後ろ向きに男が椅子に座っていた。背中が不自然に曲がっている。

「そこで止まって下さい」戸口に立っていた紺のブルゾンを着た鑑識員が声をかけた。「喉を裂かれているので、下手に触ると首が落ちます」

ブルゾンが慎重に椅子を動かし、男の顔を正面に向けた。喉が大きく切り裂かれていた。飛び散った血で、白衣とワイシャツが濡れている。

大量の出血が男の全身を赤く染め上げていた。垂れた血はズボンを濡らし、さらに床まで広がっていた。

凶器は手術用のメスです、とブルゾンが言った。

「喉に食い込んだメスが血管、気道を切り裂き、被害者は即死したと思われます。両手両足を拘束されていたため、抵抗できなかったでしょう。犯人は背後から被害者の髪を摑んで顎を上げさせ、その上で凶行に及んだと考えられます」

体は溢れた血で汚れていたが、顔に血はついていなかった。表情が恐怖で歪んでいる。

「身元は？」

「先ほど、確認が取れました。外科担当医師、飯野徹。四十一歳」

「犯人が会計室に連れていった医者ですな」戻ってきた安藤が後ろから首を覗かせた。

「酷いことを……」

「他には？」

それが、と困惑した表情を浮かべた戸井田が部屋の隅を指さした。スチール製の金庫がそこにあった。扉は開いたままだ。その奥に札束が見えた。

二百万円ほどあります、と戸井田が言った。

「会計簿を確認しましたが、金庫には二百万円前後の金が入っていたはずです。おそらくですが、全額残っているようです」

どういうことかね、と安藤が尋ねたが、わかりません、と戸井田が肩をすくめた。

鑑識終了後、死体を搬出するように、と石田が言った。

「その後、改めて会計室を調べる。各班、病院内で越野を捜せ。奴は必ずこの建物の中にいる。通信機器をデイルームに運び入れ、臨時の前線指揮所を設営のこと」

伝えます、と戸井田が無線に手をやった。以上だ、ときびすを返して石田が会計室を後にした。

13

病院内で越野の捜索が始まっていた。麻衣子は石田と共にデイルームに戻った。通信機材が運び込まれていた。

「救急車から連絡です」

六本木トンネル内で発見された看護師を搬送中、と通信班員が石田にマイクを渡した。

『山野です』落ち着いた男の声が設置されたスピーカーから聞こえた。『マル害は死亡、犯人は至近距離から前頭部を撃っています』

「確認だが、小出総合病院の看護師か？」

『間違いありません。身分証明書に高島有美子とあります。前線本部に写真を送り、病院の師長の確認も取りました』

「目撃者は？」

『無理言わんで下さい』山野の声が小さくなった。『自分たちが現着した時、既にマル害は殺されていたんです』

「トンネル内で撃たれたんだ。目撃者がいないはずがない」

『六本木トンネルを通過した車のナンバーを陸運局に問い合わせています。二、三時間後には全車輛の持ち主がわかるはずです。ヘリコプターがトンネルを通行した車を撮影しています。データをそちらへ送ることになっていますが、解析すれば犯人が乗っている車が判明するでしょう』

　データ転送中、と横から通信班員が囁いた。

「オートバイ〝ブラック〟の遺棄状況は？」

『トンネルのほぼ中央部、道路脇にスタンドをかけたまま放置されていました。死体がなければ、故障と思ったでしょう……病院に着きました。マル害を運びます』

「もうひとつ、金はどうだ？」

『バイクの荷台に残っていました。手を付けた様子はありません』

訳がわからん、と金本が吐き捨てた。無線が切れ、石田がマイクを通信班員に返した。

「石田、マスコミから要請があった」金本が立ち上がった。「正式なコメントが欲しいと言ってるが、どうする？」

　何もありません、と石田が不機嫌な表情で答えた。肩をすくめた金本が椅子に腰を下ろした。

　ここまでの経緯を整理しましょう、と麻衣子は口を開いた。

「安藤さん、記録はどうですか?」

安藤が内ポケットから手帳を取り出した。

「午前三時十一分、越野より連絡があり、今から仲間が一人ずつオートバイで逃げる、人質を一人連れていき、安全を確かめたら最後に自分も逃げる、人質は安全が確認された段階で解放する。そう話していました」

「それから?」

「三時十三分、一人目の犯人、永井が高島看護師を連れて正面玄関に現れました。永井は人質と黒のオートバイに乗り込み、南麻布方面に逃走。オートバイと荷台に積んだ金の袋に仕掛けた発信機により、警察は永井の位置を把握しておりました」

だが逃げられた、と金本が横を向いた。苦笑した安藤が説明を続けた。

「三時二十一分、犯人の小宮が人質の患者と共に現れ、同じく金を積んだ青のオートバイで目黒方面に逃走。この間、主犯格の越野とは常時連絡を取っていましたが、使用されたのは病院内の公衆電話です」

越野が病院にいたのは確かだ、と石田がうなずいた。

「永井は南麻布方面へ、その後、小宮は目黒方面へ向かった」

「ここから犯人の動きが分かれます」少し複雑になりますが、と安藤が手帳をめくった。

「越野との連絡は不通になり、その間永井と小宮はオートバイで港区、目黒区、渋谷区を走り続けていました。尾行を警戒していたんでしょう」

いますが、発信機、各チェックポイントの警察車輛により、彼らの位置は判明していました。三時三十九分、二台のオートバイが青山霊園に入り、しばらく停車していましたが、数分後に霊園を出て、それぞれ六本木トンネル、首都高速青山トンネルに向かっています」

「そうだろう」

通信記録を調べよう、と石田が言った。

「彼らはお互いに連絡を取り合っていた。尾行されていないと判断して、二つのトンネルに向かったんだろう」

「三時四十九分、永井、そして小宮がそれぞれトンネル内に入りました」咳払いをした安藤が先を続けた。「六本木トンネルでは岡辺隊、青山トンネルでは沖山隊が外から監視をしていました。二分後、ヘリコプター二機が現場に到着、トンネル監視及び通過車輛の撮影を始めています。その三分後、両隊が確認のために警察車輛でトンネル内に入りましたが、その前に永井が看護師を殺害、小宮は人質を連れて逃走しました。オートバイの荷台の金は、両方ともそのままです。前後して我々も病院に突入、現在に至っております。二名の医師が死体となって発見、今のところオートバイの永井と小宮及び人質一名、病院内にいた越野は見つかっておりません」

安藤が手帳を閉じた。わからないことだらけです、と戸井田が首を振った。

「越野はどこに逃げたんです?」

隠れているんだ、と石田が答えた。

「警察はこの病院を包囲していた。外に逃げることはできない」

しかし、と戸井田が食い下がった。

「越野は午前三時二十分前後に電話を切り、その後一切の連絡を絶っています。その間に病院の外に出たのでは？」

「無理だ。病院の包囲は完璧だった。それは君もわかっているはずだ」

石田がそれだけ言って口をつぐんだ。

病院の三カ所の出入り口、そして建物全体を百人の警察官が厳重に監視していた。越野が外に出れば、必ずわかったはずだ。

「永井と小宮はどうやって逃げた？」金本が口を開いた。「永井はなぜ人質の看護師を殺した？　どうして小宮は人質と逃げた？　奴らの行動には一貫性がないぞ」

「トンネルから逃げた方法はひとつだけです。通過する車を拳銃で脅して停車させ、それに乗って逃げたんでしょう」

石田の答えに、金本が首を振った。

「真夜中だぞ？　交通量は多いと言えない。車輌はかなりのスピードで走行していたはずだ。簡単に停められると思うか？」

「事故だと思ったのかもしれません」石田が答えた。「オートバイが停まっていて、女性が倒れていたら、誰でも速度を落とします。病院まで乗せてほしいと頼まれたら、そうするしかないでしょう」

目撃情報もありません、と戸井田がうなずいた。

「現場周辺は検問中でした。犯人が車に乗っていたら、わかったはずです」

ドライバーは脅されていたんだ、と石田が言った。

「警察は三人の顔写真を入手していない。免許証で確認するのはドライバーだけだ。後部座席に犯人が乗っていても、わからなかっただろう」

そんなこじつけは通らない、と金本がテーブルを叩いた。

「検問中の警察官なら、ドライバーの様子がおかしいと気づいたはずだ……だが、これ以上は水掛け論になる。石田、もう一度聞く。永井はなぜ看護師を殺した?」

それはわかりません、と石田が首を振った。

「顔を見られたのか、逃亡の邪魔になると判断したのか……永井は激しやすく、暴力的な性格でした。カッとなって殺したのかもしれません。小宮は冷静な男です。人質を殺す必要はない、と考えたのでしょう」

本件の動機は金だったはずです、と麻衣子は二人の間に割って入った。

「発端となったコンビニ強盗もそうですし、永井と小宮が病院の金を狙っていたのは、彼らの会話からも間違いありません。越野も金を要求しています」

「だから?」

それなのに、永井も小宮もオートバイの金に手をつけていません、と麻衣子は額を指で押さえた。奴らは人を殺している、と石田がため息をついた。

「その時点で、金どころではなくなっただろう。逃げることで頭が一杯だったんだ。似たような事件は山ほどある」

「待て。越野が乗るはずだった赤のオートバイは金を積んだまま病院前に放置されている。そして、彼らは金庫の扉を開けているが、入っていた金に手をつけていない」

どういうことだ、と金本が腕を組んだ。石田が答えようとした時、デイルームの扉が開いた。

「現場のトンネルを撮影したデータの転送が完了しました。院長室にモニターを用意しましたので、移動をお願いします」

わかった、と石田が立ち上がった。麻衣子はその横に並んで歩き出した。

14

三階の院長室は二十畳ほどの広い洋室で、南側に大きなガラス窓があり、外の風景を見下ろすことが出来た。ただ、今見えるのは病院前の道路に溢れているマスコミとやじ馬だけだ。

部屋の奥に、幅広の黒いデスクが据え付けられていた。院長が業務に使用しているものだ。デスクの周りに観葉植物の鉢がいくつも並んでいる。

入り口の側に、六人掛けの本革のソファがあった。壁に六十インチの液晶モニターを設置したのは、警視庁装備課員だった。

十人ほどの捜査官がモニターを見ている。院長室に入った石田と金本に頭を下げた大柄の男がリモコンを手にした。

石田と金本がソファに腰を下ろした。他の男たちは立ったままだ。麻衣子は安藤や戸井田と共に、二人の横に並んだ。

始めます、と大柄の男がスイッチを押すと、映像が流れ始めた。暗くて不鮮明だが、車種の判別は可能だった。

「報告によれば、六本木トンネル及び青山トンネル、共に交通量は多くありませんでした」男が説明を始めた。「二台のオートバイがそれぞれのトンネルに入ってから、追尾班が通行車輛をカウントしています。六本木側が八十台、青山側は百数十台の車輛が通過したということです」

続けろ、と不機嫌な顔で金本が言った。ヘリからの撮影ですが、と男がリモコンをモニターに向けた。

「両トンネルとも長さがあるので撮影は片側のみですが、構造上、通行車輛が反対車線に入ってUターンするのは不可能です。つまりトンネルを出入りした車輛はすべて撮影できています」

持ち主の特定は進んでいるか、と石田が手を挙げた。

「陸運局に照会中です」

「車種、色についても情報が欲しい。この画面では暗すぎる」

光量が少ないため、画面はモノクロのようだった。色は濃淡で判断するしかない。

「それについても陸運局から連絡が入ることになっています」立ったままメモを取っていた色白の男が言った。「ナンバープレートは視認出来ますので、今後車の持ち主に確認を取る予定です」

モニターにトンネルを出入りする車が映っている。捜査官たちが凝視する中、数台の車が通り過ぎていった。

「すいません、ナンバーが見えませんでした」色白の男が手を挙げた。「今のところ、戻して下さい」

リモコンの男が動画を戻し、スローで再生した。その時、院長席の電話が鳴った。スピーカーに切り替えろ、と金本が命じた。

『目撃者が出ました』

スピーカーから割れた男の声が流れた。

『六本木トンネル内で停車中の不審な車とオートバイを見た、と東神奈川運送の運転者から警察に連絡が入っています。今、運転者がこちらに来ました』

「待て、君の名前は？　所属はどこだ？」

金本が唸り声を上げた。

『失礼しました。麻布署交通課、桜井巡査長です』慌てて電話の男が名乗った。『運転者は六本木トンネル内を走行中、反対車線にオートバイと車が停まっているのを見ています。オートバイの横に、白っぽい服を着た人間が倒れていたような気がすると――』

「それで？」

『事故だと思ったが、様子がおかしいので警察に通報したと話しています』

「その運転者は信用出来るのか？」

金本が身を乗り出した。何とも言えません、と桜井が答えた。

『走行中、しかも反対側の車線ですので、はっきりとはしていないようです。ただ、ヘルメットをかぶった男、それから背の低い女性を見たように思うと――』

「被害者のことか？」

石田の指が規則的にデスクを叩いていた。

『違います』桜井の声が聞こえた。『背の低い女性は立っていたそうです。倒れているのが男性か女性かはわからなかった、と言っています』

どういうことだ、という囁きが捜査官たちの間に広がった。

「立っていた女性の年齢、服装は？」

『女性の外見、年齢等は不明。停まっていた車の車種もわかりません。ただ、車の色は赤だったようです』

赤、という声が重なった。

「その他、何かあるか？」

質問した金本のスマホが鳴った。液晶画面に表示された番号を確認して、その場を離れていく。

『運転者も細かいことまではわからないと……待って下さい』桜井の声がわずかに高くなった。『立っていた男と女は赤い車に乗り込んだと話しています』

「車に乗った？」

『赤い車の後方に、白い小型車が停まっていたが、関係はわかりません』桜井が報告を続けた。『現在、運転者は麻布署にいますが、そちらに連れて行った方がいいでしょうか？』

もちろんだ、と石田がうなずいた。

「君が同行してくれ。詳しい事情を聞きたい」

『了解しました』

電話が切れた。メモを取っていた男が顔を上げた。

「データを確認したところ、六本木トンネルを赤及び赤系の車が四台出入りしています。ただし、光量不足のため、断定はできません」男の指が素早く動き、メモをめくった。「ＢＭＷ一台、それからカローラクロス……待ってください、カローラクロスの後ろに白のノアが続いています」

リモコンの刑事がデータを戻すと、すぐにカローラクロスが映し出された。逆回転しているモニター上で、ノアがトンネル内に吸い込まれていく。

「ストップ」石田が怒鳴った。「これか？　間違いないか？」

数人の捜査官がモニターに近づき、ナンバーの確認を始めた。一人がスマホを取り出してスワイプした。

「運転しているのは……女ですな」

安藤が囁いた。カローラクロスを運転しているのは女性のドライバーだ。色のついた眼鏡をかけているため、人相はわからない。

「犯人でしょうか？」

麻衣子はモニターを指さした。カローラクロスの後部座席に、暗い影が映っていた。

これではわからない、と石田が首を捻った。

「鑑識に分析させよう。残りのデータも確認する必要がある。他にも赤の車があるだろう」

「待て」

スマホを握った金本が戻ってきた。顔に浮かぶ薄笑いに、麻衣子はため息をついた。

「ここから先は私が捜査を指揮する」

石田の顔から表情が消えた。唇を尖らせた金本が早口で続けた。

「たった今、本庁から命令があった。君は本庁に戻り、長谷川一課長に事情を報告するように」

石田が顔を背けた。今後、捜査班は私の指揮下に入る、と金本が言った。

「石田警視は死傷者が出たため、本庁に戻る。捜査責任者は私だ」

わずかな間を置いて、捜査官たちがうなずいた。

「遠野警部、安藤警部補はご苦労だった」金本が冷たい目を麻衣子と安藤に向けた。「今後の捜査は本庁捜査一課が担当する。君たちは所属している所轄署に戻れ」

「申し訳ありません」

頭を下げた石田に、金本が鷹揚に手を振った。

「私の立場はわかってくれるね？　不本意かもしれないが、本庁の命令なんだ」

「もちろんです」

虚ろな声で答えた石田が麻衣子と安藤に視線を向け、ゆっくりと口を開いた。

「犠牲者が出たのはすべて私の責任だ。今後は金本参事官の指示に従い――」

「もういいだろう」金本が手を上げて遮った。「我々には時間がない。君はすぐ本庁に戻れ」

石田の顔色が蒼くなったが、諦めたように首を振り、そのまま院長室を後にした。

しばらく沈黙が続いたが、金本が口に手を当てて大きく空咳をした。

「遠野警部、安藤警部補、君たちもここにいる必要はない」

了解しました、と麻衣子は答えた。

「参事官、犯人ですが――」

「車のナンバーをすぐに調べろ」麻衣子を無視して、金本が叫んだ。「犯行時刻に現場を通過した車輌の確認を取れ。目撃情報が必要だ」

「陸運局に確認中」捜査官の一人がスマホを耳に当てた。「時間がかかると言ってますが」

急がせろ、と金本が怒鳴りつけた。

「こうしている間にも、犯人は逃げている。新たな被害者が出る可能性もあるんだぞ！」

モニターの前で、男たちが相談を始めた。捜査の指揮官が代わっても、彼らの仕事は変わらない。犯人を追うのは職業的な本能だ。

麻衣子と安藤は院長室を出た。廊下に二人の靴音が響いた。

15

院長室を出た石田は後ろを振り返った。金本の怒鳴り声と、電話をする捜査官たちの声が聞こえるだけだ。

石田は廊下を左に折れた。外科第二手術室の前を通り過ぎて、ゆっくりと歩き続ける。すれ違った警官が立ち止まって敬礼した。目だけで挨拶を返し、検査室の前を通り抜けた。頭上にＩＣＵ病棟のプレートがかかっていた。

石田は足を止め、スーツの内ポケットに手を入れた。出てきたのはラークの袋だった。

病院内は全館禁煙だが、誰もいないのを確かめてからパッケージから煙草を抜いて、火をつけた。

深く吸い込み、ため息と共に煙を吐き出す。煙草を挟んだ二本の指が、かすかに震えた。

携帯灰皿に灰を落として、石田は目をつぶった。そのまま、クリームイエローの固いソファに腰を下ろした。唇から煙の残滓が漏れていく。

もう一度大きく息を吐いた。頭が垂れ、体が二つに折れた。

しばらくの間、石田は身動きひとつしなかった。顔を上げた時、指の間で煙草が一本の長い灰になっていた。

携帯灰皿の真上で、フィルターの部分を爪で弾くと、少し湾曲した灰がそのままの形で落ちていった。フィルターがわずかに焦げている。石田は新しい煙草を口にくわえた。

今度はせわしなく煙を吸った。一分も経たないうちに、煙草が灰になった。

携帯灰皿を尻ポケットに押し込み、立ち上がった。体が揺れている。二年ぶりの煙草だ。

もう一度左右を見回し、ＩＣＵ二号室の前に立った。ノブに手をかけると、金属がきしむ音がしてドアが開いた。

心電計、重症患者監視装置、脳波計、サーモグラフィー、加圧呼吸装置、監視用テレビ、心拍数モニター、さまざまな機材が並んでいる。

部屋の中央にビニールのカーテンで覆われたベッドがあった。医療機器から何本ものチューブが延び、カーテンの奥へ続いている。

石田はカーテンを見つめた。かすかな呼吸音だけが聞こえる。他に音はない。静かな空間だった。

カーテンに手をかけ、そのままゆっくりとめくった。ベッドに簡易呼吸器をつけた男が横たわっていた。

胸だけが静かに上下している。四十を少し越えたぐらいだろうか。頬が削ったように細い。浅黒い肌には生気がなかった。

石田は自分の顎に指をかけた。男のゆっくりとした呼吸が続いている。

石田は顎から手を離した。震えた声が唇から漏れた。

「終わった」

囁いて、手を伸ばした。呼吸器に触れた時、静かな声が聞こえた。

「まだ終わってません」

石田はゆっくりと振り向いた。半透明のビニールカーテンの向こうに、細く小さな影が立っていた。

四章　病棟

1

カーテンを挟んで、しばらく沈黙が続いた。

先に目を逸らしたのは石田だった。麻衣子は右手でビニールのカーテンを開いた。

「何をしている」ほとんど聞き取れない声で石田が言った。「遠野、戻れ」

麻衣子は首を振った。その後ろに、困惑した表情の安藤が立っていた。

視線を逸らしたまま、石田が頬に笑みを浮かべた。

「では、私が出ていこう」

麻衣子はパンツスーツのヒップポケットに手をやった。ホルスターから拳銃を引き抜く。安藤の額に汗が滲んでいた。

「動かないで下さい、警視」

足を止め、顔を上げた石田が麻衣子を見つめた。

「何をしている？　遠野、銃を下ろせ」

「動かないで下さい」麻衣子は同じ言葉を繰り返した。「ベッドから離れて下さい」

止めないか、と手を上げた石田が一歩下がった。

「遠野、落ち着け」

「遠野さん、やり過ぎです、止めて下さい」

安藤がかすれた声で言った。いえ、と麻衣子は前を見た。

「動いたら撃ちます」

麻衣子は一歩前に出た。石田が口を開いた。

「目的は何だ？　私を脅してどうする？」

下がって下さいと命じ、麻衣子は医療機器の後ろを回ってベッドに近づいた。寝ている患者のこめかみに銃口を当てた。

「拳銃は安藤さんから借りました。わたしは本気です」

撃鉄を起こした麻衣子に、君が撃つはずない、と石田が肩をすくめた。

「私が知っている遠野麻衣子は、そんな馬鹿なことをしない」

「ここにいるのは、あなたの知らないわたしです」

麻衣子はつぶやいた。拳銃を支える手が震えている。

「止めろ！」

石田の声と同時に、麻衣子は引き金に指をかけた。

「目を開けて下さい、西田さん」枕元のネームプレートに麻衣子は目をやった。「本名ではないと思いますが――」

「何がしたいんだ！」

石田が怒鳴った。汗で濡れた額に、前髪が貼りついていた。

「そんなことをして何になる？　離れろ！」

「真相を究明するためには全力を尽くさなければならない。そう教えてくれたのはあなたです」麻衣子は歯を食いしばった。「こうするしかありません」

指を再び引き金に掛けた。はったりだ、と石田が叫んだ。

「止めろ、遠野、頼む、止めてくれ」

麻衣子の目から、大粒の涙が溢れた。銃を持つ腕はそのままだった。

止めてくれ、と両手で頭を押さえた石田に、麻衣子は首を振った。

「その銃に弾は入っていない。そうだろう？」

「試してみますか？」

麻衣子は患者の額に銃口を押し付けた。

「その必要はありません」

しわがれた声がした。男の目が開いていた。

2

もういいでしょう、と男が言った。麻衣子は大きく息を吐いた。

手からこぼれた銃がベッドの上に落ちる。素早く石田が拾い上げ、弾倉を引き出して中身を改めた。空だった。

北山さん、と石田がつぶやいた。呼吸器を外した男が目を上げた。

どこにでもいる普通の中年男だ。北山が笑顔を麻衣子に向けた。

「意識不明を装ってICUへ運び込まれましたが、寝てるのも飽きました。そんなに辛抱強い方じゃないんです」

ベッドの上で、北山が上半身を起こした。

「あなたが遠野さんですね？　よく気づきましたね」

北山が麻衣子の目を覗き込んだ。

「どうしてわかったんです？　女の勘なんて言わないで下さいよ」

いいえ、と麻衣子は首を振った。

「そうかもしれません」

「私をどうするつもりですか？」

北山の頰に微笑が浮かんだ。

「殺人容疑で緊急逮捕します」

麻衣子は石田を見つめた。視界が涙でかすんだ。

「警視、あなたもです」

石田が苦しげに息を吐き、ビニールのカーテンを支えている鉄の支柱を摑んだ。

「なぜわかった？」

「考えたんです。あなたに教わった通りに」麻衣子は手の甲で涙を拭った。「コンビニを襲ったのも、この病院に立て籠もったのも、すべては二人の医師と高島看護師を殺害するためだった。そうですね？」

北山が小さくうなずいた。

「なぜなんです、警視。なぜあなたがこんな……」

麻衣子の視線から逃れるように、石田が顔を伏せた。

「あなたのことを尊敬していました。いえ、今でも尊敬しています」

麻衣子は声を震わせた。

「わたしの気持ちは変わっていません。なぜこんなことを？」

待って下さい、と北山が片手を上げた。

「それは私から話します。その前に、なぜ私に気づいたのか、それを教えて下さい。刑事さん、あなたも知りたいはずだ」

北山の視線に、安藤がうなずいた。きっかけは些細なことです、と麻衣子は口を開いた。

「越野が犯した小さなミスです」

「ミス？」

北山が何度かまばたきをした。

「交渉人は最初に自分の所属と名前を伝えます。わたしなら、高輪署の遠野と名乗ります。でも、階級には触れません。役職名は、犯人にプレッシャーを与えるだけで、デメリットしかないからです。石田警視も階級は口にしていません」

「それで？」

「ですが、越野は一度だけ『警視』と呼びかけました。越野が石田警視の階級を知っているはずがありません。ミスとはそれです」

覚えていません、と北山が白髪交じりの頭を掻いた。

「気をつけていたんですが……無意識のうちに言ったんでしょう」

「覚えている。バイクでの脱出方法を話している時だ」石田が口に手を当てて小さく咳をした。「心臓が縮みあがったよ」

「しかし、たったそれだけのことで……よく気づきましたね」

いいえ、と麻衣子は首を振った。

「最初から違和感がありました。あまりにもすべてがうまくいきすぎると思っていたんです。三人の犯人は乱暴な言葉を遣い、人質を脅し、病院機材を壊しました。典型的な粗暴犯です」

「当然でしょう。私や石田警視が想定していたのは、暴力的な反社の人間だったんですよ」

教科書通りの犯人像です、と麻衣子は言った。

「粗暴犯の行動パターンをなぞっている、言い換えれば、演じているのではないかと

「……」

それは私のせいじゃない、と北山が苦笑した。

「あなたに言われた通りにしただけです」

答えずに、石田が横を向いた。

「怒りの段階、要求の段階」そして交渉の段階、と麻衣子は指を折った。「その時々で、あなたたちは与えられた役割を演じ続けた。とても巧妙でしたが、何かが違った。言葉のひとつひとつに、行動の裏に、コントロールする意志を感じたんです」

なぜそう感じた、という石田の問いに、あなたですと麻衣子は答えた。

「犯人との会話は、まるで想定問答でした。あなたが質問し、犯人が答える。あなたはそれを分析して、わたしたちに解説する。そして、あなたが予想した通りに事態は展開していきました。必要だったのはわかります。あなたがわたしたち捜査官の思考を誘導するためには、それが最も効果的ですから」

誘導、と安藤がつぶやいた。

「確かに、我々は石田警視の交渉に疑問を持ちませんでしたな。さすがは警視庁の交渉人だと、感心していたぐらいです」

すべてが警視の予想通りに推移していきました、と麻衣子は言った。

「現場の捜査官たちも、警視の指示に従うしかありませんでした。本庁も警視に全幅の信頼を寄せていたんです。だから、あなたは捜査員を思い通りに動かすことができた。

そうですね？」

　他に選択肢はなかった、と石田が肩をすくめた。

「金本参事官がそうだったように、現場では捜査方針に反対する者が必ず出てくる。説得する時間はない。反対意見を抑えるためには、全捜査官の心理をコントロールするしかない」

　それが間違いでした、と麻衣子はため息をついた。

「警視、あなたの質問と犯人の答えは、すべてわたしにも予測出来ました。あなたとわたしでは経験が違います。そんなこと有り得るはずもないのに、わたしが理解出来る形で交渉が続いていく。何もかもが予定調和に思えました。わたしに違和感を与えたのは、明らかにミスです」

「会話に食い違いを持たせるべきだったかもしれませんね」北山が苦笑いを浮かべた。

「だが、それでは警視が捜査の全権を掌握できません、難しいところです」

　石田が舌打ちした。

「だから我々の関係に気づいたのか？」

「いえ、わたしはあなたを信じていました。そんなはずない、と思っていたんです」

　麻衣子は頬に手を当てた。

「最後までそう思っていてほしかったよ」

石田が暗い表情のまま言った。でも、と麻衣子は顔を上げた。

「おかしいと思うことが他にもありました。例えば手錠です」

「手錠?」

はい、と麻衣子はうなずいた。

「永井が病院から人質の看護師を連れて出てきた時、彼女の片腕に手錠をかけていましたね?」

そうでしたな、と安藤が言った。人質の自由を拘束するために、手錠は便利な道具です、と麻衣子は自分の手首を握った。

「でも、なぜコンビニ強盗が手錠を持っていたんでしょう?」

苦笑した石田が顔を背けた。麻衣子はその横顔に目をやった。

「金のこともそうです。わざわざ病院の金庫を開けたのに、現金に手をつけなかった。強盗なら、放っておくはずがありません……でも、わたしがあなたを疑ったのは、犯人が逃げた後、トンネルと病院で死体が発見された時です」

信じていたかった、と麻衣子は唇だけを動かした。

「もし、彼らの殺害が始めからの目的だったとしたら……そう考えると、すべてが繋がりました。警視、わたしもあなたの駒だったんですね」

「駒?」

驚きの声をあげた安藤に、麻衣子は小さくうなずいた。

「警視がわたしに現場の指揮を任せたのは、キャリアを失ったわたしを救うためだと思っていました」

でも、そうではなかった、と麻衣子は肩を落とした。

「冷静に考えれば、すぐわかったでしょう。交渉人として、わたしの能力は高いと言えません。経験もないわたしに、一時的とはいえ現場を任せるはずがないんです」

黙ったまま、石田が麻衣子を見つめた。

「でも、あなたはわたしに指揮権を与えた。何も出来ないとわかっていたからです。そしてあなたはわたしの気持ちも知っていた。今も、わたしがあなたを愛していると……」

安藤が床に視線を落とした。麻衣子の目から、大粒の涙が溢れた。

「あなたのために、わたしはこの現場に来ました。考えていたのは、遅れて来るあなたに出来る限り情報を多く伝えることだけです。わたしは現場の捜査官の独走を防ぎ、現状を維持するために動きました。あなたの狙い通り、わたしが現場を指揮したため、捜査は進展しませんでした」

麻衣子は頰を伝う涙を拭った。

「巧妙なやり方だったと思います。あなたはわたしを駒として使い、わたしは喜々としてその役目を務めました」

「もういい。止めよう」

壁を素手で叩いた石田に、いいえ、と麻衣子は首を振った。

「あなたは特殊捜査班の刑事たちを現場に向かわせ、わたしや安藤警部補を幕僚に起用しました。所轄の面子を立てるためと話してましたが、本当の目的は違った」

諦めたように、石田が目を逸らした。

「本庁の特殊犯捜査班員を排除するためでした。金本参事官も、わたしも安藤さんも、交渉はできません。捜査方針に反対する能力も経験もありません。そして、わたしがあなたの方針に従うこともわかっていた」

「君を傷つけるつもりはなかった。だが、吉沢たちが幕僚になれば、早い段階で不審な点に気づいただろう。それを避けるためにはやむを得なかった」

顔に汗を滲ませた石田が苦しそうに息を吐いた。麻衣子は両手を強く握った。何よりも認めたくないことを言わなければならない。

「あなたはわたしを利用したんです」

済まなかった、と石田が頭を下げた。

「その通りだ。君を想定して、私は計画を立てた。最初から、そのつもりだった」

でも、計算違いがありました、と麻衣子は言った。

「あなたが考えていたより、わたしはあなたのことを知っていました。あり得ないことが何度も続けば、誰でもおかしいと思います。わたしがあなたを疑うようになったのは、必然でした」

「あなたに詫びたい、と石田さんは話していました」小声で北山が言った。「それは本当です。信じてください」

信じますとは言えません、と麻衣子は苦笑を浮かべた。

「犯人が逃げ、人質が殺されたことを知った時、自分の違和感についてもう一度考え、何もかもがひとつの方向を指し示していることに気づきました」

麻衣子の目に涙はなかった。犯人と対峙する刑事の目だった。

「決定的だったのは、人質の数です」

「人質の数？」

問いかけた安藤に、麻衣子は顔を向けた。

「小宮が逃走する前に犯人が人質にしていたのは、三名の医師、ＩＣＵの二名の患者、看護師が二人、そしてデイルームに残された二人の患者でした」

九人ですな、と安藤が指を折った。

病院に警察が突入した後、発見された人質は、と麻衣子は言った。

「医師が一人、看護師が一人、ＩＣＵの二人、そして患者が二人、計六人。殺害されたのは二名の医師と一人の看護師です」

「七、八、九……合ってるじゃないですか」

安藤の言葉に、麻衣子は首を振った。

「小宮は患者を連れて逃げました。つまり救出された患者は一人なんです」

安藤の口が開いたままになった。麻衣子は石田に向き直った。

「救出された患者の身元はわかっています。犯人に殴られた秋山さんと、アトピー患者の村川さん。では小宮が連れ去ったのは誰か？　その疑問を解くために、事件を再構成しました。それもあなたに教わったやり方です。最後の犯人の連絡は病院内の公衆電話からでした。その後、誰も病院から出ていない。つまり、犯人はまだこの建物の中にいることになります」

　麻衣子の視線が石田から北山、そして安藤へと移り、再び石田に戻った。

「指揮権を剝奪され、院長室を出たあなたは犯人のいる場所に行く、と確信していました。わたしは安藤警部補とあなたを尾け、そしてここで犯人……北山さんを見つけたんです」

　北山が顔を上げた。

「警視……あなたはいい部下をお持ちだ」

　確かに、と石田がうなずいた。

3

　それにしても、と安藤が眉間に皺を寄せた。

「なぜ、金を盗っていかなかったんですか？　妙だ、と自分も思いました」

　見栄を張ったんです、と北山が頭を掻いた。

「金のためにしたんじゃないとね……でも、余計なことでした。あなたが不審に思うのは当然です」

金を奪えば、表向きの犯人像はより明確になっただろう、と石田が言った。

「だが、我々の目的は金ではなかった」

「彼らの命ですね？」

麻衣子の問いに答えず、北山が静かに微笑んだ。聞きたいことがある、と石田が口を開いた。

「犯人の越野だが、彼はどこに消えた？」

面接官のような口調だった。最初に逃げたのは、と麻衣子は返答した。

「永井です。人質は高島看護師でした。次に小宮が包帯顔の男を人質に取り、逃走しました」

そうだ、と石田がうなずいた。

「その間、私は越野と交渉を続けていた。彼が病院から電話をかけていたのは確かだ。いつ、どうやって、どこへ越野は逃げた？」

麻衣子はベッドに寝ていた北山を指さした。

「言うまでもないでしょう、越野はここにいます」

北山が引きつった笑みを浮かべた。

「コンビニを襲い、ビデオカメラに映った男。そしてこの病院を占拠し、警察と交渉していた男。わたしたちはその二人を同一人物だと考えていました。でも、コンビニから金を奪い、人質を脅していた男と、電話で交渉していた男は別人だったんです」と麻衣子は言った。

続けたまえ、と石田が促した。犯人は病院内の公衆電話を使っていました、

「携帯ではなく、固定電話です。警察と交渉している犯人は病院内にいる……それはわたしたちの思い込みを誘うトリックでした。越野になりすました交渉役の北山さんが警察と話している間に、コンビニを襲った越野は病院の外に出ていたんです」

あなたはすべてわかっているようだ、と北山がうなずいた。小宮が人質にしていた重症のアトピー患者、と麻衣子は頭に手を当てた。

「顔に包帯を巻かれていたあの男が、本当の越野だった、そうですね？」

その通りです、と北山が軽く手を叩いた。

高島看護師は永井に殺害されましたが、と麻衣子は言った。

「小宮と一緒にいた患者の行方はわからないままです。犯人の行動に一貫性がないように思えますが、その患者自身が犯人なんです。殺されるはずもありません」

そして、と麻衣子は石田を見つめた。

「あなたたちは永井と小宮という二人の人物像について、周到な性格付けをしていました。短気で感情的な永井と、慎重で思慮深い小宮。永井ならちょっとしたことで人質を殺すかもしれない、とわたしたちが考えるように仕向けていたんです。すべてが入念に作られたシナリオ通りに進んでいました」

それでは、と石田が言った。

「彼らがトンネルからどうやって逃げたか、それも説明してもらおう」

この事件は時間をかけて計画されています、と麻衣子はうなずいた。

「他にも協力者がいたはずで、彼らを二つのトンネル内でピックアップしたのは、脅かされて止む無く従った通りすがりのドライバーではなく、彼らの家族でしょう。事前に盗んでいた車で、予定通りの時間にトンネルへ入り、永井と小宮、そして越野をピックアップして逃げた。違いますか？」

人選を間違ったらしい、と石田がため息をついた。

「君の能力がそこまで高いとは思っていなかった」

なぜです、と安藤が口を開いた。

「なぜ、こんなことをしたんです？」

頭の後ろで腕を組んだ石田が、動機、とつぶやいた。そうです、と安藤が一歩前に出た。

「こんな手の込んだ計画を立て、小出、飯野、高島、彼らを殺さなければならなかった理由は何です？　キャリア警視がそんなことをするなんて、常識では考えられません」

忘れました、とはぐらかすように石田が首を傾げた。安藤の視線が北山に向かった。

「あなたは人殺しに見えません。自分も長くこの仕事をしてますから、それぐらいわかるつもりです」

私は今年で四十五になります、と北山が肩をすくめた。

「普通のサラリーマンで、真面目な人間です。自分が犯罪者になるなんて、考えたこともありません。ですが……この手で奴らを殺すと決めました。殺されて当然なんです。殺したことに後悔はありません」

苦笑した石田が、遠野、と呼びかけた。

「手の込んだ計画と言ったな？　その通りだ。私たちには時間が必要だった」

時間、と安藤がつぶやいた。

「何の時間です？」

なぜ殺されなければならないのか、と石田が静かな声で答えた。

「彼らはそれを知る必要があった。説明するための時間です」

どうして、と麻衣子は石田に近づいた。

「あなたはこの計画に手を貸したんですか？」

手を貸してくれたのは彼らだ、と石田が低い声で言った。

「主犯は私で、彼らは従犯に過ぎない」

違う、と北山が目を見開いた。

「石田さん、私たちは本当に感謝しているんだ。あなたは私たちの話を聞いてくれた。親身になってくれた。私たちのために動いてくれた。それがどんなにありがたかったか……遠野さん、石田さんに責任はありませんよ。私たちは巻き込まれたんじゃない。私たちが望んだことなんです」

「警視、なぜです?」麻衣子は石田の腕を掴んだ。「いったいなぜ――」

大きく息を吐いた北山が口を開いた。

「彼らが人を殺したからですよ」

4

麻衣子は腕を離した。石田の口は閉じたままだ。

遠野さん、と北山が声をかけた。

「医療過誤について、知ってますか?」

ある程度は、と麻衣子は答えた。

「でも、詳しいわけでは……」

たまにニュースでも取り上げられます、と北山がうなずいた。

「医師の誤診や手術のミス、あるいは看護師、薬剤師などのミスによって起きる事故のことです。一年間にどれぐらい医療過誤が起きていると思いますか?」

わかりません、と麻衣子が首を振った。

「約千六百件です」

「千六百?」

そんなに多いんですかと言った安藤に、全国すべての病院での数ではありません、と北山が洟をすすった。

「大学病院など高度医療を提供する全国八十一の特定機能病院で、それぞれの病院の安全管理委員会に報告された数字です。誤診、薬剤師の処方ミス、手術ミス、術前術後のミス、さまざまなケースがありますが、約二・五パーセント、つまり四十件ほどは患者に重大な障害が生じています。そして、これは報告された数字に過ぎません。実際にはその数倍かそれ以上の医療事故が起きていると考えられます」

言葉を詰まらせた北山が拳で涙を拭った。

「医者は神様じゃない。すべての病気を治せるはずもないし、間違いを犯す時もあるでしょう。ですが、信じられないような人為的ミスもあります。小出総合病院で起きたのは業務上過失致死というレベルではありません。明らかな殺人なんです」

殺人、と安藤が息を呑んだ。壁の時計の秒針が時を刻む音が病室に広がった。

息子の話をさせて下さい、と北山が乾いた唇を動かした。

「良成は十一歳でした。動物が大好きで、ペットショップの前を通ると、窓に顔を押し付けて離れない。そういう子でした」

こんな感じです、と北山が顔真似をした。

「よく家族で動物園に行きましたが、前の晩から興奮して大騒ぎです。気持ちの優しい、素直な子でした。六年生になったばかりのあの日、お腹が痛いと良成が言ったんです」

北山の顔が歪んだ。凍りついたように、表情が固まっていた。

「まさかあんなことになるとは……思っていませんでした」

目をつぶった北山がベッドに体を沈めた。

5

背広に袖を通しながら、たいしたことないだろう、と北山良雄は言った。そうだと思うけど、と妻の和子がうなずいた。

北山は子供部屋に目を向けた。息子の良成は眠っているのか、物音ひとつしない。

「学校はどうする?」

「とりあえず、休ませようと思って」和子がハンカチを夫に渡した。「顔色も良くないし」

任せるよ、と北山は革靴を履いた。

「仮病を使うような子じゃない。具合が悪いようなら、間野先生のところで診てもらえばいい」

間野小児科は北山が住む団地の近くにある小さなクリニックだ。

「そうする。行ってらっしゃい」

和子に見送られて、北山は足早に家を出た。月に一度、第三木曜日に営業部の全体会議がある。副部長の自分が遅刻するわけにはいかない。

だが、会社に着くと会議が中止になったと連絡があった。以前から進められていたアメリカの機械メーカーとの提携が決まり、部長職以上が緊急会議を開くためだという。

連絡を受け、北山はスマホで自宅に電話を入れた。息子の顔を見ないまま会社に来ている。良成の様子を聞いておきたかった。

すぐに電話に出た和子が、間野小児科へ連れていったがよくある腹痛と診断され、薬をもらったと言った。

それならいい、と北山は電話を切った。会議が飛んでも、仕事は山積みだ。副部長にはルーティンワークもある。

パソコンを開き、メールで届いていた部下の日報に目を通した。いつもと変わらない朝だった。

よく晴れた、気持ちのいい日で、午後に二本の会議があったが、どちらも顔を出すだけで済むレベルだ。

夕方五時過ぎ、課長の吉本と会社を出て、取引先の部長と落ち合い、打ち合わせを済ませてから近くの居酒屋で軽く飲んだ。

帰宅したのは夜の十時過ぎだった。ドアを開けると、玄関に和子が立っていた。

驚かせるなよ、と北山は靴を脱いだ。

「何かあったのか?」

「電話したのよ」鞄を受け取った和子が答えた。「でも、出ないから」

今日は会合があると言っただろう、と北山はネクタイを外した。

「すまん。うるさい店だったから、着信音が聞こえなくて――」

「夜になって、あの子が何度も吐いているの」

心配そうに和子が言った。今にも泣き出しそうだ。

いつからだ、と北山は子供部屋に視線を向けた。

「九時頃。夕食は食べてない。間野先生に電話したんだけど、診療時間が終わってるから誰も出なくて……」

北山は子供部屋の襖《ふすま》を開けた。ベッドで良成が寝ている。枕元のスタンドを点けると、お腹が痛い、と顔を向けた。顔色が悪かった。

「救急車を呼んだ方がいい？」

家の車の方が早い、と北山は首を振った。

「近くにこの時間でもやってる病院はあったか？」

小出総合病院が開いてるはず、と和子がうなずいた。

区立図書館の近くにある大きな病院を北山は思い出した。前を車で通ったこともある。十分もかからないだろう。

北山は良成の肩に手をかけ、病院に行こう、と囁いた。痛い、と良成が目をつぶった。

6

白衣の下で、緩んだネクタイが揺れている。四十歳ぐらいだろう、と北山は思った。胸に飯野と記されたネームプレートがあった。

カルテの数値を見ていた飯野が太った顔を上げた。

「虫垂炎ですね。白血球の数が増えていますし、発熱もある。間違いないでしょう」

やはり、と北山はうなずいた。大学二年の時、虫垂炎になったことがある。症状は良成と同じだった。

「あの、大丈夫でしょうか？」

不安そうに言った和子に、もちろんです、と飯野が明るい声で答えた。

「虫垂炎なんて、今では病気のうちに入りませんよ。ただ、ちょっと癒着があるようで、それが心配です」

飯野がレントゲン写真を指で押さえた。

「痛みも相当あるようなので、薬で散らすより、切除した方がいいと思いますが」

「切除」和子の声に脅えが走った。「あの、それは手術ってことですか？」

たいした手術じゃありません、と飯野が言った。

「その方が間違いないと思いますよ」

北山は和子に目を向けた。どうする？　あなたが決めてよ。目だけの会話が続いた。

ご心配はわかりますが、と飯野がデスクを軽く叩いた。

「問題はありません。すぐに術前の検査を始めましょう」

「今ですか？」和子の声が上ずった。「じゃあ、手術はいつ？」

「朝になるでしょう。スタッフは揃っていますし、手術室も空いています」

いいのだろうか、と北山は思った。手術とはこんなに簡単に決まるものなのか。

「このまま放置して、腹膜炎を併発すると後が厄介ですよ」

飯野がまた机を指で叩いた。わかりました、と北山はうなずいた。よろしくお願いします、と隣で和子が深く頭を下げた。

手術自体は二時間もかかりません、と飯野が電子ペンでモニターに直接書き込みを入れた。

「手術の同意書、入院手続きをお願いします。詳しいことは看護師に聞いてもらえますか？」

立っていた中年の看護師が、大野ですと名乗った。

「こちらへどうぞ」

大野が診療室のドアを開けた。北山はゆっくりと立ち上がった。疲れていた。

7

手術が始まったのは、翌日の朝八時だった。北山は和子と手術室前の廊下にいた。他には誰もいない。

〝手術中〟という赤いランプが点いている。息子が手術室に入ってから、三時間が経っていた。

「まだ終わらないの?」

立ち上がった和子が肩を小刻みに震わせた。落ち着け、と北山は肱《ひじ》を引いて座らせた。

手術自体は二時間ほどで終わるが、炎症の程度によって個人差があり、麻酔から覚める時間を含めると三時間前後手術室に入ることもある、と術前に説明を聞いていた。

虫垂炎なんて今では病気のうちに入りません、と言った飯野の顔が頭を過った。

それから一時間、二人は黙ったまま待っていた。〝手術中〟の赤いランプは消えない。

北山は腕時計に目をやった。昼の十二時。

どうなってる、とつぶやいた時、看護師が手術室から出てきた。目を伏せたまま、足早に廊下を歩いていく。

背後からの足音に、北山は振り返り、思わず息を吞んだ。廊下の反対側から、白衣を左の肩に引っかけた中年男が走ってくる。緊張した表情が顔に浮かんでいた。

何なの、と和子がつぶやいた。わからない、と北山は手術室の扉に目をやった。中年男と入れ替わるように、別の看護師が出てきた。

すいません、と北山は声をかけた。

「何かあったんですか？」

無言で看護師が去っていく。どうなってる。何が起きている？

「どうしたんだろう」

遠くでつぶやく声がした。自分の声と気づくまで、数秒かかった。

それから何が起きたのか、北山には断片的な記憶しかない。医者や看護師が何度も手術室に出入りしていた。目を閉じたまま、和子が静かに泣いていた。

脅えた表情の看護師が立ちつくしている姿を見た。一度だけ、男の怒鳴り声が聞こえた。

その順番も覚えていない。数分間のうちに起きた気もするし、何時間にもわたって続いた悪い夢のようにも思えた。

むやみに喉が渇き、割れるように頭が痛み出し、目の前の風景が歪んでいった。

手術中のランプが消え、飯野が出てきたのは午後二時近かった。それからの記憶は鮮明だ。白衣の襟を摑んだ時、飯野のネームプレートが床に落ちた音も覚えている。

安心して下さい、と飯野が言った。

「手術は成功しました」

8

飯野がマスクを取った。鼻の下に、うっすらと汗が溜まっている。

和子が泣き声を上げたその横で、北山は飯野の手を両手で摑んだ。

「先生、ありがとうございます」込み上げてくる涙で声が濡れた。「ありがとうございます」

少しよろしいですか、と飯野が北山の手を外して、廊下を進んだ。北山は和子とその後に続いた。

面談室とプレートのかかった小部屋のドアを押し開けた飯野が、お座り下さいと言った。北山は和子と並んで、椅子に腰を下ろした。

飯野のたるんだ頰が、小刻みに揺れている。嫌な予感に突き動かされ、北山は口を開いた。

「何があったんです？」

たいしたことではありません、と飯野の唇が素早く動いた。

「ただ、手術中に息子さんが呼吸困難に陥りまして」

「呼吸困難？」

頭の奥に、錐《きり》を刺されたような痛みが走った。

「わずかな時間です。迅速に蘇生処置を行いましたので、命に別状はありません」

飯野の目が落ち着きなく左右に動いている。北山の視線を避けるように顔を伏せた。

「処置は完璧でしたので、問題はありません」

北山は飯野を見つめた。なぜ、この男はこんなに脅えているのか。何かが間違っている。

「会わせて下さい」

それはできません、と飯野が首を振った。北山の口の中に鉄の味が広がり、嚙み締めた歯の間から血が出ていた。

「会わせて下さい」

脅えの色を目に浮かべた飯野が、今はまだ、と腰を浮かせた。和子の泣き声が面談室に響いている。入ってきた中年の医師が天井を仰いで、小さく息を吐いた。

「ふざけるな、息子に会わせろ！」

北山は飯野に摑み掛かった。

「会わせろ。今すぐ息子に会わせろ！」

落ち着いて下さい、と中年の医師が北山を止めた。飯野が逃げるように面談室を飛び出していく。その背中に向かって、息子に会わせろ、と北山は叫んだ。

「北山さん、話を聞いて下さい」

医師が開いていたドアを閉めた。

「まだ症状が安定していません」ご理解下さい、と中年の医師が頭を下げた。「もう少しだけお待ち下さい」

「あいつはどこに行った？」

北山は中年の医師の手を振り払った。ネームプレートに、山村という名前があった。ふらついた体が横に流れる。

「あの医者はどこだ？」

「飯野先生はすぐ戻ります。北山さん、息子さんの命はわたしが保証します。自発呼吸もしているし、瞳孔反応もあります。わたしを信じて下さい。お願いします」

頭を下げた山村が面談室を出て行った。北山は顔を両手で覆い、子供のように泣き始めた。

9

北山の頬を涙が伝っていた。麻衣子は無言でその顔を見つめた。

「あんなに辛い思いをしたことは、一度もありません」

北山が目を閉じた。肩がかすかに揺れていた。

「私はどこにでもいる普通の男です。何事もなければそれでいいと思って生きてきました。誰であれ、怒ったり、憎んだり、恨んだりしても損するだけだと……でも、あの時だけは怒鳴りましたよ。ふざけるな、息子に会わせろってね」

北山が笑った。すべてに絶望した人間の笑いだった。

「何を言っても無駄でした。もう少し待って下さい、その一点張りです。私たちには何も出来なかった。院長が来たのは二時間ほど後でした。説明をすると言って、私たちを応接室に案内したんです」

大きなケーキが用意してありましたよ、と北山が両手で輪を作った。

「良成が手術中に心不全を起こし、医師たちはすぐに蘇生術を施した。すべてのスタッフが、何時間もかけて努力をした。その甲斐あって、命は取り留めた。ただ、酸素が脳に行き渡らなかったために、障害が残る可能性がある。同情しますが、決して医師や病院の責任ではありません……院長はそう言いました」

「そんなことが――」

麻衣子を手で制した北山が、過去を探るように額に指を当てた。

「ＩＣＵ病棟に移しましたので、外から顔を見ることが出来ます、お会いになりますか、と言った。私は父親ですよ？　会わせて下さい、と言いました。女房も私も、頭がおかしくなりそうだった。何が起きてるのか、まるでわからない。足元がふわふわして、まともに歩けませんでした。看護師が連れてきたのが、このＩＣＵ病棟だったんです」

北山がドアを指さした。ガラスを挟んで、通路と待合室が見えた。

「何本ものチューブに繋がれた良成がベッドに寝かされていました。信じられませんでしたよ。毎日学校へ行って、元気にしていたんです。腹痛を起こす前の日の夜、晩ご飯を一緒に食べました。テレビで馬鹿馬鹿しい番組をやってて、大声で笑ってました」

北山が笑いながら泣いていた。

「あんまり笑ってるから、私も女房もなんだかおかしくなって、三人でずっと笑っていましたよ。本当に親孝行な子でした。あの夜のおかげで、思い出す良成はいつでも笑顔です」

石田がうなずいた。その後、と北山が言った。

「詳しく話してほしいと院長に頼みましたが、それは今後の経過を見てからとしか言わない。女房が貧血を起こして、その場はうやむやになりました。数日後、病院に呼ばれましたが、院長も、医者もいません。待っていたのは病院の総務部長と弁護士です。息子さんの意識が戻るかどうかはわかりません、と事務的に言いました」

北山がサイドテーブルにあったペットボトルの水をひと口飲んだ。

「今後のことは予測がつかない。あくまでも事故だが、当院として誠意を表したい。ベッドを提供するし、看護の人間もつけるので安心してほしい。意味がわからなくてね……安心って何です？　遠野さんもそう思いませんか？」

顔を見合わせた北山と石田が暗い笑みを交わした。

「同意書にサインしてください、と弁護士がテーブルに書類を載せました。今後、小出総合病院の責任は一切問わないと約束するという書類です。弁護士が私の手にペンを握らせようとしたのを覚えていますよ。脂っぽい指でしたね……帰って女房と相談する、と私は席を立ちました。本当はサインしてもよかったんです。その頃は医療過誤について何も知りませんでしたからね。医者はミスなんかしない、そう思い込んでいたんです」

「お医者様だからね」

石田が皮肉な笑みを浮かべた。何カ月も話し合いが続きました、と北山がうなずいた。

「サインしてください、出来ません、その繰り返しです。その間、良成は一度も目を開かなかった。女房は毎日病院です。疲れた顔で帰ってきて、笑うことがなくなった。私も同じです。そして十二月に一通の手紙が届きました」

北山の息が荒くなった。

「病院で働いていた看護師と書いてあった。息子さんのことは申し訳なかった。手術の時、執刀医が鎮痛剤と抗不安剤の投与を指示したが、それは間違いだった。良成は十一歳だったのに、執刀医は成人と同量の薬を使うように命じた。呼吸停止はそのために起きたと……」

北山の手が激しく震えた。

「呼吸停止に気づいた後の処置は迅速で、医師も看護師も懸命に努力をした。だが、執刀医の不注意、看護師の確認ミスがすべての原因だった。心からお詫びします、と書いてあったんです」

声を詰まらせた北山の背中を、石田がゆっくりとさすった。すいません、と頭を下げた北山の目から涙がこぼれた。

「何度も何度も読み返しました。頭の中で鉄鋼所みたいに凄まじい音がして、どうしていいのかわからないまま、気づくと私は大声で叫んでいました」

麻衣子はポケットのハンカチを渡した。大丈夫です、と断った北山がパジャマの袖で涙を拭った。

「すぐに病院に行きましたが、相手にされなかった。誰が書いたのかもわからない匿名の手紙は信用出来ない、と総務部長が言ったんです。そんなはずはない、これだけ詳しい事情が書いてあるじゃないか、病院や医師の責任ではないと証明する義務があると怒鳴りました」

間違っていますか、と北山が顔を向けた。いいえ、と麻衣子は首を振った。北山が小さい笑みを浮かべた。

「調べて下さい、と頭を下げましたよ。そうするしかなかったんです。でも、総務部長が一枚の書類を私に見せました」

何だと思います、と北山が尋ねた。わかっていたが、麻衣子は答えなかった。

あの同意書です、と北山が言った。

「そこに女房のサインがありました。サインしなければ、病院から出てもらう。どうやって面倒を見るつもりですか、いくらかかるかわかってますか。奴はそう言って女房を脅したんです」

あいつらは悪魔ですよ、と北山がつぶやいた。

「私に黙って、妻がサインをしていたんです。責められませんよ。追い詰められた妻はサインするしかなかったんです」

もういい、と石田が北山の肩に手を置いた。

「同意書がある限り、当院に責任はない、帰ってくれ、総務部長はそう言いました」

北山が石田の腕を払った。

「酷い話です。人間のすることじゃありません。会社に相談すると、弁護士を紹介してくれました。すぐに会いに行って、訴訟を起こしたいと言いました。その頃には、医療過誤裁判について知っていましたからね。小出総合病院の責任を追及したい、医療過誤なのか、そうではないのか、すべての真実を明らかにしたいと……ですが、それが地獄の始まりだったんです」

北山が微笑んだ。背筋が寒くなるような笑みだった。

10

大袈裟に聞こえるかもしれませんが、と北山が首を傾げた。

「実感としてはそうでした。弁護士は親切な人で、医療過誤裁判の実態を知っておいた方がいい、と説明をしてくれました。当たり前の話ですが、私たちは医学について素人です。それは裁判官も同じです。つまり、専門家である医師が絶対的に有利なんです。意味はわかりますか?」

はい、とうなずいた麻衣子に、北山が肩をすくめた。わかるわけがない、と目が語っていた。

「私は家電メーカーの営業マンで、経済学部卒です。医学どころか、元素記号もわかりません。女房は短大の英文科卒です。こんな夫婦が手術のミスを指摘して、裁判所に認めさせなければならない。裁判所が調べるわけではないんです。そんなこと、出来るはずないでしょう」

民事訴訟で原告が勝訴する割合は全体の八割を超えるが、医療訴訟に関しては三割に満たない統計が出ている、と石田が言った。

「どんな裁判より、医療過誤裁判は難しい。だが、こんな数字は新聞にも載っていない」

「生半可な気持ちでは絶対に勝てないと弁護士が断言しましたが、その通りでしたね。どれだけ私と女房が勉強したか……図書館に通い、専門書を買い、著者に直接問い合わせたこともあります。会ってくれる人もいたし、さまざまな知識を教えてくれる人もいました。医療過誤被害者のシンポジウムにも参加しました。医者にも弁護士にも会ったし、協力を申し出てくれる方もたくさんいました。まず私たちがしたのは、証拠保全の申請です」

警察用語ですな、と安藤がつぶやいた。

「病院側の過失を証明するためには、保存しているカルテや手術の記録が必要だ。それがなければ裁判では勝てない。私たちの仕事と同じだ」

石田が言った。北山が髪の毛を掻き毟ると、何本かの白髪がベッドに落ちた。

「それだけが物的証拠と見なされる、というわけです。つまり、良成に対して、成人に使用するのと同量の鎮痛剤を投与したという記録です。病院は恐ろしいですよ」

裁判所の許可が下りて、病院に証拠保全命令が出ました、と北山がため息をついた。

「電子カルテは改竄《かいざん》できませんから、必ず医療過誤の証拠が出てくる、と私たちは信じていたんです。でも、それは医師が正確なデータを記入していなければ、改竄も何もありません。以前、パソコンにドリルで穴を空け、データの消去を図った国会議員がいましたね？　黒塗りの公文書を開示した大臣も……私に言わせれば、可愛いものです。この病院の医師たちにモラルはありません。そして、鉄壁の密室内ですべてを処理した。外部の人間にはどうにもならないんです」

「裁判はどうなりましたか？」

一審が終わったのは三カ月ほど前です、と北山が指を折って数えた。

「裁判が始まって、五年半が経っていました。くどいようですが、医療過誤の証拠を握っているのは、医師であり病院です。彼らが不利になる証拠を出してほしいと頼んでも、うなずくはずがありません。当然ですが、敗訴しました。すぐに控訴して、今も二審が続いています。ですが……良成はひと月半前に亡くなりました」

水を飲んだ北山が、ペットボトルをサイドテーブルに戻した。

「良成が意識を取り戻すことはありませんでした。別の病院に転院させていましたが、静かな最期だったそうです。心不全でした。看護師も、誰も気づかなかった。私たち両親も間に合いませんでした」

大きく息を吐いた北山が、長い沈黙の後、口を開いた。

「あの子は一人で、誰にも看取られることなく死んでいったんです」

北山の両眼から涙が溢れたが、声は落ち着いていた。

「金のために医療過誤裁判を起こしたわけじゃありません。私は小出総合病院の医師たちに詫びてほしかった。自分の罪を認めてほしかった」

それだけなんです、と北山が繰り返した。

「だが、彼らは否定し続けた。証拠を改竄して事件をもみ消そうとした。そんなことが許されると思いますか？」

暗い叫びが響いた。北山の顔は蒼白だった。

「だから、彼らを殺したんですね？」

麻衣子の問いに、何が悪いんです、と開き直った声で北山が言った。形相が変わっていた。

「控訴すると決めましたが、それだって覚悟が必要でした。私はサラリーマンです。仕事もあるし、生活もある。弁護士に支払う金のこともあります。何のバックもない人間が裁判を戦い抜くのは、生半可じゃ出来ません」

「彼女は警察官です」石田が麻衣子を見た。「よくわかっていますよ」

これから先、どれだけの時間がかかるのか、と北山が呻いた。

「病院は優秀な弁護団を揃え、権威ある医者たちに鑑定書を提出させます。病院に医療過誤はなかった、という前提でね。そして、裁判所もそれを鵜呑みにする」

裁判所の側も医療従事者擁護の方針が強い、と石田が言った。

「医学界の閉鎖性によるものだ」

「どうにもなりません。勝ったとしても、良成は死んでしまった。もうあの子に会うことはできません。いったいどうしろと？」

握りしめた北山の拳から数滴の血が落ちた。爪が肉を食い破っていた。

「もう一度言います。私は本当に普通の男で、どこにでもいる社会人なんです。平凡な父親、平凡な夫に過ぎません。ただ真面目に、実直に暮らしてきただけです。でもね、息子を殺されて、黙ってはいられません。そうです、彼らを殺したのは私です」

私もだ、と石田が言った。沈黙が続いた。

11

麻衣子は深いため息をついた。

「由香ちゃんが亡くなったのは、この病院だったんですね」

「あの日は、君と一緒にいたな」昨日のようだ、と石田が笑みを浮かべた。「そして、あれが最後だった」

はい、と麻衣子は視線を床に向けた。

二年前、スマホを手に会議室を後にした石田の姿が頭を過った。由香は四歳だった、と噛み締めるように石田が語り始めた。

「しばらく前から熱があって、咳が続いていた。風邪だろうと思っていたし、近所の小児科医でもそう言われた。だが、食欲がなくなり、様子もおかしかった。風邪じゃないかもしれない、と妻が言った」

あの頃、私と妻はうまくいってなかった、と石田がつぶやいた。

「だが、由香への愛情は変わらなかった。別の病院で検査をして、点滴治療をすると熱は下がったが、お腹が痛いと言い出し、嘔吐《おうと》も始まった。夜だったが、すぐに大きな病院を紹介してもらった。それが小出総合病院だった」

石田が病室を見回した。麻衣子も辺りに目をやった。医療器具が並んでいる。機械で作られた森のようだった。

「風邪による脱水症状でしょう、と医者が言った。もう夜なので、検査は明日にしましょう。今晩は念のため入院させますが、命にかかわるようなことはありません、そう言ったんだ。由香が死んだのは、それから二十時間後だった」

石田が頭を垂れた。

「北山さんと同じように、私も医学書を読んだ。何回も、何十回もだ。今でも、なぜその医者が誤診したのかわからない。眼瞼浮腫《がんけんふしゅ》という症状が出ていたのは、素人の私にもわかったぐらいだ。目が腫れていたし、顔つきも変わっていた」

「医師にそれを言わなかったんですか？」

「言ったさ。何度も伝えたが、取り合ってもらえなかった」

悔しそうに言った石田の顔から血の気が引いた。

「もっとひどかったのは看護師の高島だ。持続的に点滴をしているのに尿が出ない、手足が冷たくなっている、そう訴えたが、当たり前でしょうと言われた。脱水症状の時は尿が出にくくなる、点滴が冷たいから、体が冷えるのは当然です……病室を出ていく時、親が甘いから子供が病気になるのよ、と聞こえよがしに言ったのを忘れたことはない」

吐き捨てた石田の手を北山が摑んだ。

「朝まで、私と妻は由香の側にいた。どんどん様子がおかしくなっていくのがわかった。顔色が真っ青で、口の周りにチアノーゼが出ていた。体温が下がり、呼吸が荒く、苦しそうだった。何度ナースコールを鳴らしたかわからない。だが、大丈夫ですと看護師は繰り返すだけだった」

石田が胸の前で両手を強く握った。指先が白くなっていた。

「医者を呼んで下さい、と頼んだがその必要はないという。診察した医師は来なかった。

そして朝になり、別の医者が来た。由香の顔を見るなり、すぐにICU病棟に移せ、とその医者は言った」

「どうして、最初の医者は来なかったんです？」

麻衣子の問いに、簡単だ、と石田が答えた。

「小出陽一というその医師は病院にいなかった。当直医であるにもかかわらず、ガールフレンドと酒を飲みに行ってたんだ。陽一はこの病院の跡取りで、彼を制止出来る者はいなかった。朝にやって来た医者が由香を心エコーで検査した。心筋炎だったよ」

「心筋炎？」

聞き馴れない病名に、安藤が首を傾げた。

「ウイルスなどによって心臓の筋肉が炎症を起こす病気です」

北山が説明した。何冊も医学書を読んでいる北山の知識は、医科学生と同じレベルだろう、と麻衣子は思った。

「風邪と症状が似ているので見過ごされやすく、大人なら命にかかわることはほとんどありませんが、子供の場合は注意が必要で、死に至る可能性もあります。ただし、早期診断、早期治療によって治癒する病気なんです」

治る病気だった、と石田が話を引き取った。

「症状は眼瞼浮腫、倦怠感、嘔吐、食欲不振、傾眠など、わかりやすい兆候がある。だが、小出陽一はそれを無視した。看護師もだ。私たちの訴えを、誰も聞いてくれなかった。ＩＣＵに移した時には手遅れだった。一時間も経たないうちに、由香の心臓は止まった。他の医師が蘇生を試みたが、無駄だった。あの子は死んだ」

石田が目を伏せた。仮面をかぶっているように、表情が消えていた。どこかで電話が鳴る音が聞こえた。

「当直医が病院を脱け出すというのはあり得ないでしょう」安藤が肩をすくめた。「ここは救急病院に指定されています。当直医がいなければ、急患が来ても対応できませんよ」

この病院にモラルはないんです、と北山が言った。

「あなたが言っているのは、大学病院や公的病院の話です。小出総合病院の当直医は一人しかいません。院長の息子だから仕方ない、と誰もが諦めていたんです」

警察官という職業柄かもしれないが、と石田が言った。

「何があったのか、私はすべてを知りたかった。病院との交渉はすべて弁護士に任せた。医療裁判は難しいと知っていたからだ。裁判で争っても、おそらく勝てない。だが、私にはわかっていた。この病院はおかしいと」

「刑事の勘を侮ってはならない……講習の時、いつも話してましたわ」

そう言った麻衣子に、よく覚えているな、と石田がうなずいた。

「私は娘の死について調べていることを、誰にも話さなかった。その時点で、何をするべきかわかっていたんだろう」

弁護士は友人だった、と石田が自分の手のひらを見つめた。

「有能な男だが、病院のガードは固かった。北山さんが言っていたように、医療過誤裁判には三つの壁がある」

「『専門性の壁』、『密室性の壁』、『封建性の壁』です」

北山が指を三本立てた。素人にはカルテひとつ読めない、と石田が言った。「医療ミスが起きても、彼らは庇い合い、秘匿する。病院では上に従うしかない。院長の命令は絶対だ。それでも、私はひとつずつ調べていった。警察官でなければ、とっくの昔に諦めていただろう」

石田が煙草をくわえた。火はつけなかった。

「小出陽一が来なかった理由は、調査の過程で判明した。さらに調べていくと、小出総合病院で医療事故が多発していることがわかった。この十年間で二十一件もの訴訟が起こされている。異常な数字と言っていい」

そういう病院なんです、と北山がため息をついた。訴訟の結果はこうだ、と石田が吐き捨てた。

「原告、つまり患者側が敗訴したケースは二十件。勝訴したのは九年前に起きた事故の一件しかない。それについても、病院ではなく看護師の責任と認められただけだ。どう思う？」

答えられないまま、麻衣子は顔を伏せた。石田の指が煙草を二つに折った。

「それが医療過誤裁判の実態だ。何人患者を殺しても、医師たちは三つの壁に守られ、罰せられることはない。いつまでも彼らは合法的に人殺しを続けていくだろう」

「だから彼らを罰した……そうなんですか？」

麻衣子は視線を上げた。石田が北山の肩に手を置いた。

「私と北山さんは医療過誤被害者の会のシンポジウムで知り合った。北山さんだけじゃない。医療過誤で子供や夫、妻を亡くした大勢の人と話した。訴訟を起こした人もいたが、経済的な事情でそれが出来ない人がほとんどだ。誰もが小出病院の誠意のない態度に絶望していた」

わかります、とうなずいた麻衣子に、二人の男が吹き出した。乾いた笑い声がいつまでも続いた。

「あなたは優しい人だ。でも、わかるわけがないんです」

北山が口を手の甲で押さえた。もう片方の手が、ベッドを強く叩いている。

「子供を殺された親の気持ちがわかると？　そんなわけないでしょう」

「君は本当に絶望したことがない。だから、そんなことが言えるんだ」

そんなに簡単な話じゃない、と石田が苦笑した。

「もちろん、本当の意味では理解出来ていないと思います。でも――」

「毎晩、夜になるのが怖い」

石田の顔から表情が消えた。北山も同じだった。

「どうせろくに眠れやしない。眠っても、夢ばかり見る。嫌な夢だ……ねばねばした何かが体に絡みついて、動きが取れない。それが全身に広がり、やがて顔を覆いつくし、息が出来なくなる」

石田が右手を固く握りしめた。

「それが目に、鼻に、口に入ってくる。声も出ない。息が詰まる。苦しい。動けない。誰か助けてくれ、そう叫んだ時、目が覚める。体中が汗でびっしょり濡れている。それから私がどうするか、わかるか？」

麻衣子は目をつぶった。吐くんだ、と石田が言った。

「トイレに行って、内臓ごとすべて吐き出すような勢いでね」

石田が手の甲に口を当てた。

「それが毎晩続く。夜は明けない。朝までは何時間もある、一分が一時間に思えるほど長く感じる。その間、由香のことを考えて自分を責める。なぜあの時、小出総合病院に行ったのか。なぜすぐに病院を替えなかったのか。私があの子を殺したと……」

みんな同じです、と北山がつぶやいた。

「もっと他に出来ることがあったんじゃないか……何をしても良成の無念は晴らせない。あの子は戻ってこない。自分の無力さに絶望する、間違っているのはわかってます。自分を責めても何にもなりません。でも、どうにもならないんです」

目を真っ赤にした北山が、顔に枕を押し当てた。嗚咽が長く続いた。

毎日がその繰り返しだ、と石田が長い息を吐いた。

「死ぬまで、そうなんだろう。毎日、毎日、毎日。仕事に打ち込んでも、酒を飲んでも、意識の隅にそれがある。耐えられると思うか？」

止めて下さい、と麻衣子は叫んだ。安藤がゆっくりと首を振った。

済まない、と石田が頭を下げた。床に涙が落ちる。

これ以上耐えられない、と顔を伏せたまま石田が言った。

「誰もがそう思っていた。裁判？　結審まで何年かかると？　由香を失った悲しみは永遠に続く。勝ったところでどうなる？　だから、私たちは約束を交わした」

石田が北山を見つめた。

「彼らに復讐する、もうそれしかないと……言い出したのは私だ。すべての責任は私にある」

北山は何も言わなかった。誰が言ったとしても同じだ、と目が語っていた。

「計画を立て、私を中心に殺害を実行した。遠野、そんな顔をするな。君に私の気持ちはわからない。復讐だけが支えだった。心残りがあるとすれば、私自身が手を下せなかったことだが、それぱかりは仕方ない」

捜査指揮と殺人の両方は出来ない、と石田が笑ったが、目は笑っていなかった。

12

北山が外した簡易呼吸器から、酸素が漏れ出す音が響いている。笑みを浮かべた石田が辺りを見回した。

「あなたがすべての計画を立てたんですね？　三人組にコンビニを襲わせ、逃げる経路を指示し、病院に立て籠もった」

低い声で尋ねた麻衣子に、石田がうなずいた。

「私は警察という組織をよく知っている。犯人が病院に逃げ込んだのは、偶然だと思わせるように仕向けた。思っていたより見つかるのが遅くて焦ったよ。ずっと本庁で連絡を待っていたんだが」

ですが、と安藤が疑問を口にした。

「なぜこんな事件にしなければならなかったんです？　警視たちが病院に恨みを抱いた理由はわかりましたが、それなら医者や看護師を一人ずつ殺していけばよかったのではありませんか？」

「私たちの希望だったんです、と北山がうつむいたまま言った。

「奴らを病院で殺したかった。病院で殺された私の息子のように」

そんな馬鹿な、と叫んだ安藤に、私たちの気持ちは誰にもわかりません、と北山が首を振った。

彼らの願いは私の願いでもあった、と石田が安藤に目を向けた。

「だが〝病院で殺す〟という条件には困難が多い。最初の一人は簡単に殺せたとしても、その時は捜査一課強行犯係が捜査を担当することになる」

「当然ですな。同じ刑事部でも、特殊犯捜査係は通常の殺人事件に関与しません」

そう言った安藤に、立て籠もり事件にしなければならなかったんだ、と石田が微笑んだ。

「病院内で殺人が起きれば、彼らが捜査する。調べれば、私たちに動機があるとわかるだろう。逮捕されないにしても、その後の行動は大幅に制限される。だから、あの三人を一度に殺害するしかなかった」

「本当の目的を隠蔽するために、この事件を作り上げた……そういうことですか？」

石田がうなずいた。

「小出陽一と飯野医師、そして高島看護師の勤務シフトが一致するのは、ひと月のうち二日しかない。夜間となると、更に限られる。私たちは機会を待ち続けた。今日がその日だったんだ」

疲労のためか、石田の顔に汗が浮いていた。だが、声は張りを失っていなかった。

「ですが、事件を担当するのがあなただとは限らないのでは？」

安藤の指摘に、石田が苦笑した。

「立て籠もり事件の担当は、警視庁刑事部特殊犯捜査一係もしくは二係だ。二係長の大谷は出張中で、現場で指揮を執るのは一係長の私しかいない」

「その出張もあなたの指示ですね？」

乾いた声で麻衣子は言った。もちろんだ、と石田はうなずいた。

「私にオファーがあった講習会の講師を、大谷に代わってもらった」

だから、事件は今夜起きなければならなかった、と麻衣子はつぶやいた。大谷は明後日の夜、本庁に戻る、と石田が言った。

「彼がいても、私が担当を命じられたはずだが、絶対とは言えない。万全を期さなければならなかった」

計画通りですね、と麻衣子はため息をついた。

「あなたが現場指揮官になり、事前に用意していたシナリオ通りに犯人との交渉を進めた。スマホに内蔵している盗聴器を使い、金狙いの強盗とわたしたちに思わせた。飯野医師を会計室に連れていった時、誰も不審に思わなかったのはそのためです」

その通りです、と北山がベッドの縁を軽く叩いた。

「良成の手術をしたのは飯野です。私が会計室に入った時……」

沈痛な表情を浮かべた北山が先を続けた。

「飯野は私のことを覚えていませんでした。自分が殺した子供の父親の顔をね。だから、話して聞かせました。私が誰なのか、なぜここにいるのか、今から何をするのか……」

北山の声音は淡々としていた。

「あの男はね、初めて謝りましたよ。泣きながら許しを乞いました。最初からそうしていれば、こんなことにはならなかったのに」

「でも、あなたは許さなかった」

麻衣子の視線に、北山が体を動かすと、ベッドがきしむ音がした。

「許せるはずないでしょう。奴の喉にメスを当てて、何度も動かす真似をしてやりました。その度に奴は悲鳴を上げた。いけませんか？　私は酷い男ですか？　では、聞きましょう。子供に与える薬の量を間違えて、五年間も意識を失わせた揚げ句、死なせた医師は残酷だと思いませんか？」

長い沈黙が訪れた。頭を振り続けていた北山が、静かに唇を動かした。目の焦点が合っていなかった。

「自分がどれほど酷いことをしたか、本心から理解するまで続けたかった。あの男が狂うまで……でも、そこまでの時間はありません。奴の首にメスを刺して、そのまま切り裂くと、喉から血が飛び散り、目を剝いたまま奴は死にました。当然の報いです」

それからもあなたたちは交渉を続けた、と麻衣子は石田の方を向いた。

「小出陽一を殺したのは越野ですね？」

違う、と石田が言った。今さら、と口元を歪めた安藤に、違うんです、と北山が首を振った。

13

手術室に入ってきた男の顔を見た小出陽一が、唇を震わせた。

「あなたが……どうして、秋山さん――」

小宮が手術台の陽一の体をあお向けにして、縛り直した。秋山政彦が小さく顎を引いた。唇が大きく腫れていた。

「大丈夫ですか？」

心配そうに小宮が尋ねた。男の頬に血が垂れていた。

「永井くんはやり過ぎだ」

苦笑した男が頬に手を当てた。右目の縁に、青痣《あおあざ》が出来ていた。

焦りました、と小宮が言った。

「秋山さんが本当に殺されるんじゃないかって……」

「ガラスが割れた時は怖かった」秋山政彦が顔の横に指で線を引いた。「すれすれで破片が飛んでいった。刺さっていたら、こんなもんじゃ済まなかっただろう」

秋山さん、と陽一がかすれた声を上げた。

「どういうことだ？　あんたも人質だったはずだろ？」

顔を左右に振った陽一が喚いた。拘束された体は動かない。

「落ち着いて下さい。全部説明しますよ」

秋山が手を陽一の膝の上に置いた。

「先生は私のことを知らないと思います。妹の理恵がこの病院に入院していた時、見舞いに来たのは一度だけです。挨拶だけはしましたが、覚えていないのは当然です」

「妹？」

何のことだ、と顔を引きつらせた陽一が横にいる小宮に目を向けた。首を振った小宮が、静かに、と自分の唇を指で押さえた。

妹は十二指腸潰瘍でした、と秋山が言った。

「症状は悪かったと聞きましたが、食事も取れていましたし、一カ月ほどで治癒すると診断したのはあなたです」

「思い出した」陽一の唇が弱々しく震えた。「力不足で、申し訳ないことをしたと――」

力不足ですか、と秋山が大きく息を吐いた。

「理恵は入院中に病状が急変、緊急手術をしたがそのまま亡くなったと連絡がありました。ですが、本当にそうだったのでしょうか？」

秋山が暗い目で陽一を見つめた。

「そういうこともあるのかもしれません。ただ、私が妹を見舞ったのは死ぬ数日前のことです。理恵はバナナを食べていました。顔色も良かった。先生、あれは死ぬ人間の顔じゃない。素人でもそれぐらいわかる」

陽一が叫び声を上げた。その口に、小宮がガーゼの塊を突っ込んだ。

「信じられませんでした。何かが間違っている。そう思って調べてみると、その日手術する予定だった胃ガンの患者が、直前になって突然手術を中止していました。偶然だと思いますか?」

手術台の上でもがく陽一を見つめていた秋山が空咳をした。

「大丈夫ですよ。先生がその胃ガンの患者と妹を取り違えて、手術室に送り込む指示をした証拠はないんです」

くぐもった悲鳴が漏れ、溢れた唾液が陽一の口元を汚した。手を伸ばした秋山がガーゼを引き抜いた。

「僕じゃない」荒い息を吐きながら陽一が叫んだ。「僕は内科医だ。そんなことはしていない。僕の責任じゃない」

泣くことはないでしょう、と秋山が陽一の目尻の涙を指で拭った。

「執刀医も看護師もそれに気づかず、血液型を間違えて輸血したことも、証拠はありません」

陽一の顔が涙と汗でびっしょりと濡れていた。

「ひどい顔ですよ、先生」

秋山が棚から新しいガーゼを取り出し、陽一の額に当てた。

「僕じゃないんです。確かめなかったあいつらの責任で――」

秋山がガーゼを床に捨てた。

「そうかもしれません。間違いは誰にでもあります。私も他人を責められるような立派な人間じゃありません」

ただ、間違いが続くようだと、と秋山が顔を陽一に近づけた。

「問題だと思いませんか？　あなたが当直の日に間違いが集中するのはなぜです？」

「許して下さい」

泣きながら陽一が繰り返した。許すも何も、と秋山が笑い声を上げた。

「私は先生と話がしたかっただけです。例えば、石田由香ちゃんの死因について——」

顔を横に向けた陽一が、いきなり嘔吐した。

「由香ちゃんは四歳だったそうですね。理恵のことは他の医師の責任に出来るかもしれませんが、由香ちゃんを診たのはあなたなんですよ」

涙と嘔吐物で汚れた顔を陽一が激しく振った。

「二年前、あなたが風邪と診断した子供です。症状は明らかに心筋炎を示していたのに、安静にしていれば治る、とあなたは両親に言った。なにしろ、あなたには時間がなかった。あなたはその夜、ガールフレンドと会う約束をしていた。先生、どうしました？　呼吸が苦しそうですよ」

襟元に手を当てた秋山が陽一のネクタイを緩めた。絶叫が迸《ほとばし》った。

「許してくれ。許して下さい」

憑《つ》かれたように、陽一が同じ言葉を何度も繰り返した。やがてその声がかすれ、何も聞こえなくなった。

身内が死ぬのは辛いものです、と秋山が肩をすくめた。

「妹であれ、娘であれ、ね」

「僕が悪かった」泣きながら陽一が頭を振った。「本当に、本当に申し訳ないことを……許して下さい」

「先生も死ぬのは嫌でしょう？」

助けて下さい、と陽一が叫んだ。先生が死ねばお父さんが悲しむでしょう、と秋山が言った。

「大事な跡取り息子に死なれたら、父親としてそれ以上の悲しみはありません」

うなずいた陽一が左右に目をやった。助けを求める目が血走っている。

でもね、と秋山がその顔を覗き込んだ。

「妹も、由香ちゃんも、死にたくなかったんですよ、わかりますか？　しかも、あの子たちはただ死んだんじゃないんです。殺されたんですよ」

虚ろな目で陽一が見つめている。秋山がゆっくりと上着の内ポケットに手を入れた。出てきたのは細い針金だった。

「殺した人間には、その意図さえなかった。間違いで殺されたんです。先生、そんなことがあっていいと思いますか？」

秋山が針金を陽一の首にかけた。助けて、とかすれた声が響いたが、ふざけるな、と小宮が顔を歪めた。

「先生、あんたは償わなきゃならない。違うか？」

助けて下さい、というつぶやきが陽一の乾ききった唇から漏れた。

先生、と秋山が言った。優しい声だった。

「苦しませたくないんです。わかって下さい」

陽一の目から涙が溢れた。

「なぜだ。なぜ、こんな――」

「わたしも知りたいですよ、先生」

秋山を見つめていた陽一の口から、いきなり叫び声が上がった。

「助けてくれ！　誰か！　助けて！」

秋山が両手で針金を強く握った。陽一の喉が異様な音を立て、ほとんど聞き取れない声で、助けて下さい、と言った。それが最期だった。

14

秋山さんが陽一を殺したのを、手術室の外から見ていました、と北山が言った。

「そして、すべてが終わったんです」

目を伏せていた石田が、ありがとうと小さく頭を下げた。

「由香を殺したのは小出陽一だ」他にも医療事故を起こしている、と石田が言った。「だが、奴は決して矢面には立たない。なぜかわかるか？」

「院長の息子だから……そうですね？」

「院長は息子の陽一をかばい、看護師に罪を着せたこともあった。この病院がモラルハザードを起こしているのはそのためだ。人殺しである陽一は、自らの命で罪を償わなければならない。院長は自分の子供が殺される悲しみを知るべきだ、と私は考えた。病院内で陽一を殺すと決めたのは、それも理由のひとつだった」

私が殺したかった、と石田が悔しそうに自分の手を見つめた。

「あなたたちは次々に目的を遂げていった」永井もです、と麻衣子は言った。「彼が看護師を殺したのも、同じ理由ですか？」

彼の婚約者がこの病院にいたんです、と北山がベッドを叩いた。

「担当していたのは高島看護師でした」

左手に繋がっている点滴用のチューブを確認してから、北山が麻衣子に顔を向けた。

「婚約者の女性は軽度の胃潰瘍でした。秋山さんの妹さんと似たケースですが、高島看護師は誤って別の患者用の点滴をその女性に投与したんです。四年経った今も、婚約者は意識を喪失したままです。あの看護師は何度も同じようなミスを繰り返していました」

許されるはずもありません、と北山が言った。それには答えず、麻衣子は事実の確認を続けた。

「トンネル内で永井は高島看護師を射殺した。彼をピックアップしたのは婚約者の両親？　それとも友人ですか？　トンネル内で女性が目撃されています」

いい線だ、と石田がベッドの縁に腰を下ろした。

「協力すると誓ってくれた人は、何人もいた。小宮と越野をトンネル内で車に乗せたのも協力者だ。誰もがやり場のない怒りを抱いていたんだ。毎日、頭がおかしくなっていくのがわかる。遠野、君にはわからないかもしれないが、言っておきたいことがある」

「何でしょう？」

「これは誰の身にも、明日にでも起こり得ることなんだ。不運という言葉では済まされない、許しがたい犯罪が、この小出総合病院で起きていた」

ほとんどの医療従事者は誠実に自分の仕事をしています、と北山が言った。

「ですが、そういう人ばかりじゃないことは、知っておいた方がいいでしょう。彼らがどんなに杜撰《ずさん》で、卑劣なことをしているか……忠告です、病院は選んだ方がいい」

顎を引いた石田がベッドの桟《さん》を指でこすった。

「時間が経てば忘れる、という人もいるだろう。だが、そんな奴は何もわかっていない。私たちは毎日、あの日のことを考える。毎日だ。あの日起きたすべてが、頭の中で繰り返される。より強烈に、より鮮烈に、より悲惨な形で、はっきりと蘇ってくる。耐えられるはずがない。どこかで決着をつけなければならなかったんだ」

遠野さん、と北山が呼びかけた。

「医者は聖職だと、子供の頃に教わりませんでしたか？　だから、私たちは医師を先生と呼ぶんです。医師は社会的な責任のある職業です。それなのに、あの連中は金や保身のためにどんな汚いごまかしでも平気でします。奴らには責任も、良心も、恥も外聞もない。あらゆる手を使って、自分の犯罪を隠蔽したんです」

由香の時もそうだった、と石田が言った。

金を積んで、示談に持ちこもうとした。自分の地位と立場を守るためなら、何でもする。最低最悪の犯罪者なんだよ」

顔を見合わせた石田と北山が、疲れきったように息を吐いた。

「医療過誤が起きても報告しない、そんな病院はいくらでもあります。表に出ないのは、患者やその家族が医療過誤に気づかないからです。もし訴えられても否定するし、いくらでも偽証できます。すべての病院ではありませんよ？　ただ、そういう病院があるのは確かです。小出総合病院のようにね」

奴らに人間の心はない、と石田がビニールカーテンを摑んだ。次々にフックが外れ、ビニールカーテンがフロアに落ちた。

「良心もなく、自らを恥じる感情もない。だが、奴らを罰することは出来ない。最悪なのは、それを奴らが知っていることだ。死んだ患者が悪い、と腹の中で笑っている。私たちはそれが許せなかった」

　だから殺した、と石田が言った。顔にうっすらと笑みが浮かんでいた。

　麻衣子は一歩前に出た。

「石田修平、殺人容疑で逮捕します」

15

　逮捕すればいい、と石田が両手を前に出した。

「それが君の仕事だ。強くなったな。遠野」

　いえ、と麻衣子は首を振った。

「わたしは弱い人間です。あなたのように、強くはありません」

　何を言ってる、と石田が苦笑を浮かべた。

「馬鹿らしい。強いはずないだろう、毎日、悪夢に脅えていたんだぞ？」

　違います、と麻衣子は言った。

「弱い人間は他人を裁いたりしません」

　麻衣子に迷いはなかった。何が言いたい、と石田が顔をしかめた。

「彼らを殺したのは間違っています」

　他人事《ひとごと》だから言えるんですよ、とうんざりしたように北山が顔を背けた。

「どれほど卑劣な人間でも、殺してはいけません？　学級委員ですか？　わかりきった話は止めて下さい」

「それでも、殺すべきではなかった」

麻衣子のつぶやきに、安藤が一歩前に出た。

「彼らを殺して、気が済んだと？　そうは思えませんな。それですべてを終わらせるのは違うでしょう」

「終わらせたかったんだよ！」

北山がサイドテーブルのペットボトルを投げつけた。麻衣子の肩に当たったペットボトルが、床を転がっていった。

「終わらせてはならなかった、と思います」

麻衣子はその場を動かなかった。あんたにはわからない、と北山が吠えた。

「私たちがどれだけ苦しんだと思ってるんです？　何の罪もない子供が、医師の誤診で殺されたんですよ？　どんなに残酷なことか、わかるはずがない！」

遠野の意見は正しい、と石田が肩をすくめた。

「一般論としてはね。だが、それは理想に過ぎない。当事者である私たちの苦しみは、誰にもわからない」

「あなたの親が、恋人が、医療ミスで殺されたらどうします？」北山がベッドを乱暴に叩いた。「殺した医者を恨みませんか？　殺したいと思わない方がおかしい。それが人間ってものです」

「自分の手で殺したいと、心の底から思うでしょう」

でも、わたしは殺しません、と麻衣子は首を振った。ほどけた長い髪が、顔の前で揺れた。

「きれいごとは止めましょう。怒りが、憎悪が、恨みが、体の奥からわき出てくるんです。あなたも必ずそうなる。きっかけさえあれば——」

どれほど憎んでも、殺したりはしません、と麻衣子は繰り返した。

もういいでしょう、と石田が北山に声をかけた。すべてを諦めた人間の声だった。

「現実に自分の身に不幸が降りかかってこない限り、わかるはずがないんです」

そうではありません、と麻衣子は床のペットボトルを拾い上げ、サイドテーブルに戻した。

「医師たちを殺しても、何も解決しない。そう言っているんです」

「解決？　甘いな、遠野。では、どうしろと？」

何度も考えた、と石田が頭を押さえた。

「今後、私たちは殺人犯として処罰される。だが、それはどうでもいい。これで由香と向き合うことが出来る。自分を責める必要もなくなった。正直に言えば、ほっとしているんだ」

「それに、この病院での医療事故を未然に防ぐこともできます」北山が皮肉な笑いを浮かべた。「感謝されてもいいぐらいだ」

違います、と麻衣子は北山に視線を向けた。

「医療事故は年に約千六百件起きている、死に追いやられた患者もいる、しかも、それは氷山の一角に過ぎない、あなたはそう言っていたはずです」

北山が横を向いた。麻衣子は北山に近づいて、その腕に手を掛けた。

「彼らを恨む気持ちはわかります。でも、恨みを晴らすために出来ることが他にあったはずです」

「何をしろと?」

「それだけ多くの医療過誤が起き、裁判でも解決されないのは、システムに問題があるからです」

医療システムを変えなければ、と麻衣子は言った。

「今後も医療過誤は起き続けるでしょう。無益な死が繰り返されるだけです。あなたたちは間違った方向に進んでしまった。復讐は負の連鎖を生むだけです。医療過誤の根本的な問題と向き合うべきでした」

出来るわけないでしょう、と北山が大声を上げた。

「私たちは政治家じゃない。金も力もない、単なる市民に過ぎません。社会を変えろと言うんですか?」

その戦いには終わりがない、と石田が言った。

「途方もない時間と、金がかかるだろう。成功する保証もない。私たちにとって重要なのは、彼らが報いを受けることだった。殺さなければ、由香が浮かばれない」

そうでしょうか、と麻衣子は石田を見つめた。

「では、ひとつだけ聞きます。殺された三人は本当に後悔していたと思いますか？　恐怖のために、詫びただけでは？　求めていたのは、形だけの謝罪ですか？」

石田と北山が目を見交わし、顔を伏せた。あなたたちが戦う相手は、と麻衣子は言った。

「この病院の医師や看護師ではなく、誤診や投薬ミス、患者や点滴の入れ違い、そんなヒューマンエラーが起こり得る医療システムでした。復讐のために彼らを殺害すれば、あなたたちも彼らと同じ人殺しに堕ちるだけです」

止めろ、と石田が怒鳴った。

「君にはわからない」

「だからこそ、考えるべきでした」

「何をだ？」

「この病院で何が起きたのか、なぜ医療過誤が繰り返されるのか、どうすれば防ぐことが出来るのか。医療過誤にはさまざまなケースがあり、誰であれ簡単に解決出来る問題ではありません。どうすればいいか考え、話し合い、マスコミに訴え、少しでも今より正しい医療システムの構築を目指し、地道な努力を続けるべきだった。その戦いを放棄したあなたたちがどんな言い訳をしても、ただの人殺しです」

黙れ、と石田が壁を叩いた。

「君に私たちを非難する権利はない」

「あなたには彼らを裁く権利があるんですか？」

麻衣子は石田を見つめた。目を逸らした石田の肩が落ちた。

「きれいごとも、過ぎると嫌味にしか聞こえません」北山が皮肉な笑みを浮かべた。

「遠野さん、正論はどこまで行っても正論に過ぎません。自分の正しさに酔っていると、いつかしっぺ返しを食いますよ」

もう十分だ、と石田が頭を振った。

「ただし、これだけは言っておく。私は共に行動した人たちについて、ひと言も話すつもりはない。言うまでもないが、越野、永井、小宮、秋山、すべて偽名だ。彼らは既に逃げている」

「一課の刑事と話してください。品川署の捜査本部へ行きましょう」

あなたも、と麻衣子は北山の肩に手を置き、立ってくださいと促した。私は石田さんと違う、とその口からつぶやきが漏れた。

「取り調べに耐えられるとは思えません。仲間のことを話してしまうでしょう」

それでいいんです、とうなずいた安藤に、裏切るわけにはいきません、と北山が言った。

「協力を申し出てくれた人たちと約束したんです。あなたたちを逮捕させないと……だから、ここで終わりにしましょう」

麻衣子は振り向いた。石田がまばたきを繰り返している。

「やっと静かに眠れます」

満足気に北山がうなずいた。

16

ベッドに体を沈めた北山が、左腕を上げた。

「この点滴ですが、チューブを延ばして、点滴の調節スイッチを手元に置いています」

北山が手のひらを開いた。目盛りが刻まれた機械がある。目盛りは二になっていた。

「少し前まではゼロでした。私は病気じゃありません。ブドウ糖溶液の点滴なんて、必要ないんです」

「北山さん――」

麻衣子に北山が笑いかけた。

「点滴の中身を入れ替えてます。入っているのは、塩化カリウムとサクシニルコリンの混合液、つまり筋弛緩剤です。全身の筋肉を数分で麻痺させます。心臓もです。何をしても無駄です。もう薬は私の体に入っているんです」

安藤が点滴器に駆け寄った。聞いてないぞ、と石田が叫んだ。

「すぐに止めろ！」

疲れました、と北山が頭を下げた。

「奴らが死んで、すべて終わりました。私には生きている理由がない。息子は死に、心を病んだ女房は入院しています。何の希望もありません」

北山が壁の時計に目をやった。秒針が動き続けている。

「三分経ちました。卑怯なようですが、こうするしかなかったんです」

「最初から死ぬつもりだったのか？」

石田の声に、力なく北山がうなずいた。

「どうなるにせよ、自殺すると決めていました。石田さん、お世話になりました」

「遠野、医者を呼べ！」

点滴を止めろ、と石田が怒鳴った。止めて下さい、と北山が石田の腕を摑んだ。

「お願いです。静かに死なせて下さい」

「医者を呼んでも、意味はありません」

麻衣子の声に、石田と安藤が動きを止めた。

「何を言ってる？」

石田が睨みつけた。麻衣子は北山の左腕を持ち上げた。

長く延びたチューブの先端が切れ、麻衣子の二本の指が端を押し潰すように挟んでいた。

「医者が来ても、することはありません」

麻衣子はチューブを北山に見せた。

「いつ、こんなことを？」

問いただした北山に、ＩＣＵ病棟に入った時です、と麻衣子は手術器具が並ぶ台を指さした。

「わたしはあなたが犯人だと知っていました。逮捕の際、自殺を図る者は少なくありません。あなたはすべての計画を知っていた。ここで自殺すれば、誰にも止めることができないとわかっていたし、点滴に毒を入れる時間もあった。自殺するにはそれが最も確かな方法です。だから、わたしはメスでチューブを切りました。ペットボトルをサイドテーブルに戻した時です」

麻衣子は北山の腕から点滴の針を抜き取った。なぜだ、と北山が呻いた。

「なぜ、こんな余計な真似をした？」

わたしを責めるのは筋が違います、と麻衣子が手を振った。

「すべては石田警視の指示です」

「私は何も――」

首を振った石田に、麻衣子は顔を向けた。

「『立て籠もり事件において犯人が自殺を図る可能性は非常に高い。犯人確保に際しては自殺手段の解除を心掛けること』あなたはいつもそう言ってました。わたしはあなたの教えに従っただけです」

死なせてくれ、と北山が絶叫した。

「お願いだ。お願いします」

いいえ、と麻衣子は首を振った。なぜだ、と北山が声を詰まらせた。

「生きたまま、私に罪を償えと？」

北山の両眼から涙が溢れた。あなたが死んでも、彼らは戻ってきません、と麻衣子は言った。

「あなたの息子さんもです」

殺してくれ、と北山が喚いた。見ていられない、と安藤が顔を背けた。

「生きるんです。あなたにはまだするべきことがあります」

何をしろと言うんだ、と北山が泣き声を上げた。病室に響いていたその声が次第に低くなり、やがて聞こえなくなった。

戦うんです、と麻衣子は囁いた。

「戦う？　何と？」

枕に顔を埋めた北山の声が途切れた。麻衣子はその肩に手を置いた。

「あなたは人を殺した。すぐに裁判が始まります。でも、そこであなたは戦うことが出来る。なぜあなたが彼らを殺したのか、なぜ殺さざるを得ない立場に追い込まれたのか。

小出総合病院だけの問題なのか、勤めていた医師や看護師のモラルに問題があったのか、それとももっと大きな社会的な原因があるのか……それはわたしもわかりません」

北山が顔を上げた。でも、と麻衣子は手に力を込めた。

「わからないのは、わたしだけでしょうか？　何かがおかしい、と誰もが気づいています。でも、その正体がわからないから、どうにも出来ずにいる。答えを出さなければ、いつまでも医療過誤が続くでしょう。そのために、あなたは戦うべきです」

私には出来ません、と北山が弱々しくつぶやいた。いいえ、と麻衣子は首を振った。

「あなたにはその義務があります。生きて、戦い続ける、それこそが償いだと、わたしは信じています」

北山さん、と石田が口を開いた。

「もう私には……何もわかりません。ただ、あなたが自殺しても意味はない。それだけは確かです」

もう生きていたくないんです、と北山が言った。

「生きて、苦しみ続けろと？　そんな残酷なことを強いるんですか？」

石田の目に涙が浮かんだ。

「私たちは泥沼に踏み込んでしまった。この先、何があっても、今より悪くはならないでしょう」

北山が顔を両手で覆った。すすり泣く声が響いている。

北山さん、と安藤が口を開いた。

「あんたのしたことは間違っています。あんたは人殺しだ」

自分には女房がいます、と安藤が屈み込んだ。

「高校生の娘もいます。一年以上話していませんがね。お父さんは不潔だと言う。私が先に風呂に入ると、お湯を捨てて新しく入れ直す。そういう娘です」

北山の手を、安藤が両手で包み込んだ。

「ですが、あの子も病気になったり、交通事故に遭うかもしれない。その時は病院で診てもらうしかありません」

そうです、と麻衣子はうなずいた。北山の体の震えが止まった。

「医療過誤は誰の身にも起こるとあんたは言った。確かにそうです」

娘が医療過誤で死んだら、と安藤が眉間に皺を寄せた。

「自分もあんたと同じことをしたかもしれませんな。自分はあんたを許せないが、それでもそう思います。自分だけだと、あんたは思いますか？」

口を閉じた安藤が、照れたように辺りを見回した。麻衣子は小さく頭を下げた。

「遠野警部、最後の命令だ」石田が言った。「北山を殺人容疑で逮捕しろ」

麻衣子は北山の腕を取り、立って下さい、と促した。待て、と石田がスーツの内ポケットに手を入れた。

「煙草が吸いたい、構わないな？」

自分も、と安藤が煙草を取り出した。煙草をくわえた石田が、パッケージを北山に渡した。

「ＩＣＵ病棟で煙草を吸うのは、私たちが最初で最後かもしれない」

ライターで火をつけた石田が煙を吐き出した。紫煙が病室にたちこめた。

「行きましょう」

ベッドから下りた北山が煙草を消した。安藤がＩＣＵ二号室の扉を開くと、暗い通路がまっすぐに延びていた。

石田さん、と北山が歩き出した。

「あなたはいい部下をお持ちだ」

とんでもない、と石田が麻衣子に目をやった。

「まだまだです」

厳しいですね、と麻衣子は苦笑した。だが、と石田が携帯灰皿に吸い殻を押し込んだ。

「君は私の最高の生徒だ」

麻衣子は無言で廊下を進んだ。奥から数人の刑事が近づいてきた。

参考資料

『警視庁捜査一課特殊班』毛利文彦（角川書店）
『犯罪交渉人』毛利元貞（角川書店）
『ミステリーファンのための警察学入門』特集アスペクト29（アスペクト）
『交渉力』中嶋洋介（講談社現代新書）
『他人を意のままにあやつる方法』谷原誠（ＫＫベストセラーズ）

・その他、医療関係の記述については、新聞、インターネット等を参考にしています。
・本書はフィクションであり、実在する個人、団体等は一切関係ありません。

後書きと謝辞〜作家にとっての二〇一〇年問題

シャーロック・ホームズの通信手段は基本的に電報であり、移動手段は馬車だった。小説に限らず、創作とは時代の映し鏡なので「現代」を描く場合、現実そのものを写し取ることになる。

『交渉人・遠野麻衣子』（当時のタイトルは『交渉人』。以下『交渉人』）を書いたのは二〇〇二年の夏で、発売されたのは翌年の一月だった。私の通信手段は固定電話と携帯電話（以下、ガラケー）が併存していた。私というより、社会全体がそうだった。

従って、『交渉人』の登場人物は（二〇〇二年を舞台にしているため）ガラケーユーザーとなった。警察小説なので警察無線を併用するが、リアルな交渉人を描くには、他に選択肢がなかった。

ここからが作家にとっての二〇一〇年問題なのだが、二〇〇七年の一月にスティーブ・ジョブズがiPhoneを発表したことによって、時代が大きく音を立てて変容する。スマートフォン革命が起きたのである。

ただし、ガラケーとiPhoneはコンセプトが別次元にあったため、発売当初、世界中の大多数がiPhoneに懐疑的だった。「何やようわからんけど、ホンマに便利なんかなあ?」ぐらいの認識、と言い換えてもいい。

特に日本での携帯電話は特異な進化を経てガラケーになっていたため、iPhoneが普及するまで数年を要した。総務省の情報通信白書によると、二〇一一年でもスマートフォンの個人普及率は一四・六パーセントに過ぎなかった。スマートフォンの利用率がガラケーを上回るのは二〇一三年のことである。

ただ、この数字は全日本人を対象にしているので、統計としては正しいが、実際の感覚とは少しずれているだろう。振り返ると、二〇一〇年がガラケーからスマートフォンへの転換期だったというのが私の実感だ。

これが「作家にとっての二〇一〇年問題」で、現代を舞台にする小説を書く場合、登場人物は基本的にスマートフォンを持たざるを得なくなった。下手にガラケーを持たせると「偏屈なキャラクター」と化してしまうからである。

歌は世につれ、世は歌につれというが、小説も同じで「リアルタイムの現代」を描く小説は、いずれかの段階で「古く」なる。

わかりやすい変化の代表がスマートフォンだが、「モノ」でなくても「常識」や「文化」、「考え方」などによって時代は変わり、小説も変わっていく。

「エンタメのコンビニ」を屋号にしている私はジャンルレスに節操なく小説を書くが、現代を描く場合はリアルな現実にこだわりたい、という気持ちがある。私に限らず、作家の多くがそうだろう。

従って、私の小説も二〇一〇年を分岐点として、質的変化が生じた。現実が変わっているのだから、それに合わせるのは当然だが、困った問題が起きた。

二〇〇二年に作家デビューしてから、二〇一〇年までの小説が一気に「古く」なってしまった。スマートフォンの出現によって、過去作の多くがリアルさを失ったためだ。

今さら、という話だし、どうでもいいこだわりでもある。しかし、何とかアップデートしたい、という想いが二〇一〇年以降、喉につかえていたのも確かだ。

特に『交渉人』については、その後いくつかの警察小説を書くに至る私の方向性を決定した小説なので、登場人物がガラケーを使っているのが、何とも言えない違和感となっていた。

※　※　※

そういうわけで、何とかなりませんか、と十年ほど言い続けていると（皆さん、言葉には言霊があるのです）フリーの天才編集者関根亨氏が現れ、河出書房新社の中山真祐子氏を紹介していただいた。

「大幅に改稿した上で『交渉人』を再文庫化したいのです」

バスケがしたいです、と安西先生に言った三井のように私が訴えると、中山氏は快く私の願いを聞き入れてくれた。それだけではなく、せっかくですから、と中山氏は慈母のような笑みを浮かべた。

「『交渉人』シリーズ（『交渉人・爆弾魔』、『交渉人・籠城』）もうちで改めて文庫にしましょう、ついては新作も書きましょう、そうしましょう」

そして中山氏はあっと言う間に会議を通し、あっさりと『交渉人』の再始動が決まった。出版不況が叫ばれる現代において、このような幸運に恵まれることはめったにない（私は出版社の社員だったので、その辺りの事情に詳しい）。

そこで私は『交渉人』を徹底的に書き直し、ストーリーにも一部変更を加え、タイトルも改めた。私の中では『決定版・交渉人』である。

※　※　※

河出書房新社は私にとって憧れの出版社であり、まさか自分が本を出せるとは思っていなかった。望外の喜びで、この数年、これほど嬉しかったことはない。

改めて、私のわがままを了解して下さった中山真祐子氏、文庫及び単行本の編集を担当していただいた辻純平氏、編集協力の関根亨氏に感謝したい。

二〇二三年六月

五十嵐貴久

解説

関根 亨

五十嵐貴久がデビューして二年目の二〇〇三年、単行本『交渉人』（新潮社）が刊行された。ちょうど二十年後にあたる今年二〇二三年、同作が河出文庫より『交渉人・遠野麻衣子』と、改題、及び大幅な全面改稿版文庫として刊行されることになった。内容一新面については後述するとして、まずは旧版『交渉人』の快進撃ぶりから本稿を進めよう。一次文庫として幻冬舎からの刊行は二〇〇六年だが、その後発行部数二十五万部を超えるロングセラーとなっている。

警視庁刑事部特殊犯捜査係は、立て籠もりや誘拐など、犯人と周辺状況を交渉力と判断力で突破、身柄確保するのが任務である。同一係長の石田修平警視は辣腕ネゴシエーターとして知られ、ハイジャックなどの難事件をいくつも解決に導いてきた。

病院立て籠もり事件が発生するが、石田の内面は一切表されず、元部下である遠野麻衣子警部の視点から描写されるのが本作の大きな特徴の一つだ。

麻衣子は元々警察庁キャリアであり、警視庁での交渉人研修で優秀な成績を収めたことから特殊犯捜査係へ抜擢となった。しかし高輪署経理課へ左遷されてしまう。上司であった石田との不倫を疑われたためだが、キャリアである麻衣子の追い落としであることは疑いない。

二年間不遇をかこっていたところへ、病院立て籠もり現場である品川への臨場命令が入る。石田警視を始め捜査員たちは警視庁本庁での準備に時間を使わざるを得ない。石田臨場までの間だけ、交渉人の心得がある麻衣子が指名されたのだ。

犯人たち三人はコンビニ強盗後、小出総合病院に立て籠もった。人質は、患者、医師、看護師ら約五十人。犯人のうち一人の男と、交渉人となった麻衣子との駆け引きが始まる。石田の薫陶を得た麻衣子の交渉術は、現場捜査員の度肝を抜いた。拡声器による呼びかけは犯人を刺激するので使わない。病院への直通電話を使わず、連絡用スマートフォンを用意する。対面交渉を禁じる、などである。立て籠もり犯人の話を徹底的に聞けとも主張する。

石田が駆けつけ、犯人との本格的な交渉が始まった。電話を通じた両者の端緒は仕事の愚痴やプロ野球の雑談ばかりで、果たしてこれが凄腕犯罪交渉人の手法なのか——。

刊行後、本作は二度にわたりテレビドラマ化された。

二〇〇三年のＷＯＷＯＷでは石田が三上博史、麻衣子が鶴田真由。二〇〇五年にはテレビ朝日で石田が椎名桔平、麻衣子が永作博美という布陣であった。両者とも文庫刊行前の映像化ということで、本作の人気の高さが証明されている。

今回の大幅改稿については、五十嵐貴久の並々ならぬ意気込みがあった。通常の二次文庫であれば、一次文庫からの改稿は小幅になるか、テキストがそのままというケースの方がむしろ多い（それはそれで作家性、永続性の現れでもある）。

しかしながら今般の河出版文庫化にあたり、著者は大胆な改稿を施した。なかでも特筆すべきは時代背景である。前述通り単行本時についてはまだ、二〇〇〇年代前半のことである。携帯はガラケーで、証拠画像もビデオテープ再生、看護師もナースキャップをかぶっているなど、この二十年の隔たりは大きい。

全文をつぶさに著者がチェックし、すべて二〇二〇年代前半の時代に改めた。また真相判明後の社会情勢ですら、経年変化を採り入れ今の時代に沿うようになっている。

交渉開始から息詰まる途中経過、犯人の要求実行に至る過程でも、内容をよりソリッドにするため、数十ページものそぎ落としすら敢行しているのだ。

五十嵐が対犯罪者ネゴシエーションを題材としたことで、警察小説に旋風を巻き起こしたのは間違いない。二〇二三年現在、警察小説も捜査畑はむろん、事務方、本庁上層部から所轄署に至るまで全分野が取り上げられてきた。しかしながら同じ警視庁刑事部捜査一課でも、殺人や強盗などを扱う強行犯係でなく、特殊犯管轄の物語はまだまだ未知数であり続ける。

さらにミステリーとして大事な手法に、伏線の生かし方がある。最初のお試しに、まだ本作を読む前、この解説に目を通している方へ。ぜひプロローグ場面、麻衣子が読み上げるマニュアルの内容を覚えておいてほしい。これらがどのように伏線として機能しているか、終幕でのつながりに震撼する。

次の手法として視点について語っておこう。繰り返しになるが、本作は交渉人である石田ではなく、元部下の麻衣子視点でストーリーが進められていることに大きな意味がある。また麻衣子以外、病院内人物の視点に切り替わる意図的な記述が一部にあるが、これまた五十嵐の周到な仕掛けによるものだ。読者は存分に騙されていただきたい。

二度目のお試しは、本解説を読了後に読んでいる方に対して。一〇一ページ以降、麻衣子・石田と犯人の交渉場面の地の文を読み返してほしい。真相解明後、いかに五十嵐がフェアに徹していたかがわかるだろう。

以上の伏線と視点。現在ではスタンダードとして定着したミステリー上の手法ではあるものの、二十年前に押さえが利いていたという先見ぶりがあるのだ。どうあれ犯罪交渉人以上に、五十嵐貴久の術中に読者がはまってしまうことは疑いないだろう。

『交渉人』シリーズは河出文庫で引き続き続編があり、今後の二次文庫化内容を紹介しておこう。

第二弾『交渉人・遠野麻衣子　爆弾魔』での遠野麻衣子警部は本作から一年後、警視庁総務部広報課へ異動になっていた。業務の一環で国家公安委員会委員長（警察庁管轄閣僚）に就任した議員の講演会参加前、新興宗教組織である合同相対教関係者から爆破予告電話を受ける。

同教団は過去に地下鉄爆破テロ事件を起こし、教祖が死刑判決を受け控訴中であった。犯人は教祖の釈放を要求。応じられない場合は東京で再び爆弾テロを起こすと通告。見せしめとして麻衣子の目と鼻の先の交番が爆破された。犯人は本件交渉人として麻衣子を指名。爆破脅迫自体を明るみに出せない状況下、警視庁に設置された特別捜査本部内で、さらに交渉室が役割を果たすことになった。麻衣子と、正体不明人物によるメールでのネゴシエートが開始されるのだ。

第三弾『交渉人・遠野麻衣子　籠城』での麻衣子は刑事部特殊犯捜査係へ再び戻り、本領を発揮する。目黒区内の喫茶店店主が客たちを人質に立て籠もった。籠城犯は自ら110番通報をするなど、自分の犯行を世に広めたいかのようであった。

捜査によれば、喫茶店店主は三カ月ほど前から店を改装。窓を減らしたり裏口を狭めるなど、あらかじめ籠城を準備していた事実も判明。彼は立て籠もりを実行して何を要求したいのか。

当初の交渉役は岡部警視。彼は原則通り電話による対話を実現するため、連絡用携帯（ドロップフォン）を持って店の前へ向かう。携帯を置いたら戻ってくるつもりが、犯人に捕らえられ発砲の末負傷という事態が発生。

代わってネゴシエーター、遠野麻衣子の出番である。

『交渉人・遠野麻衣子』での麻衣子は上長の協力者。『〜爆弾魔』でも管轄外ということで、完全に刑事部長指揮下におかれていた。しかし『〜籠城』では完全に一人立ちしている。高輪署から本庁へ異動してきた戸井田（前二作にも登場）を相棒に、特殊犯捜査一係長の藤堂と堂々と渡り合えるほどに成長していたのだ。

本シリーズ三作を通じて読者が感じるのは、〈さっそうと交渉人が事件を解決に導きましたよ〉のような予定調和ではない。

解決後の犯罪加害者と犯罪被害者の声にも耳を傾ける必要があるとの、五十嵐貴久の慈愛と尊厳に満ちた眼差しである。真相に触れるため詳細は明らかにできないが、連続して読むたびに読者も同じ心境になること必至である。

さらに三作文庫化の後は、新作『交渉人・遠野麻衣子　ゼロ』が単行本刊行として待機、臨場待ちである。

『〜ゼロ』は、麻衣子が警察庁生活安全局キャリアから交渉人研修を受ける、『交渉人・遠野麻衣子』前日譚。本書では八ページから九ページの間にあたる時系列である。すでにＷｅｂ河出にて、二〇二二年二月から十二月までの連載を終えている。文庫三作に続き矢継ぎ早の登場で、警察小説界に新たな交渉人の扉が開かれるだろう。

（せきね・とおる／文芸評論家・編集者）

本書は二〇〇六年に幻冬舎文庫として刊行された『交渉人』を大幅改訂した上で改題したものです。

編集協力＝関根亨

交渉人《こうしょうにん》・遠野《とおの》麻衣子《まいこ》

二〇二三年 六 月一〇日 初版印刷
二〇二三年 六 月二〇日 初版発行

著 者 五十嵐貴久《いがらしたかひさ》
発行者 小野寺優
発行所 株式会社河出書房新社
〒一五一－〇〇五一
東京都渋谷区千駄ヶ谷二－三二－二
電話〇三－三四〇四－八六一一（編集）
〇三－三四〇四－一二〇一（営業）
https://www.kawade.co.jp/

ロゴ・表紙デザイン 粟津潔
本文フォーマット 佐々木暁
印刷・製本 中央精版印刷株式会社

Printed in Japan ISBN978-4-309-41968-8

ある誘拐

矢月秀作　41821-6

ベテラン刑事・野村は少女誘拐事案の捜査を任された。その手口から、当初は営利目的の稚拙な犯行と思われたが……30億円の身代金誘拐事件、成功率０％の不可能犯罪の行方は⁉

華麗なる誘拐

西村京太郎　41756-1

「日本国民全員を誘拐した。五千億円用意しろ」。犯人の要求を日本政府は拒否し、無差別殺人が始まった——。壮大なスケールで描き出す社会派ミステリーの大傑作が遂に復刊！

戦力外捜査官　姫デカ・海月千波

似鳥鶏　41248-1

警視庁捜査一課、配属たった２日で戦力外通告⁉　連続放火、女子大学院生殺人、消えた大量の毒ガス兵器……推理だけは超一流のドジっ娘メガネ美少女警部とお守役の設楽刑事の凸凹コンビが難事件に挑む！

最後のトリック

深水黎一郎　41318-1

ラストに驚愕！　犯人はこの本の《読者全員》！　アイディア料は２億円。スランプ中の作家に、謎の男が「命と引き換えにしても惜しくない」と切実に訴えた、ミステリー界究極のトリックとは⁉

サイレント・トーキョー

秦建日子　41721-9

恵比寿、渋谷で起きる連続爆弾テロ！　第３のテロを予告する犯人の要求は、首相とのテレビ生対談。繰り返される「これは戦争だ」という言葉。目的は、動機は？　驚愕のクライムサスペンス。映画原作。

私という名の変奏曲

連城三紀彦　41830-8

モデルのレイ子は、殺されるため、自らを憎む７人の男女を一人ずつ自室に招待する。やがて死体が見つかり、７人全員がそれぞれに「自分が犯人だ」と思いこむ奇妙な事態の果てに、驚愕の真相が明かされる。